上卷

民国词学史著集成补编

稀见民国词学史著二十种

孙克强　和希林◎主编

南開大學出版社

图书在版编目(CIP)数据

民国词学史著集成补编．上卷 / 孙克强，和希林主编．—天津：南开大学出版社，2018.8
ISBN 978-7-310-05626-2

Ⅰ．①民… Ⅱ．①孙… ②和… Ⅲ．①词学—诗歌史—中国—民国 Ⅳ．①I207.23

中国版本图书馆 CIP 数据核字(2018)第 154024 号

南开大学出版社出版发行
出版人：刘运峰
地址：天津市南开区卫津路 94 号 邮政编码：300071
营销部电话：(022)23508339 23500755
营销部传真：(022)23508542 邮购部电话：(022)23502200
*
天津泰宇印务有限公司印刷
全国各地新华书店经销
*
2018 年 8 月第 1 版 2018 年 8 月第 1 次印刷
210×148 毫米 32 开本 9.25 印张 4 插页 208 千字
定价：90.00 元

如遇图书印装质量问题，请与本社营销部联系调换，电话：(022)23507125

總序

清末民初詞學界出現了新的局面。在以晚清四大家王鵬運、朱祖謀、鄭文焯、況周頤為代表的傳統詞學（亦稱體制內詞學、舊派詞學）之外出現了新派詞學（亦稱體制外詞學）。新派詞學以王國維、胡適、胡雲翼為代表，與傳統詞學強調『尊體』和『意格音律』不同，新派在觀念上借鑒了西方的文藝學思想，以情感表現和藝術審美為標準，對詞學的諸多問題展開了全新的闡述。同時引進了西方的著述方式：專題學術論文和章節結構的著作。傳統的詞學批評理論以詞話為主要形式，感悟式、點評式、片段式以及文言為其特點；民國時期的詞學論著則以內容的系統性、結構的章節佈局和語言的白話表述為其主要特徵。當然也有一些論著遺存有傳統詞話的某些語言習慣。民國詞學論著的作者，既有新派大師王國維、胡適的追隨者，也有舊派領袖晚清四大家的弟子、再傳弟子。他們雖然觀點不盡相同，但同樣運用這種新興的著述形式，他們共同推動了民國詞學的發展。民國詞學論著的蓬勃興起是民國詞學興盛的重要原因。

民國的詞學論著主要有三種類型：概論類、史著類和文獻類。這種分類僅是舉其主要內容而言，實際情況則是各類著作亦不免有內容交錯的現象。

概論類詞學著作主要內容是介紹詞學基礎知識，通常冠以『指南』『常識』『概論』『講義』之名。這類著作無論是淺顯的入門知識，還是精深的系統理論，皆表明著者已經從傳統詞學中片段的詩詞之辨、詞曲之辨，提升到系統的詞體特徵認識和研究，是文體學意識的體現。史著類是詞學論著的的大宗，既有詞通史，也有斷代詞史，還有性別詞史。唐宋詞成為後世的典範，對唐宋詞史的梳理和認識成為詞學研究者關注的焦點，如詞史的分期，各期的主要特徵，詞派的流變等。值得注意的是詞學史上的南北宋之爭，在民國時期又一次達到了高潮，有尊南者，有尚北者，亦有不分軒輊者，精義紛呈。南北宋之爭的論題又與新派、舊派基本立場的分歧對立相聯繫，一般來說，新派多持尚北貶南的觀點。史著類中清代詞史亦值得關注，詞學研究者開始總結清詞的流變和得失，清詞中興之說已經發佈，進而加以討論，影響深遠直至今日。文獻類著作主要指一些詞人小傳、評傳之類，著者廣泛搜集歷代詞人的文獻資料，加以剪裁編排，清晰眉目，為進一步的研究打下基礎。

本『民國詞學史著集成』有兩點應予說明：其一，收錄了一些中國文學史類著作中的詞學史部分。民國時期的中國文學史著作主要有兩種結構方式：一種是以時代為經，文體為緯，此種寫法的文學史，詞史內容分散於各個時代和時期；另一種則是以文體為綱，注重文體的發展演變，如鄭賓於的《中國文學流變史》的下冊單獨成冊，題名《詞（新體詩）的歷史》，篇幅近五百頁，可以說是一部獨立的詞史。又如鄭振鐸的《中國文學史》（中世卷第三篇上），單獨刊行，從名稱上看是唐五代兩宋斷代文學史，其實是一部獨立的唐宋詞史。『民国词学史著集成』視這樣的文學史著作中的詞史部分，為特殊的詞史予以收錄。其二，本『集成』收入五部詞曲合論的史著，著者將詞曲同源作為立論的基礎，合而論之，本套丛书亦整體收錄。至於詩詞合論的史著，援例亦應收入，如劉麟生的《中國詩詞概論》等，因該著已收入南開大學出版社的『民國詩歌史著集成』，故『民国词学史著集成』不再收錄。

『民国词学史著集成』收錄的詞學史著，大體依照以下方式編排：參照發表時間、內容分類、著者以及著述方式等各種因素，分別編輯成冊。每種著作之前均有簡明的提要，介紹著者、論著內容及版本情況。

在『民国词学史著集成』中，許多著作在詞學史上影響甚大，如吳梅的《詞學通論》等，多次重印、再版，已經成為詞學研究的經典；也有一些塵封多年，本套丛书加以發掘披露，如孫人和的《詞學通論》等。這些文獻的影印出版，對詞學研究具有重要的參考價值。近些年，民國詞學研究趨熱，期待本『民国词学史著集成』能夠為學界提供使用文獻資料的方便，從而進一步推動民國詞學的研究。

孫克強　和希林

2018.3

总目錄

（上卷）

詞曲研究 403

上卷目录

詞學捷徑

鄒弢

鄒弢（1850—1931），字翰飛，又字瘦鶴，自號酒丐、酒匄、梁溪酒匄，別號瘦鶴、瘦鶴詞人、瀟湘館侍者、夕陽紅瘦樓主人、三借廬主人、醉月山人等。江蘇無錫鴻山後宅鎮人。早歲即有詩名，尤以《黃花詩》傳誦，因有『鄒黃花』之稱。一度兼任《蘇報》主編，曾任教於上海啟明女校達十七年之久。善長短句、駢體文、散文、小說等。著有《三借廬筆談》《澆愁集》《詩詞學捷徑》《詩詞學速成指南》等。

《詞學捷徑》分詞學之緣起、詞學之源流、詞與詩之比較、論學詞與學詩難易之比較、詞韻與詩韻之分、填詞之要韻、學詞之換韻、押韻陰陽之辨、詞律之分音、詞調之分目、詞學之練習、詞學之津梁、詞牌之錄要等十三章論述，最後有附錄。《詞學捷徑》於1918年蘇州振新書社刊行石印本，本書據此整理。

目録

第一章　詞學之緣起

詞起於六朝，即雅頌之遺音，樂府之別派也。古者名堂清廟之祀，賓筵宴饗之文，各歌詩曲數章，以侑大禮。迨樂府散佚，曲調推變，代以詞牌。故今詞牌名中，如《徵招》《青門引》《百字謠》《長相思》等，皆取樂府之名名之也。唐朝推暨愈廣，皆創造詞名，如李白之造《憶秦娥》《菩薩蠻》；元稹之造《一七令》。氣運所感，上下靡然。趙宋詞學更昌，廟祀皆取以歌頌。至金人擾夏，詞學漸不講求。元蒙入主中原，變詞為曲，由是入附出汙，聲調專重歌曲，然曲調多與詞調相合。迄有明至讓清，文人喜其與詩相近，乃於作詩而外，更學作詞，及今傳之弗替。惟共和肇造，風氣開通，詞為武力所排，歐化所奪，其從事於長短句者，百不得一。余傷詞學之將亡也，因作此以詔來者。

詞調之最先者，始于盛唐，其時樂府漸亡，聲調乖舛，歌唱之律，絕少正音。李白遂首創《清平調》三章，與七絕相同，即詩之分派也，故仍系七字一句，無長短之別。厥後又創《憶秦娥》《菩薩蠻》諸調，而長短遂定，名家踵接，次第編造，至趙崇祚輯《花間集》五百闋，此為詞學鼻祖。唐時付之梨園者，皆本乎此。

第二章　詞學之源流

詞學之源流，雖根乎詩，而實則上追樂府。樂府之句有長短，故詞句亦有長短，其《竹枝》

《柳枝》《小秦王》《清平調》，雖亦入詞中，究與七絕無異，故填詞家往往不用此調。間有填者，亦不入詞集，《鷓鴣天》下半闋三字句兩句，已是詞矣。然前後七句，仍是七言，比七律只少一句，故詞家亦多不填。惟上節所述之《憶秦娥》《菩薩蠻》及《長相思》《江南好》等，方為正始之作。但當時仍為唐人之詩。不過所制之題是樂府體。唐之後起，竟改《憶秦娥》樂府為詞，此風一開，於是好奇者爭制詞牌，詞與詩源流大判矣！

有韻之文，濫觴于唐虞。厥後曰詩曰騷曰賦，皆重音節。詩變為樂府，樂府改律絕，其法尚寬，至變而為詞，法加密矣！漢魏承周秦之舊，尚少韻文，六朝以靡麗見長，風懷雋永，雖無正律，而風氣已移。至唐重四聲，每慊古人之未足。始創為詞，但付之梨園，不入國家功令。沿至五代，以迄趙宋，習此者多，廓然為士人之消遣法，方定準詞律，亦文明進步之征也。

詞有兩種胎息：一種曰細膩，所謂兒女心腸也；一種曰粗豪，所謂英雄本色也。舍此而外，寫景述懷，須極自然之致。

詞始於唐而盛于宋。唐詞姑置勿論，以學詞者皆學宋也。宋詞之粗豪者為蘇軾、辛棄疾、姜夔、張先等。細膩者為陳師道、朱淑真、李後主、李清照等。而清麗者為周邦彥、孫光憲、秦觀、陸游等。刻覈者為黃庭堅、周草窗、吳夢窗等。各自名家，派數截然不一，學者宜求各人之長而會通之。

第三章　詞與詩之比較

樂府歌行，字句無定者也。然字句無定，而音節則有定。其無定之字句，皆有定之音節也。後之為律者，始以字句之多寡，定為音節，而音節遂為字句所限。學者拘之，乃改為詞，其抑揚頓挫，隨氣調聲口而參差。學者愛奇，群馬宗仰，而詩與詞不同矣。

或謂詩學詞學，各有薪傳。似也。然學詩者未必愛詞。學詞者無不知詩。故詞學必從詩學入手，後人以詞為詩餘有以哉。

歌始於虞舜，詩始于國風，詞則始于唐。其間相隔，一則二千餘年，一則一千餘年。氣運不同，故筆墨之結構，亦各不同。惟唐詩與詞，似少差異，但或整散之分耳。

詞與詩比較，詩之句整整齊齊，詞之句長長短短，故詞又曰長短韻語。其中大別者，有詩人之詞，有詞人之詞。詩人之詞，照牌填寫，不必盡求合格。且詩人填詞，往往取用詩韻，一首已成，沾沾自喜。雖音節不叶，字眼重複，亦無暇疵求，此詩人之詞也。

若論詞人之詞，須遵詞律，非但平仄講究，且須宮羽推求，若者為陰聲，若者為陽聲，而琢句又與詩句不同，是以詞人之詞，較難於詩人之詞。蓋一則餘力學詞，一則專力學詞。古人行世專稿，皆專力學詞者。學者詩已專家，復致力於長短句，不待十旬，已入姜（夔）張（先）之室矣。

第四章　論學詞與學詩難易之比較

詞為詩餘，學詩已成，苟有餘暇，有餘力，有餘興，自能照格填詞，蓋詩已能吟，平仄熟習，以吟詩之法填詞，此非婢學夫人，乃夫人學婢也。譬如解牛之庖丁，令其割雞，自易迎刃，古今文人，既喜吟詠，無不旁涉於詞，故詞學名曰詩餘。試觀趙宋以來，凡以工詩名者，皆詞稿流傳，此其證也。

淺學之人，見詩句整齊，而詞句不能整齊，遂以為學詞之難，而不知非也。夫作文不啻言語，言語字數有多寡短長，則作文亦當如此。彼作詩者限定字數，強短字之句以伸長，強長字之句以縮短，此則須費剪裁。惟詞句則短語長言，適如其數，無強伸強縮之難，此為自然之文字，而琢句微有不同耳。

或謂同是吟詠，何為琢詩句與琢詞句不同？曰作詩須煉局煉句煉字，填詞亦然。惟所煉之句與詩句異，煉詩中之字，須生硬奇挺。煉詞中之字，宜柔細婉曲。字既不同，句情自亦不同。

『草色引開盤馬路，簫聲吹暖賣餳天。』趙宋宋祁之詩也。『鴨綠一條穿巷水，鵑紅幾朵上樓花。』讓清王仲則之詞也。『引』字、『吹』字、『穿』字、『上』字，同是煉用，而宋詩何等剛勁！王詞何等柔媚！『日月催雙鬢，乾坤借一肩。』余友唐詠茗之詩也。『悲笳落日，為殘秋摩蕩。』莊盤珠之詞也。同是粗豪，唐詩何等筆力，莊詞又何等筆力。學者細細推敲，苟知用筆如何，則自然進步。

第五章　詞韻與詩韻之分

詩人學詞，多用詩韻，以其不知有詞韻也。夫沈約之四聲，未必悉合正音，而詩人守之如金科玉律，無他，今人之詩，瓣香李杜元白。而李杜元白，因唐重應制，又瓣香六朝，皆用沈韻。後人積習已深，不能改也。不知詞韻較寬於詩，上去兩聲幾可通押，然則填詞之韻，已較易於作詩。學詩者何不兼學詞哉？不但此也，人家畫幅，題詩者多，題詞者少，以其不習夫詞也。苟能習之，則援筆題詞，受者自然寶貴。

詞韻甚多，以正韻為最。沈去矜之韻次之，學宋齋又次之。惟唐詞多用沈約韻，以當時功令重詩，詩韻則遵沈約，程式皆不敢違。惟太白、樂天輩學有淵源，不受羈勒，是以所用之韻，旁通軼出，已開後世通押之風。

詞韻雖寬，而上去能分別單押更好。古人作詞，往往以真韻通於侵韻，先韻通於鹽韻，萬紅友以為不妥，余以為未嘗不妥也。夫南人口舌，雖有不同，而按之中州則合。後人倘重訂詩韻，何必以侵先為獨韻乎？

第六章　填詞之要韻

填詞之韻，平聲只能獨押，上去可以通押，入聲亦只獨押，然亦間有平上去三聲統押者，如《西江月》《少年心》《菩薩蠻》《換巢鸞鳳》等牌，皆統押三聲。故沈氏詞韻，分平聲十四部，每部注明平聲通韻，及上聲、去聲通韻，又別定入聲為五部，五部中皆不相通，與平上去更不相通，今將要韻列下。

詩餘要韻（詞名詩餘）：

平韻一東二冬通用

東同桐衕中忠蟲終沖躬融絨宮風窮功楓櫳朦空聾工釭朧籠驄鴻紅聰通逄篷蓬筒艟銅筩童曈瞳僮峒犝潼朣氃衷螽狆忡崧崇雄戎駥嵩菘弓芎熊穹灃芃馮豐酆窿充霳渢隆倥瓏櫳瞢懵公濛蒙塚曨幪矇礱嚨叢洪訌葓虹蔥怱轗翁叢囪椶蓁烘潀悾[illegible]

冬松鐘鍾松儂鎔溶容蓉封穠胸醲濃重縫逢筇蜂從峰鋒蹤茸蛩邛慵供悰淙宗淞農膿龍忪忡舂沖喁榕葑庸墉鏞兇傭禺邕鄘顒廱凶雍洶饔噰壅穠跫豐烽縱龔恭共攻樅蛬癰鱅

仄韻上聲一董二腫，去聲一送二宋通用

董總孔動洞懂蠓幪玤傯惚懵汞滃蓯唪菶籠桶空琫鬉

腫種踵寵擁捧重恐拱湧壟隴壅冗茸塚奉俑勇踴慂甬湧鞏踴竦悚聳洶氄蛹尰統

送鳳弄凍夢痛哢贛鸗貢控鞚棟傯蝀糉鬨諷慟恫仲瞢哄眾中賵衷霿羾湩甕幪

宋用縫綜頌訟供誦統共饔俸從縱惷蠢葑

平韻三江七陽通用

江釭缸雙窗幢腔撞厖杠邦降庬艭哤龙逄瀧扛淙樁矼摐

陽楊揚颺詳翔良粱鄉量涼商觴傷香房床腸章湯防場湘鶼忘亡望將相徉長方廂裳妝娘牆狂塘

浪筐檣霜裝鴦妨廊棠茫芳央堂傍鏘篁徨航旁忙莊償常蹡蜋鐺泱蒼黃簧凰光惶遑藏行煌囊卬邙嘗蹌
郎當頏潢糠肓荒唐眶佯庠洋羊祥暘糧魴粱倀彰殤麞璋羌昌猖韁菖閶僵薑倡姜慶疆張勷穰攘瀼坊枋
襄驤緗漿芒螿瘡創宋嬙鱨戕驦槍秧匡王斨彊殃餹螳琅狼榔剛襠罔網亢桑璫箱鋩尪滄康喪鋼簹隍蝗
璜皇倉洸鏜艎瓤杭纕桁牂臧彭昂強

仄韻上聲三講二十二養，去聲三絳二十三漾通用

講港棒蚌項玤銗

養兩響想仰槳掌丈爽杖賞紡枉倣長往廣上昉蕩盪朗慷癢魎像橡象繈獎羕怏享蠁蔣饗彊敞氅
昶鞅鑲仗攘壤穰仿罔網惘磉搶碭榜簜莽沆蟒顙瀼曩魍儻漭黨強帑盎坱泱茫讜黨髒磢恍幌晃榥倘蒼
橖

絳降巷撞洚戇惷

漾楊量讓狀向悵暢帳釀壯唱漲怏訪舫相望放嶂謗臟浪誑況恙輛諒煬漾颺亮餉脹鬯韔嚮榜匠
障瘴創養張髒藏償尚愴刱倉妨將醬妄忘況貺兄王旺防宕碭閬行桁葬伉忼抗亢閌掠搒傍壙吭纊傍喪
曠當

平韻四支五微八齊十灰半通用

支巵肢枝移為麾垂碑吹窺披炊隨奇岐歧騎宜涯疲離籬兒醨鸝驪皮卑羈澌斯差知漪馳池脂師
肌姿絺饑遲私伊梨咿藜追維惟楣湄遺悲眉帷誰之芝貽疑時期思司旗其絲基欺詩釐祠茲貍緇辭嬉詞
辭噫醫癡持嗤慈孜栘㢋蛇觿萎匜蠵傂媯撝訑倭糜陂醿羆縻墮陲錡倕腄睢跂羸犧戲虧琦碕琦祇羲曦

祁郫欹踦儀匙徛禔蘺罹麗璃蠡褵疵漓訾羈畸錍髭貲觜裨脾螭廝施瀰魑彌雌劑猗篪姨醨危規衹夷痍
彝篩茨比獅諮資齎墀鴟瓷坻粢薺尼蓍耆屍犂蔾黧葵榱龜絫逵綏夔騅玼睢馗藟櫐嵋錐丕頤麋椎鎚槌
推圯怡詒塒飴鰣颸嶷祺罳綦淇萁琦麒偲朞而騏僛姬箕碁嫠漦𠢩熙淄嘻笞蚩治鷀磁滋孳仔氏簃柂嚱
羲穲茈羅郫褫齋瓻槐洟貔眡泜屍蜊荽洏僖祁鷥埤齝剞梩鮞鴯
微薇暉輝霏菲幃違闈非飛扉肥旂稀希依衣歸欷徽翬揮韋圍騑緋誹妃淝威蝛鐖祈幾頎磯譏饑
機璣晞鵗沂巍鞿煇碕葳
齊黎藜妻悽羝氐詆磾綈稊荑騠鵜笄雞稽乩嵇奚鷖霓倪麑鯢撕鼙醯梯躋齏擠閨泥畦奎攜兮猊
珪虒嗁隋禔鶗禔齎蠵巂梯傒圭刲梨銻桋膍溪締
灰徊枚梅罍杯回恢詼悝魁瘣隈煨虺莓煤洄嵋禖瑰胚雷隤傀裴媒催桅縗崔樻醅堆鎚壞培陪桮
推嵬頧酶嵋迴蓷偎

仄韻上聲四紙五尾八薺十賄半，去聲四寘五未八霽九泰半十一隊半通用

紙是被技倚妓伎綺此徙屣蓰婢紫旨美視厎底指水履死擬比否止沚芷趾已巳己似使耳紀以裡
理裏鯉李起始儗子矣咫枳砥抵氏軹諟只靡毀彼髓燬委跪詭喜螘傀累轙瀡觜泚廌璽褫邐蘂釃迆蓰髀
鞞邇敉瀰弭侈弛豕訾捶箠揣兕鄙秭妣幾否庀匕姊秕軌晷簋匭雉矢洧宄樏鮪揆壘誄藟癸痞圮唯歸恃
時汜姒庤士竢芑仕梓屺俟戺涘齒耔胏薿滓祉市徵耜史祀駛駬珥苢俚枲峙杞第耻掎剞蔿豸柹酏爾俾
儗企芊庳嶲庀跬機秕氿屎痔柹
尾幾斐匪篚菲鬼扆蟣豈誹亹棐榧煒卉韙朏偉葦螘顗虺悱

薺醴涕體邸抵啟洗禮澧蠡濟柢遞氏詆悌棨弟米陛稽狴徯眯軆禰泚鮆紫
賄悔罪腿磊浼痗每儡匯蕾餒隗嵬琲廆頠猥

寘避惴荔為寄嬖臂易翅企議諉偽戲睡吹至媚穗醉類媿淚致寐瘁翠次季地墜志思字試異置事
熾侍意忌記觶詈離陂跂賜積責帔跛漬詖眥刺芰義跂騎智譬錘施縋恚隧瑞摯贄啻位遂燧魅粹篲邃秘
誶睟閟祟費轡砦匱饋蕢簣帥喟嗜備精利膩棄莉蒞輊躓質緻穉治遲暨覬驥冀二悸貳洎懿四肆飲泗駟
恣鼻器庇比萃瘁肄睢示遺惎勩自誌識織植值寺嗣笥幟伺亟餌吏胾詒異蒔廁食出薏埴孳其司濞祕
鞁劓憒臮畀庳痣飼咡弒牸眙最視

未味謂畏慰諱既氣胃緯貴蝟彙渭魏沸鬃芾蜚尉蔚翡餼毅溉氣愾欷衣璣誹卉

霽替細繫閉麗桂歲蔽袂憩嚏齊穧帝諦蒂劑薙睇第娣遞締禘逮繼棣砌杕切計題壻妻薊垷睨詣
羿契髻褉系係曀翳殪慧謎蕙惠嘒嘒際儷俾憼唳隸祭戾枘汭蜹泥衛毳敝銳贅脆綴幣弊帨蛻薛稅說簪
橇鱖蹶制誓逝筮噬澌曳裔泄瘞藝枻洩滯囈彘糲揭例勵癘厲礪勢蠣猘貰偈濟傺擠弟罽碣穄劂世製

泰貝肺沛兌膾霈茷會會檜儈獪旆噦翽最繪沫鄶澮薈昧濊眛蛻狽

隊北佩背妹碎配對退內憝焙孛邶倍誖沬痗瑁晦誨讀妃碓晬回績潰耒敦闠酹憒類塊

平韻六魚七虞通用

魚漁初書舒居裾車輿余餘歔疏蔬梳虛噓廬諸除躇茹如墟琚鶋蘆紓椐據醵蕖旟渠璵蘧譽妤苴
胥疽諝趄沮畬狙雎稰鋤樗豬徐櫚淤於閭臚篨儲滁苴祛驢且袽嶇蛆蜍駕藷

虞愚娛嵎隅竽無蕪籲盂誣劬儒鬚繻須蛛需株殊驅臾軀嶇珠區朱趨桴扶符鳧雛夫蹰膚輸迂樞

姝廚俱拘駒模醐乎湖壺姑沽孤辜酤途塗荼孥圖奴呼梧吳吾鱸顱爐蘆蘇酥轤烏逋枯晡麤鋪都瑚芻巫
粗毋雩於衢鴝臒瞿嚅濡繻貙誅邾逾銖揄愉瑜腴榆覦萸渝歈窬蚨諛鴣莩蔞婁俘苻瓿敷郛趺孚柎毺膜
蒲胡酺瓠蒲謨狐弧鶘餬罛菰蛄徒觚駑呱租盧鑪菟櫨壚砮艫汙餔痡杸臞摹芙芋騶嫯穌

仄韻上聲六語七麌，去聲六禦七遇通用

語侶旅與紵佇渚汝杵暑貯處拒女許距阻炬楚敘舉咀緒嶼序詎鼠杼巨瞿所寧黍圉禦呂敔予膂
茹圄褚齬醑胥湑礎詛俎墅筥莒潊鱮籹糈著紓去

麌宇俯舞嫵撫聚輔廡主柱數矩麈取縷土覩櫓古瞽午五部苦怒戶吐補雨譜努羽父甫禹瑀脯府
斧腑武鵡侮釜拄拊腐詡庾痍煦栩愈豎傴黼乳齲窶枸踽僂姆姥艣杜鹵肚堵賭估蠱魯詁股罟鼓羖伍祖
鹽簿虎琥滸賈塢組弩祜扈楛怙普溥圃岵莽虜伍浦煦炷剖

禦慮據去覷曙恕著絮助倨濾踞庶翥飫遽疏醵箸居輿鋸淤除署勮預譽洳豫澦嘘馭女觔

遇附注樹句炷霧澍籲騖懼鶩鷺具付註趣住暮度墓渡慕路兔露顧故悟誤晤訴愫素布步惡措怖
寓鑄嫗鮒駙澍賻屨煦戍呴酗輸裕諭孺務赴僕颶婺賦傅芧駐屢娶募賂蠹輅妒吐固痼錮雇寤護互酤冱
瓠泝濩塑傃汙醋堊哺袴捕庫呼作護怒

平韻九佳十灰半通用（佳、媧、騧、蝸等字入六麻韻）

佳皆階楷諧街鞵涯乖懷霾埋牌柴釵差祡厓儕荄骸排俳齋揩豺淮鞋

灰槐台開哀埃駘挨苔財該垓陔荄才材裁來萊騋栽哉災徠胎猜顋儓台孩腮鬛纔

仄韻上聲九蟹十賄半，去聲九泰半十卦半十一隊半通用

蟹買澥解罷擺灑豸矮駭枴掛楷灑掛
賄愷海醢鎧塏怠宰待逮殆改載宷乃亥鼐在采彩倍綵欸茝
泰藹靄帶柰害賴賚汰太艾丐蓋大蒂瀨癩蔡籟壒外狽磕儈酹糲奈
卦懈廨賣隘債稗曬怪噫派瘥祭玠界介戒誡疥瀣芥薤屆械蕢拜湃聵憊殺鎩邁壞快獪噲敗夬價
呰澮喟蒕曬寨唄嘬
隊塊代黛袋岱隸埭再賽塞貸態愾欬鎧槩礙溉愛戴菜萊柿吠肺穢概喙廢濊刈礙襶乂耐慨靉閡
暖睞賚

平韻十一真十二文十三元半通用

真因姻辛新茵晨臣人神親身津塵瞋秦嚬蘋頻瀕顰巾春綸巡輪醇甄堙湮閩薪紳仁鄰申轔粼伸
呻賓濱麟鱗螾燐珍陳嗔嬪寅銀垠狺囷民筠旻岷緡貧瑨豳彬諄鶉荀詢純峋郇倫蓴脣淳漘淪椿屯迍掄
皴逡僎悛蹲遵循勻畇旬榛鈞馴均臻蓁莘駪宸填駰泯珣皴歕辰邠蒓詵斌
文紋聞氛雲焚分氳群熏曛薰君芬紛紜殷芹勤慇欣蚊芸員雲耘雯汾墳蕡勳葷纁鼢雰筋斤昕軍
蕡沄勛牲壎麈麕懃蒀
元魂崑渾昆鯤門緼褌溫捫墩孫飧蓀敦鐏存尊蹲暾啍盆臀奔邨論髡樽崙坤閽昏婚噴村痕吞恩
根惛屯軘緷豚賁璊崐猻

仄韻上聲十一軫十二吻十三阮半，去聲十二震十三問十四願半通用

軫哂矧緊忍憫盡窘引敏准泯蠢袗儘贐鬒蜃牝菌困臏殞疢賑黽閔蚓靷筍隕尹允隼惷楯盾稹賑

振
　吻粉憤忿藴慍謹醞近刎脗惲緼韞穩槿齔堇墳聽隱檃巹抆
　阮本混袞遯壼沌梱穌捆忖悃畚懇墾狠噂穩撙損困滾
　震訊信迅認擯鬢燼慎陣僅襯進村仞軔刃汛牣靭吝藺殯晉縉釁覲畯餕鎮搢饉墐趁峻浚印殉親
駿濬舜瞬俊閏潤順瑾儁憖髩釁躪袗引諄
　問紊韻分近訓運汶暈僨糞郡靳絻鄆斤奮
　願溷慁頓敦嫩遜巽腯悶論褪鈍恨艮寸娩噴

平韻十四寒十五刪一先十三元半通用

　寒安單鞍丹難餐灘歎壇彈珊瀾殘幹玕乾竿闌蘭看酸端攢鸞冠戀觀歡般漫寬韓翰鄲跚檀肝凡
刊桓紈湍摶團溥鑾官繁棺倌欒盤蟠蹯鑽瞞潘弁奸拚剜
　刪灣環潸關彎還寰班斑般顏鬟山閒間潺閑湲瘝頒扳姦鰥孱鵬蕑艱攀慳頑殷蠻
　先前媥千箋天堅戔肩絃弦賢舷煙鈿蓮田憐巔年邊牽妍編眠鵑仟鮮懸筵遷煎然蟬纏翩篇連綿
偏泉全穿川緣旋船娟鞭涓圓傳椽阡韉芊湔錢禪延嬋聯漣權捐鳶愆卷虔拳褰騫燕畋胼顛闐駢蠙韆淵
玄蜒氈甄鸇邅沿躔平便鉛佺涎痊筌銓專荃竣甎搴焉棬拳嫣蚿歅宣櫋牷獧鯿顓滇偵乾仙煙漩研棉填
鯀
　元原源垣園援猿煩翻旛鴛暄諠鵷喧萱蚖冤軒言轅袁黿洹媛墦繁蘩蕃蹯樊礬番璠塤智藩掀幡
繙騫鞬爰

仄韻上聲十三阮半十四旱十五潸十六銑，去聲十四願半十五翰十六諫十七霰通用

阮遠幰綣阪苑晚反返婉宛偃鍵堰蹇建畹蝘鼴輓飯菌鄢圈挽菀

旱但坦散袒澣緩短管盌館算款纂煖伴滿繖悍亶罕嬾斷幹纘澸盥窾

潸撰赧限柬簡琖眼剗綰晥莞産棧潺醆版弗

銑典繭撚泫餞鮮踐展善淺剪遣件辯轉卷喘篆免勉輭辨輦腆殄跣覎峴睍鉉顯扁犬衍演闡膳蹇

湎單鱔雋沔臠孌舛選蘚冕癬洗填俔泯轞艑蒧幝燀僤璉錢讞揃翦軟剸

願願券怨蔓販萬勸楦獻憲健

翰汗悍閈歎粲旦炭看岸爛漢灘散燦讚換煥腕惋逭渙喚玩翫亂漫半畔案按彈憚榦骭盰諺贊璨

難觀貫灌冠鸛竄爨鍛段蒜幔絆判泮叛瀾讕墁

諫澗雁慢鷃幻慣患辦綻瓣盼問晏訕丱宦襉綰

霰先罥練殿宴燕片薦縺線囀絹院面箭串戀扇眷倦賤硯倩茜絢縣眩鈿電奠佃甸鍊見戰嚥醼顫

薦譴擅繕唁彥媛釧眄掾變羨饌昪澱

平韻二蕭三肴四豪通用

蕭簫瀟雕挑彫貂凋苕調條迢鶲迢髫聊撩寥宵綃銷霄消潮樵嬌朝驕焦蕉嬈橈蕘饒謠搖燒遙飆

瑤昭招描要腰邀橋喬妖飄翹標祧跳蜩澆驍寮梟遼堯僚麼逍超蛸囂枵椒姚陶韶鑣杓瀌瓢苗鴞嘌夭穚

窯珧嶠鵰

肴殽教淆交膠呶郊梢巢茅包苞哮胞拋庖嘲匏爻蛟鐃捎鮫蛸筲泡跑鈔坳脬抓

豪嗥號毫勞醪牢膏高蒿毛旄髦滔舠刀忉騷搔叨匋袍濤萄陶桃逃翱嗷遭熬操濠篙櫜羔槔皋嶹

餻韜撓芼弢繅饕魛鞀臊褒淘韜匋洮鞉螯糟鼇敖嘈槽曹鏖漕璈螬螯鼇尻

仄韻上聲十七篠十八巧十九皓，去聲十八嘯十九效二十號通用

篠鳥嫋皎蓼了眺曉杳小嫋窕沼擾少遶繞藐杪緲渺表悄皦窈朓窅裊兆趙肇旐昭蹻嬈眇秒紹矯

莩愀湫勦嬌摽

巧姣爪攪炒飽撓昴狡鮑咬卯拗佼泖

皓浩老抱道潦討掃惱禱倒擣島草蚤早寶保懊好槁造棗褓襖藻縞昊獠灝纛稻腦嫂燥瑙杲考葆

栲媼栳燠

嘯弔釣調叫竅料笑照肖燿要召妙轎廟跳蓧姚突詔鞘鷂邵嶠漂峭爝票燒釂療醮剽燎僬

效較教覺貌校鬧鈔罩傚佼孝窖豹爆橈樂趠櫂効

號到告悼帽勞傲操報噪燥躁耗秏導盜幬蹈誥膏暴瑁澇毷昦奧芼冒鶩澳慥竈埽犒懊好靠旄虩

平韻五歌獨用

歌哥柯蹉多跎蛾娥俄哦蘿荷何珂河過蓑戈莎摩麼魔梭螺波坡和窠窩渦頗猧搓鵝莪峨磨羅拖

那婆皤磋駝傞佗馱鼉娑酡呵苛阿禾科牁挱沱陀瘥他柁騾鑼娿囉韡軻

仄韻上聲二十哿，去聲二十一箇通用

賀可䩕我果裹左娜朵墮妥瑣鎖播坐簸頗夥火麼顆惰叵舸坷軻垛窠荷裸跛禍瑳輠蠃

箇佐過奈和大挫臥破唾課賀作馱餓堁磨座莝稬涴磋貨播坐銼

平韻六麻獨用

麻車賒斜譁笳遮嗟瓜華誇花加家葭霞葩鴉沙紗芽茶涯琶槎蛙牙巴哇蟆奢邪爺騧蛇媧拏蝸窪嘉蝦瑕遐丫靶豭義差衙汙撾杷釾鯊啞些佳娃楂驊裟爹他枷麚

仄韻上聲二十一馬，去聲二十二禡十卦半通用

馬野也雅者㖊下假瀉寫夏且捨寡把惹瓦耍打灑赭冶賈啞廈姐社若㗇鮓踝輠問撦灑炧

禡罵嫁罅婭夜暇謝乍詐榭射駕卸借舍怕帕跨亞稼罷迓價訝詫吒蠟假藉柘炙蔗赦麝貰灞壩霸化胯華傌議擭嚇姹夏下

卦掛畫炧話掛

平韻八庚九青十蒸通用

庚賡更橫枰平驚鳴明盟笙兄卿生擎檠鯨迎行萌鶯鸚箏清情晴精盈旌城晴成聲酲輕名傾瓊程征貞楨呈誠羹璜黌盲觥棚英烹傖評京荊蘋兵榮甥瑩牲猩衡氓蘅鏗耕纮宏硜莖甍閎丁嶸嚶櫻錚繃爭橙轟泓嬴菁瀛晶嬴營塋嬰攖纓偵裎鉦鯖伶縈鍚煢楹鶊怦

青形庭廷蜓馨亭停霆醒丁婷星惺靈齡鴒鈴泠零汀聽冥寧翎鉼螢屏扃萍聆腥竹苓溟銘玲螢軿涇刑徑俜舲蓂螟邢莛廳

蒸承陵澄綾凴鷹藤凴應繩乘冰升昇勝陞蠅徵矜凝興仍登稱增曾憎僧嶒層朋曾肱能鬅鵬罾懲丞淩菱澠繒塍稜鬙崩弘恒藤

仄韻上聲二十三梗二十四迥，去聲二十四敬二十五徑通用

梗影綆秉境景省警杏永冷幸倖靜屏整頸逞領請騁嶺井餅頃靖鯁丙炳儆荇猛蜢靚璟郢穽打穎潁冏艋

迥冥茗鼎頂艇酩挺醒竝等酊剄肯悻炯頲拯脛

敬鏡竟映病柄詠勁硬政併泳性淨令姓清倩行猊競孟更慶橫迸命正聘聖迎盛輕

徑佞定寧罄磬訂暝聽證塍乘憑應賸稱興甑鐙贈孕飣亙剩勝

平韻十一尤獨用

尤憂留榴郵流秋楸悠由遊遊啾湫修脩州羞抽洲柔酬舟收揉颼愁邱休儔籌求裘逑毬浮眸篌侯喉謳甌漚鷗樓偷謀侔投鉤勾頭溝篝兜幽優騮鶹劉旒油猶猷牛遒周鳩貅囚球仇矛鍪歐婁抔虯疇讎繆蝤篘裯輈罘

仄韻上聲二十五有，去聲二十六宥通用

有友右柳負九久首手守否酉咎不誘受厚後門酒陡耦走藪偶藕扣口剖醜肘朽韭醜玖阜壽綬舅後耇牡狗垢叟罶鈕紐帚婦缶臼莠某茆揉牖母畝拇蔀瓿苟蚪塿吼趣嗾糾溲

宥又救究晝袖岫咒獸臭漱舊綯皺甃溜瘦秀繡驟就柚逅候蔻豆懋敬竇透逗讀奏彀訢搆謬輳幼鏤構鬭媾遘覯姤漏繆陋侑囿祐廄冑疚狩咮鼬籀富糗副僕覆宿糅蜼堠寇脰耨雊購肉瘤戊蔟右彀灸鷲後佑

平韻十二侵獨用

侵霖臨斟鍼林尋心深砧禽琴襟衾吟禁金今陰森音岑歆簪沈參箴淫任潯淋琳駸燖琛壬欽椹蟫

葠擒涔瘖雋針

仄韻上聲二十六寑，去聲二十七沁通用

寑枕沈審錦噤稟飲甚品禁廩稔朕鋟荏飪葚瀋唫

沁任蔭賃讖窨譖浸衽鴆袵甚伈飲禁

平韻十三覃十四鹽十五鹹通用

覃潭南參涵蠶男諳含函庵嵐簪耽探眈堪擔談甘柑甝藍籃三酣蚶憨鬖譚曇蟫驂喃棽貪戡弇珊

龕邯楠

鹽閻廉奩簾簾纖簽瞻占幨黏淹尖潛粘蒹縑箝添甜兼恬謙嫌嚴拈沾鶼撏簷砭蟾炎懨袡忺髯鐮

覘鈐崦霑簷

鹹鹹緘喃讒巖巉銜衫芟帆凡嵌杉椷饞喦鑱監

仄韻上聲二十七感二十八琰二十九豏，去聲二十八勘二十九豔三十陷通用

感慘坎撼覽敢膽毯澹啖淡闇攬萏菼頷欖槧糝膽

琰剡灩斂險貶儉檢染冉苒靨奄掩漸玷簟閃點崦忝餂陝晻諂瀲芡剡颭歉慊臉

豏減檻黯范艦濫湛範犯摻喊斬黶梵

勘暗纜暫瞰擔探三啗憾塹啗紺鑒泛氾

豔驗塹占坫店玷僭念劍贍歉欠爓饜砭焰厭斂忝墊掞餤灩

陷賺鑑泛監懺渢梵汎站蘸

仄韻入聲第一部，一屋二沃通用

屋牘讀犢穀轂獨穀哭縠斛速蔌禿祿碌鹿簏麓錄族瀑撲僕卜樸木鶩沐輻福腹幅複復伏覆服馥
縮六逐陸菊掬軸麴舳孰淑熟育鬻祝畜叔倏竹築築蹴蹙肅鬱宿燠蓿目牧睦蓄夙讟讀黷縠槲涑餗觫匵
漉琭盝暴濮鏃蝠鵩澳謖蔙戮鞠稑昱俶塾鞫肉柷鵴匊粥菽恧竺霂麴柚矗
沃篤督鵠酷告燭局玉勖旭屬蜀辱觸欲躅浴束錄綠醁曲續促俗數鵒足粟贖毒纛矚蠋縟褥溽籙
慾獄梏薅騄亍不趣歜襆

仄韻入聲第二部，三覺十藥通用

覺角桷樂嶽鷟捉數踔朔斲琢卓剝啄樸確殼渥濁濯握喔幄璞學齪雹涿犖鐲搉稍詠駁榷樸掾倬
鷽嚳邈玨擢搦
藥躍籥龠腳略酌灼勺焯妁蒻弱若約綽卻杓虐削嚼爵爝鵲雀噱攫著著縛莫謔度幕漠摸寞落洛
樂酪絡珞駱託柝籜拓魄蘀橐錯各作鍔閣恪萼粕薄惡泊箔礴索鶴貉昨鑿壑怍涸搏博酢諾鎛霍藿郭廓
擴鄂瀹斫礿藥瘧燋矍玃鶚噩堊咢郝傕簿濩蠖鞹穫飥

仄韻入聲第三部，四質十一陌十二錫十三職十四緝通用

質實秩日瑟膝帙悉漆匹暱七壹鎰吉逸佚軼溢詰慄桌窒疾嫉失唧密室必謐畢率蟀叱蜜乙筆鷸
茁術述律橘出卒戌恤櫛一怵黜絀弼秫咥蹕飶蛭佾抶袙紩鑕桎騭挃栗拮罼汐篳佖韠姞苾泌鳦獝肸蝨
驈繘霱葎櫛崒蛣
陌驀貊白帛戟百伯柏迫劇屐索隙額逆窄坼拍客魄珀嚇宅擇麥脈獲格畫嫿擘幗澤責冊幘嘖翮

策隔膈核鬲謫摘昔厄阨革惜脊蹐積跡益繹譯驛掖液弈腋亦埸釋適蜴易尺斥赤摭蹠躑炙席汐夕擲瘠
蓆籍辟藉鬩役璧擗僻癖碧臘鯽嶧搤霹射穸磧舶卻綌柵砉翟蟈核啞舄螫疫扼只石
錫瀝析激晳擊曆曆霹靂滴嫡的敵覿滌逖惕剔績溺喫笛寂覓惄汨壁甓闃戚冪鵙裼礫櫪皪鏑適
樀檄菂鷁覡狄覔翟荻迪糴摘踼勣鷊
職直力織食飭鶒息熄寔殖飾識拭式匿測極臆憶惻抑棘色亟弋翼即愎逼側得忒慝刻默特墨惑
黑則蔔北國革植克塞德域仄昃嗇陟蝕軾湜穡蕙棘翌稷敕蜮罭幅棫洫勒肋嶷賊泐扐冒或螣億
緝十拾執習汲急給級泣邑澀吸翕唈笠立入褶揖挹笈及輯隰什汁集濕蟄葺褱襲岌籽縶戢熠廿
飄浥伋
仄韻入聲第四部，五物六月七曷八黠九屑十六葉通用
物勿拂鬅弗鬱黻屈艴熨尉掘詘倔菀蔚迄吃崛屹乞怫訖沕沸紼紱刜佛搰欻刜
月越罰閥鉞厥曰蕨劂蹶闕韈髮發謁竭歇揭沒骨汨滑突忽咄兀窟矻訥猝核卒筏樾粵蠍碣訐悖
柮浡孛渤杌勃笏惚歿腯鶻
曷褐闥渴剌辣達葛割抹末撥缽括聒袚活豁奪闊掇潑脫捋跋拔髭喝遏澾獺汰斡磕糲薩枿沫適
秣撮越濊鈸
黠劄八察恝軋揠扎殺轄剎刷茁刮撒鳦猾鬠鎩戛乙嗗瞎
屑切竊結血闋訣節缺滅決玦抉鴂垤瓞迭跌鐵涅瞥挈咽噎褻洩列烈冽洌哲泄傑熱折舌絕悅雪
拙說輟啜劣別轍孑設截潔澈媟蘖揲孽浙吶綴閱掣薛泬咥齧臬篾穴蹩擷巇襭軼蔑絰埒凸拙捏耊挈楔

餮紲岊撤纈蜺嫳桀晣批捩蛚鼈荝梲准偈譎洩拮姪蕝蛣徹

葉接楫睫攝涉獵捷躡囁帖輒妾笈摺貼協慴頰篋疊蝶挾浹撚怯浥裛愜脅饁喋俠鬣躐鋏曄莢曆

牒聶厭拾讋揲鰈堞燮屧業祫刧壓躞呿斂爗跲諜渫蹀褋

仄韻入聲第五部，十五合十七洽通用

合答踏閤遝遝匝雜荅納拉臘衲卅闔盍蠟榻塔榼蛤鴿韐颯靸溘嗒蓋闒馺閘唈褡軜搭漯鞳噠㕎

磕邑搨

洽插箑恰匣峽掐夾翣霎鍤祫狎劄押鴨壓呷法硤乏狹帢筴歃柙甲萐啑

第七章　學詞之換韻

何為換韻？一闋詞中之韻，或押平聲，或換上聲、去聲，或又換入聲。不全押一韻者是也。不全押一韻，則一詞中，有換二韻、三韻、四韻之不同。凡押三聲之詞，如《西江月》《少年心》《菩薩蠻》《換巢鸞鳳》之類，皆可與平聲通押者，須自注意。惟一詞押單獨之韻，則平歸平押，仄歸仄押（即上、去二聲通押）。入聲亦歸單獨押。若三聲之詞，一用平聲，一用入聲，則為二聲並押矣。且三聲並押，非謂除押平聲之外，上聲、去聲必欲間押也。倘平聲之外，全押同音，或同韻之上聲亦可，或同韻之去聲亦無不可，不過偶然湊巧。一韻押上聲，一韻押去聲，此固可以通融耳。今將《西江月》兩體列下：

西江月（押三聲式，惟此詞只押二聲，然可以押三聲也）

史達祖

裙褶綠羅芳草（句），冠梁白玉芙蓉（押平韻二冬，起兩句須對偶）。次公筵上見山公（押平韻一東），紅綬欲銜雙鳳（押仄韻去聲一送，此韻或押上聲字亦可）。

已向冰奩約月（句），更來玉界乘風（仍押平韻一東）。淩波襪冷一尊同（須押平韻冬、東），莫負彩舟涼夢（仍押仄韻去聲一送，此末韻押上聲字亦可）。

按：押仄韻，可押上聲字，可押去聲字，連平聲統計，故云三聲。此闋詞首句六字，不押韻。次句六字，押『蓉』字，平聲，在二冬韻。三句七字，押『公』字，平聲，在一東韻。四句六字，押『鳳』字，仄聲，在去聲一送韻。此上半闋也。下半闋首句六字，亦不押韻。次句六字，押『風』字，在平聲一東韻。三句七字，押『同』字，亦一東韻。四句六字，押『夢』字，仄韻，仍在去聲一送韻。

說者謂一東二冬一送，故名三聲通押。不知平聲字，無論上平、下平，在一韻或在他韻，均作一聲。上、去聲則不然。上聲是一聲，去聲又是一聲，上、去不得作為一聲。然則此詞押平聲一聲，去聲一聲，是二聲通押，非三聲通押也。余曰不然。此詞上、下闋收句『鳳』字、『夢』字，不過巧值在去聲送韻耳。若上、去相類之音分押，亦無不可。故究名三聲通押，其『蓉』字、『公』字、『風』字、『同』字，配叶『鳳』字、『夢』字者，取音之相似也。古人詞牌，平、上、去三聲相似，而並押者頗多，不獨《西江月》《少年心》《菩薩蠻》《換巢鸞鳳》已也。學者用功，自能旁悟。

西江月（又一體，押四聲式，此詞竟押四聲）

吳文英

枝嫋一痕雪在（句），葉藏幾點春濃（押平韻二冬，押一東亦可）。玉奴最晚嫁東風（押平韻一東，或押二冬亦可），來結梨花幽夢（押仄韻去聲一送，押上聲亦無不可。此韻但求其與濃字、風字之音相叶耳）。

香力添薰羅被（句），瘦肌猶怯冰綃（換韻，另押平韻二蕭，或押三肴、四豪亦可）。綠陰青子老溪橋（仍押平韻二蕭，押三肴、四豪亦可，但須與綃字相叶耳），羞見東鄰嬌小（換押上聲十七篠，押去聲亦可，但亦須與綃字、橋字相叶耳）。

右《西江月》兩首，作法不同。《少年心》六十字，亦末句押平聲，與上闋《西江月》同律。試再舉《菩薩蠻》一闋，以資學者考竟。

菩薩蠻（押四聲式）

莊盤珠

梅枝正壓垂垂雪（押入聲九屑，在五物部。如押同部月、曷、黠、葉四韻，皆可通用。押上聲、去聲均無不可，但此句押上聲、去聲，下句總當叶韻），梅梢又上娟娟月（押入聲六月，與上句叶音。惟可以不必與上句對偶，余說已見上)。雪月與梅花（換押平聲六麻，獨韻無通），都來作一家（叶上句韻)。

也知人世短（換押上聲十四旱，在阮部，願、潸、銑、翰、諫等韻，皆可通押），有聚終當散（亦通押十四旱，與上句相叶。如轉押去聲亦可，但須與上句叶韻)。月落雪消時（換押平聲第三部四支韻，微、齊、灰之半部，可以通押），梅花剩幾枝（與上句同韻相叶，或押他叶韻亦可)。

此闋共八句，句句押韻，凡兩句換一韻，凡四換韻。初兩句押入聲，三、四句換平聲六麻，為上半闋。五、六句又換上聲，七、八句又換平聲四支，為下半闋。可謂四聲通押。凡詞之押四聲者，均可以此類推。

第八章 押韻陰陽之辨

孟子有言，不以六律，不能正五音。朱子集注六律，截竹為筩，陰陽各六，以節五音之上下。黃鍾、太蔟、姑洗、蕤賓、夷則、無射為陽，大呂、夾鍾、仲呂、林鍾、南呂、應鍾為陰。是知古之樂律，本分陰陽，所以正五音之清濁，此雖樂律之專科，無與詞音之分別。然音為天籟，樂律陰陽之辨，安知不與詞音陰陽之辨，息息相通。惟樂為古六藝之一，古人尚且以專門名其家，今人鮮有能精辨者。吾特感樂律有陰陽之辨，因推及詞音有陰陽之辨。吾且舍樂律陰陽之辨，專論詞音陰陽之辨。

填詞押韻，無論平仄（上、去聲中之仄）入，須分別陰陽聲，擇音之一類者押之。如東、冬韻中，通、同、蹤、松，陽也；紅、融、封、凶，陰矣。董、送韻中，董、寵、痛、頌，陽也；恐、滃、鬨、仲，陰矣。江、陽韻中，雙、窗、當、廊，陽也；降、王、腔、房，陰矣。講、養、絳、漾韻中，想、象、訪、諒，陽也；往、網、巷、況，陰矣。入聲屋、沃韻中，祿、竹、促、玉，陽也；服、鬱、東、勖，陰矣。凡音調之高而抗者，為陽；低而促者為陰。填詞非全押陰音，即全押陽音。如既押房、王、唐、茫等音之字，不可再押香、長、楊、良等音之字也。然此為第二層工夫，初學時不必計較。然特不可不知，但擇其相類之音押之可耳。

第九章　詞律之分音

律之為言法也。古者國有國律（《漢書》云，蕭何定法律），軍有軍律（《易・師卦》云，師出以律），樂有樂律（《尚書・堯典》云，同律量衡），以及天文家之定曆曰曆律，浮屠氏之傳戒曰戒律。其所以謂之律者，質言之法而已矣。詞之有律，猶詩之有律也。上論平仄、陰陽之音，非但押韻宜精選，即琢句亦宜精選。每句三四字，或五六字。須逐字辨清，不宜將陰陽音一類之字連用兩三字在一句之中。如『天氣換新涼，風來一陣香』，若以換字為正字，非不好也，然正字與新字聲浪相淆矣。故凡下一字，先須斟酌盡善，不宜以疊音之字下之。古人詞中雖往往有此，而學者亦不可不知。惟此為第三層工夫，初學者更不必計較。蓋先一計較之，則思路澀而作法隘矣。

平仄陰陽，固有定律。然平止一途，仄兼上、去、入三途。不可遇應用仄字之處，而以三聲概填。蓋一調之中，可概者雖有十之六七，而不可概者，或有十之四三。故填詞者須斟酌而後下字，方得無疵。其法當將詞牌各句，每填一句，看其若干字，平仄如何，在口中熟吟，自得其理。夫一調有一調之風度聲響，若上去互易，雙聲疊用，則調不振起，便成落腔，尾句尤為緊要。

第十章　詞調之分目

詞有小令、中調、長調之目，其何人所分，漫無稽考。錢塘毛稚黃謂，五十八字以內為小令，五十九字至九十字為中調，九十一字以外為長調。今調之最短者為《竹枝》，次為《十六字令》，無上半、下半闋之分。分上、下半闋，最長者為《鶯啼序》，計二百四十字，凡四疊即四段也。每詞除《十六字令》及《望江南》《深院月》《憶王孫》《三台令》《如夢令》外，皆有上半段、下半段，即所謂上半闋、下半闋也。其上半之下一格，必空一字。凡小令、中調、長調，除不分上、下闋者外。無不如此，故曰上、下半者。

分目之說，無殊分調。分調者，不過小令、中調、長調，然字數各有多少。大抵小令宜雋永，中調宜新雅，長調宜豪邁。間有不儘然者，要不能過違此旨。若調目相分，則不及備載，須取詞律觀之。

詞牌不一，有一調數名者，有一名數調者。復有首調一名，餘調或間易他新名者。又有同此一調，因改易數字，或襯字、句法，遂別創他名者。今人韻律既精，多創自度腔或以舊牌名改新牌名，此層工夫，初學可不求甚解。

第十一章 詞學之練習

詞調一遇拗音，讀之即不能順口。茲為便利初學起見，只將調之順口者，在下分示二十五首。苟能熟習，再將他調推求。余初學時，不過熟吟七八調，須按譜以填。學者苟將所示各條，按照平仄，練習十句，日作一首（一首或名一調，又名一解），便能升堂入室。

詞者上承於詩，下沿為曲，雖源流繼續，而界域判然。即《竹枝》《柳枝》《清平調》各解，無異於詩，而音節終歸柔曼。此初學不易知也。諺有之：『拳不離手，曲不離口。』此言雖俚，可為練習二字正確之解釋。書法之練習也，姜堯章則云，須是古人名筆，置之几案。懸之左右，朝夕諦觀，思其運筆之法，然後可以臨摹。（見《續書譜》）夫曰諦觀、曰臨摹，是書法之所由練習歟？至詩法之練習也，諺亦云：『熟讀唐詩三百首，不會吟詩也會吟。』（見蘅塘退士《詩題辭引》）。夫曰熟讀，曰不會也會，又詩法之所由練習歟？詞學之練習也，豈外此理哉？亦在多讀與多作，一如彼書法、詩法之練習而已。

初學作詞，須先從作詩已成入手。作詩平仄已叶，琢句已工，方從事詞學。自古以來，工詩不工詞者有之，工詞不工詩者未有。可見詞學向詩學中脫胎也。今將起手易學之詞牌，列入末章，此牌既熟，各詞當迎刃解之矣。

凡填詞時，須將應填之詞牌，逐句書於紙上，其旁注明平仄、句豆、押韻。先立通首之意，然後分句。如何起，如何承，如何轉，如何合拍，不可複字，不可犯聲，一氣呵成，方可進步。不似學詩之此句字數，與彼句字數相同也。

第十二章　詞學之津梁

中國文學，無不有津梁。津梁者，過渡之南針也。以文派言，莫不曰唐宋，由唐宋而追蹤秦漢，則文派中有津梁。以字學言，莫不曰晉唐，由晉唐而導源篆隸，則字學中有津梁。學詞亦何獨不然？

學詞應用之書，曰《詞律》，曰《詞綜》，曰《詞韻》，曰《詞話》（洪北江詞話最佳），曰《詞苑叢談》，曰《詞學全書》，曰毛大可《詞話》，曰張炎《詞源》，曰《花間集》，曰《山中白雲詞》，曰《菉斐軒詞林韻釋》，曰《詞林紀事》，曰《六朝詞選》，曰《花庵詞選》，曰《草堂詩餘》，曰《絕妙好詞》。以上各書，余曾備閱，初學雖不能遍閱，然《詞律》二十卷，《韻釋》二卷，不可不置之案頭。其《白香詞譜》，則只載各詞，不言作法也。

若夫近人之詞，余所曾見者，曰納蘭容若之《飲水詞》，厲鶚之《樊榭山房詞》，郭麐之《蘅夢樓詞》，張惠言之《茗柯詞》，姚燮之《疏影樓詞》，顧梁汾之《彈指詞》，承齡之《冰蠶詞》，邊浴禮之《空青詞》，陳維崧之《烏絲詞》，曹貞吉之《珂雪詞》，宋浣花之《浣花詞集》，秦膚雨之《伏鸞堂詞》，張嘯山之《翦錦詞》。以上諸人，或私淑，或親炙，學者苟有志於斯，當求各詞參觀之，可得入門之秘。皆所謂詞學津梁也。亦猶講文派者，由唐宋而追蹤秦漢，講字學者，由晉唐而導源篆隸也。

第十三章　詞牌之錄要

詩之變古而律，其法猶寬，至變而為詞，其律不得不密。於是詞牌尚焉。凡其篇幅字數，長短多少，字句平仄，皆一定不可移易。萬無以己見妄為出入改換之理。姜白石自度腔，蓋古律未熟，英雄欺人也。試觀秀水朱竹垞之《詞綜》，陽羨萬紅友之《詞律》，皆考核精微，可作填詞圖譜。惟詞牌極多，除別體不計外，凡一千餘名。其一牌而有重名者，《念奴嬌》得九名，《蝶戀花》亦得七名之多。若一牌而分數體（以句法之異，與押韻之異及字數多少），如《酒泉》得二十體，《河傳》得十七體，《臨江仙》得十四體之多。紅友《詞律》，除又一體外，已收六百七八十牌名。茲為便利初學起見，故收慣填之牌二十五名，庶幾易於記誦。今將字數之多少次第錄下。

一、竹枝（只七言兩句，押平聲。又有一體，亦押平聲，是七絕一首，故不錄）

芙蓉並蒂（竹枝）一心連（女兒），花侵隔子（竹枝）眼應穿（女兒）。

○○△△○8　　○○△△○8

詳解在萬紅友《詞律》。

二、十六字令（無上下半闋之分限）

針（一字句即押韻），繡鳳描鸞用意深（七字句韻）。紅絨線（三字

○△△○○○8　　○○×

句），唾向碧牆陰（五字句韻）。

△△○○

三、江南好（又名《憶江南》，無上下半闋之分。又有一體，再加二十七字，為上下半闋，名《雙調》，不錄）

江南好，簫管下揚州。綺席笙歌斟碧琖，畫船燈火傍紅樓，十萬買溫柔。

○◎×　◎△△○∞　◎△◎○○△△　◎○◎△△○∞　◎△△○∞

四、如夢令（無上下半闋之分，又名《憶仙姿》，三十三字）

遙夜月明如水，風緊驛亭深碧。夢破鼠窺燈，霜送曉寒侵被。無寐，

◎△◎○○▲　◎△◎○○▲　◎△△○×　◎△△○○▲　○▲

無寐，門外馬嘶人起。

○▲　◎△△○○▲

此詞第五句押韻，上二字必與下二字疊。

以上四解，字句最短，無上半、下半之可分。以下所列，則分上下半闋矣。所有分平、分仄、分句、分韻、分豆，及可平、可仄之記號列後。

○詞中平聲不能用仄聲者

△詞中仄聲不能用平聲者

◎可用平聲亦可用仄聲者

∞押平聲之記號

▲押仄聲之記號

×句中之不押韻者

●一句中應小頓者（五言有上二下三，如《錦堂春》之『腸斷欲棲鴉』，有一字領句。如《燕歸梁》之『記一笑千金』等句，其句中皆以●志之）

浪淘沙（此名雙調，又有單調。單調之平仄，為平平仄仄仄平平，仄仄平平仄仄平。仄仄平平平仄仄，平平仄仄仄平平。直是一首七言絕句。此調又名《賣花聲》）

宋浣花

悵絕可憐宵，風雨瀟瀟。雨晴又見落紅飄。明月不嫌人寂寞，還
◎△△○∞　◎△○∞　◎○◎△△○∞　◎△◎○○△△　◎
照簾腰。　昨夜夢無聊，今夜魂銷。柔思系住兩眉梢。花不替儂描別
△○∞　◎△△○∞　◎△○∞　◎○◎△△○∞　◎△◎○○△
恨，儂替花描。
△　◎△○∞

凡五十四字，中空一格者，分上、下半闋也。詞中用字，本來不可重複，今『雨』字、『夜』字、『花』字、『儂』字，皆兩見者，以其為連環句也。以後空格分闋，及連環句，皆仿此。

相見歡（三十六字。又名《烏夜啼》，亦名《上西樓》）

李後主

無言獨上西樓，月如鉤。寂寞梧桐深院鎖清秋。　剪不斷，理還亂。

○○△△○∞　△○∞　◎△◎○○△△○∞　◎◎▲　◎◎▲

是離愁，別是一般滋味在心頭。

△○∞　◎△◎○○△△○∞

長相思（三十六字。又名《雙紅豆》《山漸青》《憶多嬌》）

白居易

一更更，一聲聲。蟋蟀催秋雨易成，殘燈今夜明。　酒初醒，恨難平。

◎◎∞　◎◎∞　◎△○○△△∞　◎○◎△∞　◎◎∞　◎◎∞

月近中秋分外明，人間何處清。

◎△○○△△∞　◎○◎△∞

題為《秋夜》。

此詞上半闋，起兩句可押複韻。如白樂天『汴水流，泗水流』、『思悠悠，恨悠悠』，押兩個『流』、兩個『悠』是也。

醉太平（三十八字。此為嘉定周峩卿所著。周，同光名士，熟音韻之學，能自製腔調。此調改題為《綠紗窗》，復刊《鏡湄長短句》以行於世）

簷鈴自搖，簾旌自飄，綠紗窗外牆高，見鄰家樹梢。　閒情自撩，閒愁

◎○△∞　◎○△∞　◎○◎△○∞　△○○△∞　◎○△∞　◎○

自消，閑門深閉無聊，有藤枝暗敲。

△∞　◎○◎△○∞　△○○△∞

此詞起二句，及下半起二句，可押疊韻。如『長亭』、『短亭』，『情真』、『意真』是也。

點絳唇（四十一字。此亦周峩卿《鏡湄詞》。昔人別名為《南浦月》《沙頭雨》《點櫻桃》。峩卿又新題為《新年近》，又名《春將暮》）

北去南來，一年容易消磨盡。欲眠未忍，把酒看燈燼。　燭短杯長，

◎△○×　◎○◎△○○▲　◎○△▲　△△○○▲　◎△○×

人遠新年近。天涯恨，去留無准，終日搔雙鬢。

◎△○○▲　○○▲　◎○○▲　●△○○▲

卜算子（四十四字。又名《百尺樓》，周峩卿名曰《最銷魂》。此為五十年前陽湖女史莊盤珠

所作。著有《秋水軒詩詞稿》兩卷行世，毘陵女界之才，當以此為最）

曉雨弄新晴，蝶夢花梢醒。一路垂楊到畫橋，過盡春衫影。日暮卻

◎△△○×　◎△○○▲　◎△○○△△×　◎△○○▲　◎△△

歸來，風約虛簾定。花頂娟娟月一痕，還怕黃昏近。

○×　◎△○○▲　◎△○○△△×　◎△○○▲

浣溪沙（四十二字。此為無錫蕩口華巽仙綸所作。華著《補厰書屋詞稿》）

輕撥爐灰透細煙，寒燈影瘦不成眠。無端別緒上眉尖。欲寄音書愁

◎△○○△△∞　◎○◎△△○∞　◎○◎△△○∞　◎△◎○○

雁杳，遍尋門巷歎鶯遷（此二句須對偶）。斷腸空喚奈何天。

△△　◎○○△△○∞　◎○○△△○∞

題為《冬夜有憶》。

人月圓（四十八字。又名《青衫濕》）

南朝千古傷心事，還唱後庭花。舊時王謝、堂前燕子，飛傍誰家。恍

◎○◎△○○×　◎△△○∞　◎○○×　○○△×　◎△○∞　◎

吳激

然一夢，仙肌勝雪，宮鬟堆鴉。江州司馬，青衫淚濕，同是天涯。

○●×　○○△×　◎△○∞　◎○◎×　○○△×　◎△○∞

清平樂（四十六字。又名《憶蘿月》，陽湖莊盤珠名蓮佩作，同光時女才子）

淩波顧影，偶爾遊塵鏡。一笑春風偏自警，夢比梅花易醒。　冰姿玉

◎○◎▲　◎△○○▲　◎○◎○○△▲　◎△◎○△▲　◎○◎

貌天然，含情欲化湘煙。未許仙山蛺蝶，相尋相傍相憐。

△○∞　◎○◎△○∞　◎△○○△×　◎○◎△○∞

題為《水仙》。

此題第三句第六字，本來可平可仄，然平聲太拗。又下半闋起二字，本亦可平可仄，愚以為當用仄平，故未許通押。

臨江仙（五十八字。此調無可平可仄，惟五十六字者有之）

鹿虔扆

金鎖重門荒苑靜，綺窗愁對秋空。翠華一去寂無蹤。玉樓歌吹，聲斷

◎△○○○△×　◎○◎△○∞　△○△△△○∞　△○○×　○△

已隨風。明月不知人事改，夜闌還照深宮。藕花相向野塘中，暗

△○∞　◎△△○○△×　◎○◎△○∞　◎○◎△△○∞　△

傷亡國，清露泣香紅。

○○×　◎△△○∞

天仙子（五十四字。顧毓華名瀅，無錫人，上海啟明女校畢業）

海上靈光推此叟（師同光間名士，今年六十有七），文苑詞場皆占秀。

◎△○○△▲　◎△○○○△▲

優遊歲月傲林泉，蘇軾帚，齊髯斗，除卻吟詩惟飲酒。一角危樓

◎○◎△△○×　◎◎▲　◎○▲　◎△○○○△▲　◎△○○

拚死守（師所居樓曰守死），壓倒郊寒嗤島瘦。三年絳帳坐春風，深

○△▲　◎△○○○△▲　◎○◎△△○×　◎

深剖，循循誘，願買朱絲將勝繡。

◎▲　◎○▲　◎△◎○○△▲

《繪瘦鶴夫子玉照並題》。

鷓鴣天（五十五字。又名《思佳客》。此詞除『無一語』兩句外，竟是七律）

秦觀

枕上流鶯和淚聞，新啼痕間舊啼痕。一春魚鳥無消息，千里關山勞夢
◎△○◎△∞　◎○◎△△○∞　◎○◎△○○×　◎△○○◎△
魂。無一語，對芳樽。安排腸斷到黃昏。甫能炙得燈兒了，雨打
∞　○△∞　△○∞　◎○◎△△○∞　◎○◎△○△×　◎△
梨花深閉門。
○○◎△∞

虞美人（五十六字。周巽卿作）

昔年重九清歡足，日暖僧房菊。去年重九別愁新，天暗雲低，風卷客
◎○◎△○○▲　◎△○○▲　◎○◎△△○∞　◎△○○　◎△△
窗塵。今年重九歸心猛，雨打荒江艇。天時人事變遷多，浪把三
○∞　◎○○△○○▲　◎△○○▲　◎○◎△△○∞　◎△◎
年，重九客中過。
○　◎△△○∞

踏莎行（五十八字。又名《柳長春》。莊蓮佩作）

白日西馳，大江東注。朝朝暮暮相逢處。其旁坐老有青山，不言不笑

◎△○×　◎○◎▲　◎○◎△○○▲　◎○◎△△○×　◎○◎△
看今古。渡口帆檣，波心鐘鼓。後人又逐前人去。莫將詞句擲寒
○○▲　◎△○×　◎○◎▲　◎○◎△○○▲　◎○◎△△○
濤，驚才恐惹蛟龍怒。
×　◎○◎△○○▲
題為《京口懷古》。

陸游

釵頭鳳（六十字。又名《玉瓏璁》《折紅英》）

紅酥手，黃藤酒。滿城春色宮牆柳。東風惡，歡情薄，一腔愁緒，幾
○○▲　○○▲　◎○○△○○▲　●○▲　○○▲　◎○○×　◎
年離索。錯，錯，錯！春如舊，人空瘦，淚痕紅浥鮫綃透。桃花落，
○◎▲　▲　▲　▲　○○▲　○○▲　◎○◎△○○▲　○○▲
閑池閣。山盟雖在，錦書難托。莫，莫，莫！
○○▲　◎○○×　◎○○▲　▲　▲　▲

此詞前後凡四換韻，皆押仄聲。結句即承上韻，疊三個字押韻。其三字殊不容易。《醉春風》詞牌，亦有疊三字者，須雋雅有味方好。前半『手』『酒』『柳』為上聲，下半『舊』『瘦』『透』

皆去聲。律法嚴峻如此。

漁家傲（六十二字。王者香，名臨鎂，上海新橋人，啟明女校畢業）

獨辟町畦稱酒匄，清高義不沾塵埃。醉裡乾坤誰放大，天無界，聖賢
◎△◎○○△▲ ◎○◎△○○▲ ◎△◎○○△▲ ○○▲ ◎○
豪傑今安在。 吸盡西江張一喙，杏花村店春何價。下筆千言狂
◎△○○▲ ◎△◎○○△▲ ◎○◎△○○▲ ◎△◎○○
作態，才如海，頭銜合署糟邱怪。
△▲ ○○▲ ◎○◎△○○▲

題瘦鶴師匄酒圖。

蘇幕遮（六十二字。又名《鬢雲鬆令》）

莊蓮佩

露寒煙，通曉日。幾遍飄零，漸放山窗白。滿地殘秋蟲唧唧。掃處和
△○× ○△▲ ◎△○× ◎△○○▲ ◎△○○○△△ ◎△○
愁，愁處重堆積。 乍蕭蕭，還摵摵。疑鬼疑人，一夜空猜測。已
○ ◎△○○▲ △○× ○△△ ◎△○× ◎△○○▲ ◎

是枝頭停不得。鐘斷鴉驚，恨煞西風急。
△○○○△▲　◎△○×　◎△○○▲

題為詠《落葉》。

此闋與前闋《踏莎行》，皆平仄整齊，句調和協，詞家無不愛之。惟上半首第二『愁』字，稍有不叶。

醉春風（六十四字）

趙德仁

陌上清明近，行人難借問。風流何處不歸來，悶悶悶。回雁峰前，戲
△●○○▲　○○○△▲　◎○◎△△○×　▲▲▲　◎△○×　◎
魚波上，試尋芳信。夜永蘭膏燼，春睡何曾穩。枕邊珠淚幾時乾，
○○×　◎○◎▲　◎△○○▲　◎△○○▲　◎○◎△△○×
恨恨恨。惟有窗前，過來明月，照人方寸。
▲▲▲　◎△○×　◎○○×　△○○▲

滿江紅（九十三字。上海王維城，號惠生，希社名賢）

壯不如人，更遑問、垂垂衰老。止贏得，詞場虛譽，名場潦倒。卅載

◎△○×　◎◎●　○○◎▲　◎○●　◎○○×　◎○◎▲　◎△

詩書成底用，平生榮瘁真難料。要乘時、行樂莫蹉跎，捐煩惱。名

◎○○△×　◎○◎△○○▲　◎○○　◎△△○×　○○▲　○

利客，非同調。征逐友，知音少。但吾行吾素，放開懷抱。萬事不如

◎×　○○▲　○◎×　○○●　◎○○○×　◎○○▲　◎△△○

杯在手，醉來一枕華胥好。任紛紛、蠻觸自相爭，旁觀笑。

○△×　◎○◎△○○△　△○○　◎△△○×　○○▲

題為《寄酒匄》。

此詞格老氣蒼，宜以豪放之筆填之。其『料』字與『好』字韻，能以對偶出之斯為盡善盡美。

朱彝尊

高陽臺（一百字。又名《慶春澤》。此為押平聲之長調）

橋影流虹，湖光映雪，翠簾不卷春深。一寸橫波，斷腸人在樓陰。遊

◎△○×　◎○△×　◎○◎△○∞　◎△○×　◎○◎△○∞　◎

絲不系羊車住，倩何人傳語青禽？最難禁，倚遍雕闌，夢遍羅衾。

○◎△○○×　△○○◎△○∞　△○∞　△△○×　△△○∞

重來已是朝雲散，悵明珠佩冷，紫玉煙沉。前度桃花，依然開滿江潯。

◎○△△○○×　△○○○×　◎△○∞　◎△○×　○○◎△○∞
鍾情怕到相思路，盼長堤草盡紅心。寄愁吟，碧落黃泉，兩處難尋。
◎○△△○○×　△○○◎△○∞　△○∞　△△○×　◎△○∞
題為《紀恨》。

念奴嬌（一百字。又名《百字令》《壺中天》《大江東去》《湘月》。此為押仄聲之長調，宜用粗豪之筆）

辛棄疾

野棠花落，又匆匆過了，清明時節。剗地東風欺客夢，一枕銀屏寒怯。
◎○○×　◎◎◎●　○○○▲　◎△○○○△×　◎△◎○○▲
曲岸持觴，垂楊系馬（此二句可對偶），此地曾經別。樓空人去，舊
◎△○×　◎○△×　◎△○○▲　◎○○×　△
時飛燕能說。　聞道綺陌東頭，行人長見，簾底纖纖月。舊恨春江
○○△○▲　○△△△○×　○○○×　○△○○▲　◎△○○
流不盡，新恨雲山千疊。料得明朝，樽前重見（此兩句亦可用對偶），
○△×　◎△○○○▲　◎△○×　◎○◎×
鏡裡花難折。也應驚問：近來多少華髮？

◎△○○▲　◎○○×　△○○△○▲

按：此詞複字太多，但取其調，莫學其複。

齊天樂（一百二字，又名《臺城路》《五福降中天》《如此江山》。此為押仄聲長調）

周峩卿

潭光依舊涵高閣，良時未忘登覽。酒政頒花，詩盟泲燭，歡會空成追
◎○◎△○○×　○○△○○▲　△△○×　○○△×　○△◎○○
念。星稀數點。況塵塌空齋，子雲書掩。落落侯芭，向時豪興近來減。
▲　◎○△▲　△◎△○×　△○○▲　◎△○×　△○○△△○▲
停雲不惹舊感，算江湖浪跡，多似鷗泛。我獨能來，今胡不樂，簾外
○○△△△▲　△○○△×　○△○▲　△△○×　○○△×　◎△
珠明花豔。離魂又黯。怕燈影今宵，野橋風閃。月到君邊，共誰憑畫
○○○▲　◎○△▲　△○△○×　△○○▲　△△○×　△○○△
檻。
▲

此詞多拗音，殊非易學。填時須先將牌調（平仄）熟讀數十遍。

望海潮（一百七字，此為押平聲之長調）

秦觀

梅英疏淡，冰澌溶泄，東風暗換年華。金谷俊遊，銅駝巷陌，新晴細
○○○× ○○○× ○○◎△○∞ ○△△× ○○△× ◎○△
履平沙。長記誤隨車。正絮翻蝶舞，芳思交加。柳下桃蹊，亂分春色
△○∞ ◎△△○∞ △◎○◎× ◎△○∞ △△○× △○○△
到人家。西園夜飲鳴笳。有華燈礙月，飛蓋妨花。蘭苑未空，
△○∞ ○○△△○∞ △○○○× ◎△○∞ ◎△△×
行人漸老，重來事事堪嗟。煙暝酒旗斜。但倚樓極目，時見棲鴉。無
○○△× ○○△△○∞ ◎△△○∞ △△○◎× ○△○∞ ◎
奈歸心，暗隨流水到天涯。
△○× △○○△△○∞

賀新郎（一百十六字。又名《金縷曲》《賀新涼》《乳燕飛》《貂裘換酒》）

王維城

世局蜩螗沸。讓吾曹、酒龍詩虎，人間遊戲。一管梁溪才子筆，鏤月
◎△○○▲ △○○ ◎○○× ○○○▲ ◎△○○○△× ◎△

裁雲工麗。看五色、花生筆底。獨抱孤芳聊自賞，算茫茫、塵海誰知
○○○▲　△△△　○○△▲　◎△○○○△×　△○○　○△○○
已。壺擊缺，劍光起。　浮生若夢為歡幾。莽天涯、蜉蝣身世，
▲　○△×　△○▲　○○△△○○▲　△○○　○○○×
百年如寄。萬事莫如杯在手，惟吾與君同志。渾不問、滄桑興廢。落
◎○○▲　◎△△○○△×　○○△○○▲　◎△△　○○○▲　◎
拓從來名士分，向西風、莫灑新亭淚。軒冕客，淄塵耳。
△○○○△×　△○○　◎△○○▲　○△×　○○▲

右題《三借廬詞稿》。

按：此調共有兩體，皆一百十六字。此體上半闋第四句『一管梁溪才子筆』，與下半闋第四句『萬事莫如杯在手』，本應作仄仄平平平仄。又上半闋第七句『獨抱孤芳聊自賞』，與下半闋第七句『落拓從來名士分』，亦本應作仄仄平平平平仄，方為合律。今詞句用仄仄平平平仄仄者，因音律太拗，初學不易追步。故句之末二字，改為仄聲也。

《詞律》載詞牌共約千體，茲但選小令、中調、長調二十餘首。又皆句調和平、易於按拍者。酒匄從事此學已四十年，初學填詞時，亦只在此二十餘牌，孜孜刻苦。願後生勿畏其瑣屑而棄之。

附錄

劉申叔言詩詞源云：樂歌既廢，創為詞調，以紹樂府之遺。夫詞於四始之中，近於比興，長短句則詩中亦多。『殷其雷，在南山之陽』，三五言調也；『魚麗於罶，鱨鯊』，二四言調也；『遭我乎狃之間兮，並驅從兩肩兮』，六七言調也；『不我以，不我以』，疊句韻也；『我來自東，零雨其濛……鸛鳴於垤，婦歎於室』，換韻調也；《行露》章首章，四字句四句，次章五字句四句，換頭調也。梁武帝《江南弄》、沈休文《六憶詩》，為詞曲之濫觴。唐人所創之《紇那曲》《長相思》，五言絕之變調也；《柳枝》《竹枝》《清平調》《小秦王》《陽關曲》《八拍蠻》《浪淘沙》，七絕之變調也；《阿那曲》《雞叫子》，仄韻七絕也；《瑞鷓鴣》，七律也；《欸殘紅》，五古也。古人詩調，多近於詞，後世詞調，轉出於詩。蓋古代詩多入樂，而後世之詞乃詩之按律者也。唐詞多緣題生詠，如填《臨江仙》，則題水仙；《女冠子》，皆言道情；《河瀆神》，皆詠祠祭；《巫山一段雲》，皆指巫峽。故楊用脩升庵于詞調起源按考甚晰。如《蝶戀花》，取梁元帝『翻階蛺蝶戀花情』；《滿庭芳》，取吳融『滿庭芳草易黃昏』；《點絳唇》，取江淹『明脂點絳唇』；《尉遲杯》，取尉遲敬德飲酒必用大杯之意。至宋人填詞，則不以詞牌題為意。如『曉風殘月』『流水繞孤村』，皆去牌題甚遠。如王晉卿《人月圓》，謝無佚《漁家傲》，皆不切詞牌，此其證也。

詞學速成指南

鄒弢

鄒弢（1850—1931），字翰飛，又字瘦鶴，自號酒丐、酒匄、梁溪酒匄，別號瘦鶴、瘦鶴詞人、瀟湘館侍者、夕陽紅瘦樓主人、三借廬主人、醉月山人等。江蘇無錫鴻山後宅鎮人。早歲即有詩名，尤以《黃花詩》傳誦，因有『鄒黃花』之稱。一度兼任《蘇報》主編，曾任教於上海啟明女校達十七年之久。善長短句、駢體文、散文、小說等。著有《三借廬筆談》《澆愁集》《詩詞學捷徑》《詩詞學速成指南》等。

《詞學速成指南》分詞之源流、辨音韻法、用字造句法、辨陰陽聲、填詞須先填譜、學詞應用之書、詞牌選要、押聲換韻法、押韻陰陽之辨等九部分論述。《詞學速成指南》於1919年上海尚友社出版，本書據此整理。

目錄

詞之源流

三百篇詩學淪胥，變為樂府，宴享祭祀，皆歌唱之，此古詩之源也。其流派所及，有分而為詞者，故詞句亦有長短，如樂府題裁，今詞牌中如〈徵招〉〈青門引〉〈長相思〉，本樂府之名，即以名其詞。然樂府字數有短有長，而詞之字數有限，一字不能出入，且平仄不可參差。時在今日，考究詞源，不啻盲人瞎馬。餘不知詞者，了無心得，安能昭示來茲？但歐學東漸，奪我國粹，詞章之學，寥若晨星，故於徐匯特設函授學堂，並編《詩詞學捷徑》。今坊友請擴充教法，爰再輯此書，為學者長短韻音之助手。余師許鶴巢、張嘯山，余友潘鱗生、秦膚雨，皆愛填詞，因以所稟承者，略述如下。

詞派約分兩種：一種曰粗豪，一種曰細膩。粗豪有粗豪之好處，細膩有細膩之好處。英雄肝膽，粗豪也；兒女心腸，細膩也。蘇軾、辛棄疾筆下善粗豪，姜夔、柳永、陳師道筆下多細膩。至幽深駘蕩、清麗芊綿，亦各有自然之致。

韻文為唐虞所創始，而三百篇繼之，騷詞又繼之。秦漢以還，爭為樂府矣。樂府推衍為古詩，為律絕，為詞。六朝以靡麗見長，擷藻揚腴，風懷雋永，雖無正律，而風氣已移，遂有長短韻語，創定詞牌，如李白造〈憶秦娥〉〈長相思〉〈菩薩蠻〉，元稹造〈一七令〉，至趙宋而此學最盛。國家提倡，風氣開通，有明讓清，盡美盡善矣。

樂府詞章，字句無定，然字句雖無定，而音節則有定。蓋無定之字句，皆有定之音節也。後之為律者，以字句之多寡，定為音節，而音節遂為字句所限，學者拘之，乃改為詞，名長短句，由是向之樂府詩章，脫化而為詞曲矣。

歌謠始於唐虞，詩章始於《風》《雅》，詞則始於李唐，至趙宋時而為大備。南渡以後，上下向風，遂有蘇、辛、姜、張、周、秦各派爭新立異，後世從之，傳至於今。其中大別者，曰詞人之詞，曰詩人之詞。詩人之詞不必盡能合軌也，詞人之詞須遵定律，非但講求平仄，更宜審定四聲，疊韻雙聲，避之若浼，余前作《詞學捷徑》，言之綦詳。惟《詞學捷徑》為率成之書，編輯不免稍有錯雜，故於此編補正。總之學填詞者，宜先究其源，庶不至為人所誤也。

詞牌中最難填者，為〔江城梅花引〕，又一體雖似易作，而前一體殊難。吳東國君承煊有《留別》一首甚佳，姑錄之：

朔風獵獵起河梁。檢行裝。檢奚囊。一帙新詩，一篋舊鉛黃。孤客那堪千里別，紅燭冷，畫屏深、夜正長。　夜長夜長愁斷腸。木蘭艘，橘油香。去也去也，去能受、幾許風霜。急景催年，北雁又南翔。不盡天涯遊子感，淮上月，海邊雲、各一方。

辨音韻法

平、上、去、入四聲之辨，大概已見於《學詩》之一編。但此為學詩者學之，而填詞則更為細緻也，且與曲韻不同。曲韻以平、上、去通叶，且無入聲，即以入聲配納平、上、去三聲，故填詞之韻，較曲韻加嚴。然熟於音律之人所填之詞，亦有以入聲消納三聲中者，如晏幾道〔梁州令）『莫唱陽關曲』『曲』字作秋雨且，叶魚虞韻；柳永〔女冠子〕『樓臺悄似玉』『玉』字作於句切，又〔黃鶯兒〕『暖律潛催幽谷』『谷』字作公五切；晁補之〔黃鶯兒〕『兩兩三三修竹』『竹』字作張汝切。以上皆叶魚虞。辛棄疾〔醜奴兒慢〕『過者一霎』『霎』作雙鮓切，叶家麻；張炎〔西子妝〕『遙岑寸碧』『碧』作邦彼切，叶支微；又〔徵招〕換頭『緇塵京洛』『洛』字作郎到切，叶簫豪。讀詞者不知其叶，以上文不押入聲，何以此忽押入聲，而抑知其納入聲於上去也。

填詞之韻，亦本詩韻，詩韻由南齊謝朓、范雲等分平、上、去、入，沈約定為四聲譜，然為作詩之韻，非填詞之韻也。古人本無詞韻，將何所依歸？後起名賢，如朱希真、秦敦夫、程名世等，乃有詞韻之輯，或謂尚有一偏。惟吳中戈順卿《詞林正韻》十九部頗為允當，但戈為近人，彼宋人填詞用何韻譜乎？

學詞須先學詩，斷無不知詩而能學詞者，斷無詩不佳而詞佳者，故詞為詩之餘。李白、元稹、蘇軾、黃庭堅皆詩人也，而為詞人，惟詩人之詞與詞人之詞微有不同。詩人填詞兼為之，詞人之詞則專為之耳。其學詞而必先學詩者，因學詩必知四聲，知四聲則知押韻，所謂婢學夫人也。

學詞每一詞押一韻，或一詞押二韻，押二韻則轉韻也，然不曰轉韻，而曰換韻。所謂換韻者，乃押二聲三聲四聲。蓋古人所傳一闋詞中之韻，或押平聲，或換上聲、去聲，或又換入聲，不全押一韻。不全押一韻，則一詞中，有換二韻三韻四韻之不同。凡押三韻之詞如〔西江月〕〔少年心〕〔菩薩蠻〕〔換巢鸞鳳〕之類，皆可與平聲通押者，此法須當注意。惟一詞押單獨之韻，則平歸平押，仄歸仄押，入聲亦歸單獨押。若三韻之詞，一用平聲，一用入聲，則為二韻並押矣。且三韻並押，非謂除押平韻之外，上、去必欲間押也。倘平韻之外，全押同音，或同韻之上聲亦可，或同韻之去聲亦無不可。不過偶然湊巧，一韻押上聲，一韻押去聲，此固可以通融耳。所有二韻三韻四韻之詞，列於後幅。

每闋詞中，前後所押之韻，最宜一律，不得有陰陽輕重之分，如押七陽韻，於《詞林正韻》為第二部。第二部分四江十陽十一唐，選韻已押江音者。其下當押桑、莊、雙、邦等音。避去傷、長、涼、楊、將等音。押四支韻於《詞林正韻》中為第三部，分五支、六脂、七元、八微、十二齊、十五灰，選韻已押支音者。其下當押施、癡、斯、雌、知等音。避去歸、隨、衰、皮、離、音、魚、微等音，斯為合格。

填詞琢句，最忌雙聲疊韻，如『花信過清明』五字，『信』字、『清』字、『明』字皆為雙聲疊韻；『願作鴛鴦不羨仙』『羨』字、『仙』字皆為雙聲；『竹徑通茅屋』『竹』字、『屋』字亦皆雙聲疊韻。此等字眼以避去為是。

張玉田云：用韻之吃緊處在乎起調畢曲，名曰起畢法。蓋一調有一調之起，有一調之畢，某調當用何字起，何字畢，起是始韻，畢是末韻，有一定不易之則。而住字殺聲，即由是以別焉。大抵詞之諧不諧，恃乎韻之合不合，韻各有其類，亦各有其音，用之不紊，始能融之本調。

韻有清濁開合六條。一曰穿鼻：東、冬、鐘、江、陽、唐、耕、清、蒸、登等部是也。其字必從喉間反入，穿鼻而出，以作收韻。二曰展輔：支、脂、之、微、齊、灰、佳半、皆、咍等部是也。其字出口之後，必展兩輔，如笑狀，以作收韻。三曰斂唇：魚、虞、模、蕭、爻、豪、尤、侯、幽等部是也。其字在口，半啟半閉，斂其唇以作收韻。四曰抵齶：真、諄、臻、文、欣、魂、痕、元、寒、桓、刪、山、先、仙等部是也。其字將終之際，以舌抵著上齶，以作收韻。五曰直喉：歌、戈、佳、麻等部是也。其字直出本音，以作收韻。六曰閉口：侵、覃、談、鹽、沾、嚴、鹹、銜等部是也。其字須閉其口，以作收韻。凡平韻十四部已盡於此。上、去、入即隨之，惟入韻異耳，填詞辨韻固也。然辨韻先須正音，所謂音者何，反切是也。反切原於字母，《康熙字典》見、溪、群、疑、端、透、定、泥、知、徹、澄、娘、幫、滂、並、明、非、敷、奉、微、精、清、從、心、邪、照、穿、床、審、禪、影、曉、喻、匣、來、日凡三十六字，而以牙、舌、唇、齒、喉分之。此三十六字自西域番僧傳來，或謂釋神珙撰，或謂僧守溫撰，初本無娘、床、幫、滂、微、奉六字，後方加入。其中見、溪、郡、疑為牙音，端、定、泥為舌尖音，知、徹、澄、娘為舌上音，幫、滂、並、明為重唇音，非、敷、奉、微為輕唇音，精、清、從、心、邪為齒頭音，照、穿、床、審、禪為正齒音，影、曉、喻、匣為喉音，來、日為半舌半齒音，而獨不及齶。反切者，即以牙、舌、唇、齒、喉之用，以兩字相合而成，先類其字，繼歸其母，以成本字，亦即所謂雙聲也。凡反切之雙聲上下主起音，主收音，惟近人淺學，不求本字之正音，往往為土音所同化，如『灰』字為忽哀切，上海鄉音讀為『飛』，作忽微切，此則俗學之不可教矣。

用字造句法

填詞所押之韻與所用之字須求普通，不可自作聰明，生澀怪誕。每句選用一個字，務須詳慎周到，不宜雜湊，又不宜隨便。與其用剛硬之字，寧用柔軟之字；與其用陳腐之字，寧用新奇之字；與其用穢惡之字，寧用妍媚之字；與其用詭譎之字，寧用正大之字；與其用委瑣之字，寧用粗豪之字。押韻亦然，曰輕，曰清，曰新，曰靈，曰情。說理不得過空，言情不得過大，寫景不得過實，均須一任自然，方為合法。

『曉日壓重簷』，孫女士（南鄉子）《春閨》詞也，用一『壓』字；李清照（聲聲慢）《秋情》詞用『冷冷清清，淒淒慘慘切切』，連用五個疊字；薩[一]都剌（滿江紅）《金陵懷古》詞『蔣山青，秦淮碧』，用『青』字、『碧』字，此皆選字而來也。

作詞與作詩不同，作詩可以徑直，作詞不能徑直；作詩可以放縱，作詞不能放縱；作詩可以一氣奔赴，作詞不能一氣奔赴，要在造句之能曲折，能含蓄耳。何謂曲折？上句之意，不料有下句之意也。白居易（長相思）上句為『流到瓜州古渡頭』，此說水也；下句云『吳山點點愁』，與上句有何關係乎？何謂含蓄？意本如此，而不肯竟說如此。曾允元（點絳唇）下闋收句，上句云『一般芳草』，下句云『只有歸時好』，用『芳草』二字懷人也；曰『只有歸時好』三字，上用『只有』二字，其含蓄之情為何如乎？

[一]『薩』，原作『蔣』。

可解之間也。

詞句有長有短，起處宜高超，承處宜緊切流利，轉處宜灑脫空靈，不能粘滯。收結處曰合，宜似著跡，似不著跡，如『立瘦斜陽，看癡花影』，與行文有何關係？而偏極其妙者，在可解不可解之間也。

總之，琢句須先煉字。煉者，選定此字，他字不可移易，然後配入句中。而此句此字之上下文亦須妥當相配，可將此所選之字之意，曲折發揮，適如其分，不啻聖王之世，君明臣良，有道之家，妻賢夫哲，有不振起者乎？

一闋詞中連押韻者，共有幾句，若者為押韻，若者為不押韻，此固有一定者也。然一句中有所謂讀音豆去声者，全句語氣，非連而實連，無論五字六字七字句，其句之中間，似有停頓之字，即詞之分句也。分句之法，五言中或上一下四，或上二下三，或上三下二；六言中或上二下四，或上三下三；七言中或上三下四，或上四下三。其句之長者，亦大都如是。《詞律》謂坡公〈水龍吟〉『細看來、不是楊花，點點是離人淚』，原於『是』字、『點』字住句，昧昧者讀一七兩三，因疑兩體，且有照此填之者。升庵謂淮海『念多情、但有當時皓月，照人依舊』，以詞調拍眼言，當以『但有當時』作一拍，『皓月照』作一拍，『人依舊』作一拍，蓋欲強同於前尾之三字二句也。其說乖謬。沈天羽謂『太拘拘』，此是誤處，豈得謂之『拘拘』而已。乃今時詞流尚有守楊說者，吾不知詞調拍眼，今已無傳，升庵何從考定乎？

又云：詞之分句，惟五言七言句最易混亂。七言有上四下三，如唐詩一句者，若〈鷓鴣天〉『小窗愁黛淡秋天』、〈玉樓春〉『棹沈雲去情千里』之類；有上三下四句者，若〈唐多令〉『燕辭歸客尚淹留」、〔爪茉莉〕『金風動冷清清地』之類，易於誤認。諸家所選明詞，往往失調，故《詞律》於上四下三者不注，其上三下四者皆注豆字於第三字旁，使人知整句為句，半句為讀，其外有六字八字，語氣折下者，亦用豆字注之。五言有上二下三，如詩句者，若〔一絡索〕『暑氣昏池館』、〔錦堂春〕『腸斷欲棲鴉』之類。有一字領句而下則四字者，如〔桂華明〕『遇廣寒宮女』、〔燕歸梁〕『記一笑千金』之類。此等緊要，學者不可不知。

上海方駿乎嘉穗有《詞學芻言》一卷，中有數則云：

詞與詩似近，而實大殊。詩有一定之律，詞則一闋有一闋之律，無強同者，隨調轉變，非若詩之呆板；且句多長短參差，得暢所欲言，不如詩之被拘於五言七言者。故詞一曰長短句，善填詞者，能隨吾口氣，順其格律以譜之，則洋洋灑灑圓轉有韻，可無截長補短若詩之不能上下貫穿之弊。且填詞貴輕靈淺顯，若以古奧深邃之文填之，則失其旨趣矣。

詞為詩之餘韻，故又曰詩餘。而學詞者，最好於詩學純粹之後，從事倚聲，否則茫然無措，猶幼稚生舍《三字經》，而授以《四字書》，則格格不能成誦，亦徒自辛苦而已。余昔時學詩之候，偶為填詞，繞屋尋思，終日始成一闋，讀之，則如食糙米飯，滿口石屑，不能下咽，遠不若譜上原詞之津津有味也。久之。詩理已通，師令予填詞，不敢試，師曰：『固試之。』乃隨意倚聲填圖。《詞律》云：自沈約分四聲以來，凡用韻之樂府，無不調其平仄，至唐律以後，浸淫而為詞，尤以諧聲為主。倘平仄失調，則不可入調。周、柳、万俟等之制腔造譜皆按宮調，故協於歌喉，播諸弦管，以迄白石、夢窗輩各有所創，未有不悉音理而可造格律者。今雖音理失傳，而詞格具在，學者但宜依仿舊作，字字恪遵，庶不失其矩矱。不知此理，將古詞逐字臆斷，平謂可仄，仄謂可平，並於萬萬不可移動者，亦一例注改，如〈摸魚兒〉〈賀新郎〉〈綺羅香〉尾三字，欲改作平平仄，〈蘭陵王〉尾六字，欲改入平聲之類，無調不加妄注，有一首而改其半者，有一句而全改者，於其原詞判然相反，尚得為本調乎？況平仄本有定律，而平止一途，仄兼上、去、入三種，不可遇仄，而以三聲概填。蓋一調之中，可概者十之六七，不可概者十之三四，須斟酌而後下字，方得無疵，此其故當於口中熟吟，自得其理。夫一調有一調之風度聲響，若上去互易，則音調不能振起，便成落腔。尾句尤為吃緊。如〈永遇樂〉之『尚能飯否』、〈瑞鶴仙〉之『又成瘦損』，『尚』『又』必仄，『能』『成』必平，『飯』『瘦』必去，『否』『損』必上，如此然後發調，末二字若用平上，或平去，或去去，上上，上去，皆為不合。元人周德清論曲有煞句定格，夢窗論詞亦云某調用何音煞，雖其言未詳，而其理可悟。余嘗見有作南曲者，於〈千秋歲〉第十二句五字，語用去聲住句，使歌者激起，打不下三板，因知上去之分，判若黑白，其不可假借處，關係一調，不得草草，古人名詞之妙，全在於此。

詞上承於詩，下沿為曲，雖源流相紹，而界域判然，如〈菩薩蠻〉〈憶秦娥〉〈憶江南〉〈長相思〉等，本是唐人之詩，而風氣一開，遂有長短句之別，故以此數闋為詞之鼻祖，不必言已。若〈清平調〉〈小秦王〉〈竹枝〉〈柳枝〉等，竟無異於七言絕句，與〈菩薩蠻〉等不同。如專論詞體，自當舍而弗錄，故諸家詞集不載此等調，而《花庵》《草堂》等選亦不收也。

辨陰陽聲

填詞押韻，無論平仄入，須分別陰陽聲。擇音之一類者押之，如東冬韻中，通、用、蹤、松，陽也；紅、融、封、凶，陰矣；董、寵、痛、頌，陽也；恐、滃、鬨、仲，陰矣。江陽韻中，雙、窗、當、廊，陽也；降、王、腔、房，陰矣。講養絳漾韻中，想、像、訪、諒，陽也；往、網、巷、況，陰矣。入聲屋沃韻中，祿、竹、促、玉，陽也；服、鬱、束、勖，陰矣。凡音調之高而抗者為陽，低而促者為陰。填詞非全押陰者，即全押陽者，如既押房、王、唐、茫等音之字，不可再押香、長、楊、良等音之字也。然此為第二層功夫，初學時不必計較，而特不可不知，但擇其相類之音押之可耳。

填詞須先填譜

凡學填詞者必先擇定詞牌。詞牌中有幾句，押幾韻，用平仄標識之。第一句幾字，第二句幾字，第三句第四句幾字，即照其句先填平仄，有韻者旁填一韻字，或叶字。此句應讀者，旁注一讀字。其標識之記號，平即書〇，仄即書△，可平可仄者即書◐，不必書《詞律》中之文理句也。詞牌書妥，然後照牌填之，但先求文理之通，然後研究用字造句之法。

學詞應用之書

古人填詞，學術已精，門徑深造，自然遊刃有餘，而非所論於初學。今之學者，但求詩筆能佳，有志韻語，即為可造之才。除平日無論何家詞稿，及詞話流覽外，臨時須備者書目列下：

《詞林正韻》《詞律》《詞綜》《詞律拾遺》《詞源》《考正白香詞譜》

以上各書尤以《詞韻》《詞律》為尤要，果備其書，盡心學習，復擇一名家指示之，不及一年，勢如破竹矣。

詞牌選要

詞牌甚多，而常填者，不過二三十調，其中有小令、中調、長調之分。古人所分，大約四十字以內為小令，七八十字以內為中調，其外則皆長調矣。

凡填詞除小令以外，中調、長調每調分上闋、下闋，中空一字，〔鶯啼序〕最長，中分三段，〔柳枝〕〔竹枝〕最短。余之《詞學捷徑》曾將常用詞牌分列二十五闋，然挂一漏萬，學者憾之。茲編故不全列，但望學者取《詞律》或《考正白香詞譜》觀之耳。至《詞學全書》則所列牌名，非初學所能速檢也。

押聲換韻法

今將（西江月）兩體列下：

西江月押三聲式○惟此詞只押二聲，然可以押三聲也

史達祖

裙褶綠羅芳草（句），冠梁白玉芙蓉（押平韻二冬○起兩句須對偶）。次公筵上見山公（押平韻一東）。紅綬欲銜雙鳳（押仄韻去聲一送，此韻或押上聲字亦可）。已向冰奩約月（句），更來玉界乘風（仍押平韻一東）。淩波襪冷一尊同（須押平韻冬東）。莫負彩舟涼夢（仍押仄韻去聲一送此末韻押上聲字亦可）。

按：押仄韻可押上聲字，可押去聲字，連平聲統計，故云三聲。

此闋詞首句六字，不押韻。次句六字，押蓉字，平聲，在二冬韻。三句七字，押公字，平聲，在一東韻。四句六字，押鳳字，仄聲，在去聲一送韻，此上半闋也。其下半闋首句六字，亦不押韻。次句六字，押風字，在平聲一東韻。三句七字，押同字，亦一東韻。四句六字，押夢字，仄韻，仍在去聲一送韻。

說者謂一東、二冬、一送，故名三聲通押，不知平聲字，無論上平、下平，在一韻或在他韻，均作一聲。上去聲則不然，上聲是一聲，去聲又是一聲，上去不得作為一聲。然則此詞押平聲一聲，去聲一聲，是二聲通押，非三聲通押也。余曰不然，此詞上下闋收句鳳字、夢字，不過巧值在去聲送韻耳，若上去相類似之音分押，亦無不可，故究名三聲通押，其蓉字、公字、風字、同字，配叶鳳字、夢字者，取音之相似也。古人詞牌，平上去三聲相似，而並押者頗多，不獨〈西江月〉〈少年心〉〈菩薩蠻〉〈換巢鸞鳳〉已也，學者用功，自能旁悟。

西江月又一體○押四聲式○此詞竟押四聲

吳文英

枝嫋一痕雪在（句）。葉藏幾滴春濃（押平韻二冬押一東亦可）。玉奴最晚嫁東風（押平韻一東或押二冬亦可）。來結梨花幽夢（押仄韻去聲一送押上聲亦無不可。此韻但求其與濃字風字之音相叶耳）。　香力添薰羅被（句），瘦肌猶怯冰綃（換韻另押平韻二蕭或押三肴四豪亦可）。綠陰青子老溪橋（仍押平韻二蕭押三肴四豪亦可。但須與綃字相叶耳）。羞見東鄰嬌小（換韻上聲十七條押去聲亦可。但須與綃字橋字相叶耳）。

右〈西江月〉兩首，作法不同。〈少年心〉六十字，亦末句押平聲，與上闋〈西江月〉同。

菩薩蠻押四聲式

梅枝正壓垂垂雪（押入聲九屑，在五物部，如押同部月、曷、黠、葉四韻，皆可通用，押上聲、去聲均無不可。但此句押上聲、去聲，下句總當叶韻）。梅梢又上娟娟月（押入聲六月，與上句叶音惟可以，不必與上句對偶，余說已見上）。雪月與梅花（換押平聲六麻，獨韻無通）。都來做一家（叶上句韻）。也知人世短（換押上聲十四旱，在阮部。願、潛、銑、翰、諫等韻，皆可通押）。有聚終當散（亦同押十四旱，與上句相叶。如轉押去聲亦可，但須與上句叶韻）。月落雪消時（換押平聲第三部四支韻，微、齊、灰之半部可以同押）。梅花勝幾枝（與上句同韻相叶，或押他叶韻亦可）。

此闋共八句，句句押韻，凡兩句換一韻，凡四換韻。初兩句押入聲，三四句換平聲六麻，為上半闋。五六句又換上聲，七八句又換平聲四支，為下半闋。可謂四聲同押。凡詞之押四聲者，均可以此類推。

押韻陰陽之辨

《孟子》有言：『不以六律，不能正五音。』朱子集注：『六律截竹為筒，陰陽各六，以節五音之上下。黃鍾、大蔟、姑洗、蕤賓、夷則、無射，為陽；大呂、夾鍾、仲呂、林鍾、南呂、應鍾，為陰。』是知古之樂律，本分陰陽，所以正五音之清濁，此雖樂律之顓科，無與詞音之分別。然音謂天籟，樂律陰陽之辨安知不與詞陰陽之辨息息相通？惟樂為古六藝之一，古人尚且以顓門名其家，今人鮮有能精辨者。吾特感樂律有陰陽之辨，因推及詞音有陰陽之辨，吾且舍樂律陰陽之辨，專論詞陰陽之辨。

詞曲概論講義

徐珂

徐珂（1869—1928），原名昌，字仲可，浙江杭縣（今杭州市）人。徐珂是常州派詞學大家譚獻的入門弟子，曾為譚獻輯編《復堂詞話》，有『譚門顏子』之稱。光緒年間（1889年）舉人。後任商務印書館編輯。參加南社。曾任《外交報》《東方雜誌》編輯，1911年接管《東方雜誌》的『雜纂部』。編著有《清稗類鈔》《歷代白話詩選》《清詞選集評》《歷代詞選集評》等，著有《清代詞學概論》《詞講義》等。

《詞曲概論講義》分總論、規律、作法、作家、研究書目等五章分別論述。其中第三章『作法』主要從擇調、選韻、命意、運筆、氣格、意境、神韻、結構、字句、賓白等方面論述。據《商務印書館函授學社簡章》可知，國文科分為初、中、高三級，而《詞曲概論講義》屬於高級班講義。

目錄

第一章　總論

詞曲爲有聲有韻之文字，實古詩之別派也。上古之時，詩樂並重，而詩有入樂不入樂之分。良以聲音之道，感人最深，而移風易俗，尤莫善於樂。此詩教與樂教，所以並隆於古也。降及秦漢，《樂經》遂亡。然漢設樂府之官，采詩習誦，依永和聲，猶存古意，及樂府之官廢，而樂教乃盡淪矣。夫民謠里諺，皆有抑揚緩促之音，聲有抑揚，則句有長短。樂教既廢，文人墨客，無復永言詠歎，以寄其思，乃創爲詞調，以紹樂府之遺。而詞於六義之中，大旨近於比興，其曲終奏雅，動人情思，亦承古賦之遺風。則詞者，實合詩教樂教而自成一體者也。予觀《詩》三百篇，按其音律，多與後世長短句相符。如《召南·殷其雷》篇云：『殷其雷，在南山之陽。』此三五言調也。《小雅·魚麗》篇云：『魚麗於罶，鱨鯊。』此二四言調也。《齊風·還》篇云：『遭我乎猺之間兮，並驅從兩肩兮。』此六七言調也。《召南·江有汜》篇云：『不我以，不我以。』此疊句韻也。《豳風·東山》篇云：『我來自東，零雨其濛，鸛鳴於垤，婦歎於室。』此換韻調也。《召南·行露》篇云：『厭浥行露。』其第二章云：『誰謂雀無角。』此換頭調也。大抵煩促相宣，短長互用，於後世倚聲之法，已啓其先，足證詞曲之源，實爲古詩之別派也。

樂章之制，至六朝而泯然以盡，故詞曲之體，亦託始於六朝。梁武帝作《江南弄》，沈約作《六憶詩》，實爲詞曲之濫觴。唐人樂府，多采五七言絶句，然唐人之詞，若《紇那曲》《長相思》，皆五言絶句之變調也。《清平調》《楊柳枝》《小秦王》《陽關曲》，皆七言絶句之變調也。《阿那曲》

《雞叫子》，則又仄韻之七言絶句也。《瑞鷓鴣》者，則七言律詩也。《款殘紅》者，則五言古詩也。此亦詞爲詩餘之證。特古人詩調，多近於詞，而後世詞調，轉出於詩。蓋古代詩多入樂，與詞相同，而後世之詞，則又詩之按律者也。能按律，即能入樂。唐人詞律，雖不及宋人之密，然李白、溫庭筠其詞調皆被管絃，故最精詞律。白所作《清平調》，玄宗調笛倚歌，李龜年亦執板高歌，且謂生平得意之歌，無出於此。（見《松窗録》）庭筠工於鼓琴吹笛。（見《北夢瑣言》）所作詞調，當時歌筵競唱。（見《雲溪友議》）宰相令狐綯，因宣宗愛唱《菩薩蠻》，令庭筠撰進，而宣宗君臣，迭相唱和。（見《北夢瑣言》）則白與庭筠，精於詞律，彰彰明矣。蓋詞皆入樂，古之詞人，必先通音律，默契其深，然後按律以填詞，故其所作，咸可播之於歌詠。後人按譜填詞，而音律之深，或茫然未解，則所謂詞者，徒以供騷人墨客寄託之用耳，而詞之外，遂別有曲矣。

詞之嬗而爲曲，著於有宋，世之論者，以其勃起金元之際，遂疑出自異域，其實非也。曲之爲道，託體較卑，爲時又近，宋元史志，均未著録，儒林文人，未嘗齒及。即有一二文士，喜其可以改易風俗，亦不過餘力及此，此亦文壇一憾事也。夫雜劇之名，見於《宋史・樂志》，其時歌詞，今無可考。惟教坊致語，皆一時文人爲之。致語即致辭，樂人所進之頌揚語也。其詞皆文人代擬。先述辭文一段，謂之致語。繼以詩一章，謂之口號。宋時最盛行，蘇軾、歐陽修集中，皆有此作。見《元史・禮樂志》。而曾慥《樂府雅詞》所録，謂之大曲，大曲，兼歌舞之伎者也。則當時民間宴會伎樂所用歌詞也。陳暘《樂書》云：『大曲前緩疊不舞，至入破（破者，破碎之義，謂其聲驟變爲緊碎也）。則羯鼓、襄鼓、大鼓，與絲竹合奏，句拍益急，舞者入場，投節制容，百態横出。』據此，則當時歌舞之狀，猶可想見，論曲之原起，當孕育於此矣。雖大曲舞態，與後世不同，而勾放舞隊，宋樂曲歌舞相兼者，謂之傳踏，亦謂之轉踏，其曲前有勾隊子，後以一詩一曲相間，續以放隊詞。其後勾隊之詞，變而爲引詞，放隊之詞，變而爲尾聲。元劇中正宮套曲，其體例全自此出。已開後人科介之先。大遍諸詞，曲之解數曰遍，一遍，猶言一解，曲解完全無缺者曰大遍。《碧雞漫志》：『凡大曲有散序、靸、排遍、攧、正攧、入破、虛催、實催、衮遍、歇指、殺衮，始成一曲，謂之大遍。』又爲金元套數之始，至如傳奇家記一人一事，備述離合悲歡之情，其體雖創自董解元《西廂》，顧如趙德麟《蝶戀花》十闋，述《會真記》事，分段歌之，實爲《西廂》格律所自出，是曲體雖成於解元，而其因固造端於趙宋也。

曲有南北之分。南曲之調，多本於詞。北曲之調，則用詞甚少。昔唐人祖孝孫有言：『梁陳舊樂，用吳楚之音；周齊舊樂，涉胡戎之技。』樂分南北，由來久矣。蓋自晉室東遷，五胡竊據中原，夷樂之音，漸輸中國，而隋煬之世，復有《涼州》《伊州》《甘州》《渭州》四曲，由西域輸華。自是以降，北方之樂，胡漢雜淆。惟南方之地，古樂稍存，唐宋詞調，雖失古音，然源出樂府，鮮雜夷樂之音。迨元主中夏，所用胡樂，嘈雜緩急之間，舊調至不能按，乃不惜破夷夏之防，更爲新聲以媚之，於是北曲大備。雖未免滯於絃索，且多染胡語，聲噍以殺，然以吹笳鳴角之雄風，破金粉靡麗之舊習，亦文學上至奇之局也。及元末明初，南人好事者，又推衍趙宋之舊制，復變新體，力求雅正，出之以纏綿頓宕，而南曲以興。由是南北兩家，各豎旗鼓。南方爲古樂僅存之地，以其源出樂府也，故其調多出於詞。北方爲胡樂盛行之地，以其聲雜華夷也，故其調鮮出於詞。北曲盛於大都，實甫、漢卿，後先輩出，至明初尚不失真。南曲定於永嘉，高則誠《琵琶》一記，卓絕千古；《荊釵》《拜月》，望塵莫追。終明之世以迄清之中葉，流傳極盛。且有改北爲南者，王雨舟則改《北連環記》，李日華則改《北西廂記》。而元末江西嘌唱，如沈和所作《瀟湘八景》《歡喜冤家》諸本，則又爲變易故常之南北合套法。大抵北主勁切雄壯，南主清峭柔婉。北字多而調促，促處見筋；南字少而調緩，緩處見眼。北宜和歌，南宜獨奏。北重絃索，南重管色，此其大要也。

要之：由詩生詞，由詞生曲。未有曲時，無不可入樂之詞，詞與曲本不分也。其後因作者不明律呂，所作之詞，未能入調，而語則甚佳，讀者不能割愛，於是以不可度之腔謂之詞，即以可唱之詞別名爲曲，而詞曲遂分。故宋人之知律呂者，詞皆可歌也。至後之人，則曲亦有不可歌者矣。而因曲語之妙，則亦流傳而不廢。《詞概》云：『未有曲時，詞即是曲。既有曲時，曲可悟詞。』詞之與曲，面目雖殊，精神則一。詞者，詩之協律者也。曲者，又詞之協律者也。惟其協律，故可被之管絃，播爲聲歌。遙想當日，上自宮禁，下逮倡家，鸚鵡能詞，芙蓉藏曲，傳習之盛，可見一斑。降及清季，皮黃俗劇，披靡域中，南曲中惟崑曲（明嘉靖、隆慶間，崑山梁伯龍、太倉魏良輔變海鹽弋陽調，造水磨調而成）。僅存，而屬和已寡。詞與曲，遂僅爲美文上之一種體製，徒以供文人學士寄託留連之用，而無關於民生風俗矣！

第二章　規律

曲詞起於民間，流傳於倡女歌伶之口，諧聲和律，因於自然，初無固定之規律，《碧雞漫志》所謂『古人初不定聲律，因所感發爲歌，而聲律從之』者是也。其後作者踵起，體製逾繁，不得不繼之以規矩準繩，以爲方圓平直之資。於是填詞製曲，遂各有其應守之規律矣。規律之大要有三：曰調，曰音，曰韻。茲分述之。

一、調

調者，字句聲韻有一定範圍之謂也。在昔樂府歌詞，本與樂曲分離，詩人自作律、絕詩，而樂工伶人則譜之爲樂歌，故止有樂調而無所謂詞調。其後詩人受音樂之影響，或取通行之樂曲，依其曲拍，作爲歌詞，或作協律之長短句，譜之於樂。於是詞或依曲以成聲，曲或因詞而成調。及其調盛傳，後起作者，不得不以辭就腔，依譜用字。於是詞曰填詞，曲曰製曲，要必遵前調字脚之多寡，字面之平仄以爲衡，或雖有變易，要於其調之音律無礙。此即調之所由成也。如白居易作《憶江南》長短句云：『江南好，風景舊曾諳。日出江花紅勝火，春來江水緑如藍。能不憶江南。』後劉禹錫和之云：『春去也，多謝洛城人。弱柳從風疑舉袂，叢蘭挹露似霑巾，獨坐亦含顰。』而劉集中此詞標題云：『和樂天春詞，依《憶江南》曲拍爲句。』此即依調填詞，見於記載之第一次明例也。今可考見者，詞之調，據萬樹《詞律》，共六百五十九調。《聽秋館詞話》云：『萬氏《詞律》，共六百五十九調，計一千七百七十三體。《欽定詞譜》，共八百二十六調，計二千三百六體，較之萬律，增體一倍，然較定爲譜者，僅居其半，餘皆列以備體而已。』曲之調，則北曲，據《北詞廣正譜》，凡四百四十七調。南曲，據《南詞定律》，凡一千三百四十二調。波衍流分，可謂極盛，而鄧林滄海，固尚多遺佚也。

調之名皆曰牌：詞曰詞牌，曲曰曲牌。詞牌有小令、中調、長調之分，有單調、二疊、（二疊之字數句法相同者曰雙調。）三疊、四疊之別。毛先舒謂：『五十八字以內爲小令，五十九字至九十字爲中調，九十一字以外爲長調。』今調之最短者爲《竹枝》，次爲《十六字令》，最長者爲《鶯啼序》，計二百四十字，凡四疊。而曲則單調小令居多，二疊已少，三疊、四疊，更無論矣。詞之一調曰一闋，除單調外，每闋有換頭，後半闋之起數句曰換頭，亦曰過變，長調三疊者曰三換頭，四疊者曰四換頭。有過拍，前半闋之末數句曰過拍，亦曰前結。有歇拍。後半闋之末數句曰歇拍，亦曰後結。曲之一調曰一支，合若干支曰一套。南北套中，雖有么篇換頭、前腔換頭之曲，（曲之第二調，北曰么篇，南曰前腔。換頭者，謂換其前曲之頭，稍加增減也。）但既爲換頭，即不啻另成一調，可以舍么篇、前腔而獨用，與詞之換頭，必與上半闋連續一首中者不同，故曲牌體段，視詞牌爲短也。曲之一套，或合四五套而插以科與白者爲雜劇，如此再益至四五套以上，則爲傳奇。故除散曲小令外，曲之單位爲套數。套數之首調，北曰楔子，南曰引子。其次調，北曰么篇，（北曲以第一支爲么，因首支非正曲也。）南曰前腔。前腔者，連用二首或四五首，句法不易者也。又有一調兩用，以此作引，即以此作過曲（正曲謂之過曲，從首支過脈至正曲，故曰過。）者，則省曰本序。如《琵琶記・念奴嬌引》『楚天雨過』云云，上文過曲『長空萬里』則省曰本序，言其本於上曲之《念奴嬌》也。煞曲曰尾聲，亦曰意不盡，又曰十二時，南曲尾聲，皆用十二板爲節。其實一也。

調有定格，即有定字。顧其字句音韻，亦有參差不一者，或由於所入宮調之異，或由於所加襯字之殊。襯字者，文義偶不聯屬，加數字以襯託之，取其能達句中之意也。曲之襯字，寫於旁行，一見了然。詞之襯字，則因後人傳寫，誤以旁行列正，遂致調一而體二三，甚或多至十餘體。故一調而同時之人共填，體各小異者，實因襯字任人增減，初無戾於音律。如《思帝鄉》一調，第一句，溫庭筠作二字，韋莊作三字。第二句，溫作五字，韋作三字。第四句，溫作十一字，韋作九字。又如《生查子》換頭，可作五字句，可作兩句三字，又可作七字句。《臨江仙》起句及換頭，可作六字，亦可作七字，結兩句可作五與五，亦可作四與五。後人昧其本原，或列作數體，流傳既久，迷如煙霧，無從考訂矣。如《唐多令》第三句，本爲七字句法，而吳文英此調，『縱芭蕉不雨也颼颼』，則有八字。《詞統》於此詞，註『縱』字爲襯，而萬氏《詞律》，以爲此句上三下四，應註『也』字爲襯。萬氏雖謂：『也字必是誤多，不可立襯字一説，以混詞格。』但詞之襯字，要可決其爲必有無疑，《唐多令》即其明例。至曲之襯字，則南北曲皆有之。曲文除《虞美人》調有九字句爲引曲外，字之少者一，多者七。若八字十字以外，大半皆是襯字。如『這』『那』『正』『個』『卻』等字，皆襯字也。大抵調之緩者，多用二三襯字，原屬不妨。調之急者，若多用一二字，便躲閃不迭，故以少用爲是。

詞之初興，作者皆以調爲題，觸景抒情，必合調名之本意。或雖別有寄託，而設辭仍不外乎相思、離别、綺語、醉歌，並不於調名之外，别標題目。如唐人之詞，填《臨江仙》之調者，皆詠水仙。填《女冠子》之調者，皆詠道情。填《巫山一段雲》之調者，皆詠巫峽。以調爲題，此固古人遺法也。及宋人填詞，不復以調爲題，『流水孤村』『曉風殘月』等篇，皆與調名無與。而王詵[2]《人月圓》詞，語非詠月。謝逸《漁家傲》曲，詞異志和。若詞至宋而極盛，内容擴衍，凡詩人一切比興感象，摹寫能事，均於詞焉發之。於是不復能拘拘於調名，而調名之外，遂别立詞題，而其詞遂與調名之本意無與矣。至曲之調名，其意義可考者，北曲諸牌，頗不多覯，大率取當時方言，今人莫識其義。南曲諸牌，亦頗不一致。有取古人詩詞中語以名調者，有以地名者，有以音節名者。其出諸詞調者：北曲，則《太和正音譜》所録三百三十五章中，出於唐宋詞者，凡七十有五調；南曲，則《南九宮譜》所載五百四十三章中，出於唐宋詞者，凡一百九十調。調名可參看王國維《宋元戲曲史》第八章及第十四章。顧詞之與曲，實分兩途。北曲之用詞牌者，大率止用其名，盡變其調。南曲之用詞牌者，或止用作引曲，不加節拍。或亦止用其名，盡變其調。故調名雖仍唐宋詞之舊，而自金至元，其間因革，無可考訂，蓋視古樂府，不知幾更滄桑矣。

詞曲有不依古人之調而自創者。在詞曰自度腔，先自爲長短句，而後協之以律，如吴文英之《西子妝》《古香慢》，史達祖之《壽樓春》是也。在曲則有集曲，雖非完全自創新調，然截取各曲中一二語，聯綴成調，别立新名，如《十樣錦》《金絡索》《巫山十二峯》等，殆與自創無異。自有此法，而新聲乃日出不窮。然當時作者述者，多精音律，故製詞度腔，皆於音律無礙，而各

2 『詵』，原誤作『說』。

臻佳妙。今則歌法既已失傳，音律之故不明，變易融洽之技，無由而施。則操觚家就前人諸調，按腔運辭，兢兢尺寸，實爲不易之道矣。

二、音

填詞製曲，皆宜審音。審音者，辨曲之宮調，與字之四聲也。凡某詞某曲，其所隸爲何宮何調，不容混亂。間有一調數宮者，別爲一例。而字聲之平仄陰陽，組織更自有法。今各述其大要：

宮調　詞曲宮調，蓋沿燕樂而來，燕樂二十八調，爲七宮、七商、七角（角實非角，乃借變宮爲之）。七羽。至宋張炎作《詞源》，已云祇行七宮十二調：七宮者，黃鍾宮、仙呂宮、正宮（即正黃鍾宮）。高宮、南呂宮、中呂宮、道宮也。十二調者，大石調、小石調、般涉調、歇指調、越調、仙呂調、中呂調、正平調、高平調、雙調、黃鍾羽（即黃鍾調）。商調也。近世沿稱，乃止六宮十一調，即七宮去高宮爲六宮，十一調則大石、小石、般涉、商角（即林鍾角）。高平、歇指、宮調、商調、角調、越調、雙調也。其實十一調中，歇指調、宮調，燕樂二十八調中，除七宮外，別無所謂宮調。角調，亦已失傳。茲列燕樂二十八調表，而於宋之七宮十二調，加⊛號，近今六宮十一調之存者，加○號，以資考核。

燕樂二十八調表

宮＼調	宮　七調	商　七調	角　七調	羽　七調
黃鍾	⊛ ○正黃鍾宮	⊛ ○越調	○林鍾角	
大呂	⊛高宮			
太簇		⊛ ○大石調	越角	⊛正平調

宮＼調	宮　七調	商　七調	角　七調	羽　七調
夾鍾	⊛○中呂宮	高大石調		
姑洗			大石角	⊛○高平調
中呂	⊛○道宮	⊛○雙調	高大石調	⊛仙呂調
蕤賓				
林鍾	⊛○南呂宮	⊛○小石調	雙角	⊛黃鍾調
夷則	⊛○仙呂宮			
南呂		○歇指調	小石調	⊛○般涉調
無射	⊛○黃鍾呂	⊛○商調		高般涉調
應鍾			歇指角	⊛中呂調

由上表觀之，則曲家僅存六宮八調，共止十四。南曲則商角調亦已失傳，只餘十三宮調矣。且以一笛翻七調，將十四調互配其中，實爲簡略之至。茲再將笛中管色分配之，則覽者可知其運用矣。

一、小工調。仙呂宮、中呂宮、正宮、道宮、大石調、小石調、高平調屬之。彼有中此互見者，即兩調可通用也。

二、凡字調。南呂宫、黄鍾宫、仙呂宫、商角調屬之。
三、六字調。南呂宫、黄鍾宫、商角調、商調、越調（亦可小工）。屬之。
四、正宫調。雙調屬之。
五、乙字調。雙調屬之。
六、尺字調。所屬各宫調，與小工調同。
七、上字調。南呂宫、商調、越調屬之。

宫調之分配，既如上述。至於何詞何曲，應入何宫何調，繁不勝述，可考之《中原音韻》《九宫大成譜》諸書，近人吳梅所著《顧曲塵談》，論宫調一節，亦可參覽。

詞曲之所以分宫調者，全在其起調畢曲處，而句尾所叶之聲字，（即畢曲處）。尤不可亂。此聲字，昔人謂之住字，或謂之結聲。張炎《詞源》，有結聲正訛，頗爲明曉，填詞製曲者知此，自不致有出宫犯調之失。然昔人亦有變化用之者，若南詞之集曲，集各牌之曲爲一支，而別立一名，以同一宫者爲斷。如第一牌係仙呂宫，則以下宜均爲仙呂宫。若犯別調，亦須爲相同之管色，未可雜出不倫。北曲之借宫就本宫調聯絡數牌，不以昔之固有者排列之，別就他宫調之笛色相同者，擇取數牌，聯絡成套是也。

四聲　四聲者，字之平上去入也。平謂之平，上去入總謂之仄。平出而無低昂者，平也。有提音，宜含蓄。高呼且猛烈者，上也。促而不舒，有頓音，宜低唱。從平聲起音，哀且遠者，去也。往而不返，有送音，宜高唱。短且急者，入也。偪側而不易轉。就詞而言，則上與平可通融，與去不可通融。蓋上去最宜嚴辨，不能假借。宜上宜去，宜上去，宜去上，皆有定也。上入字亦宜辨，入可代去，上不可代去。凡韻上字之宜仄者，上聲韻去爲妙，去入聲韻上爲妙，平聲韻去爲妙，入次之。其在曲中，則低調宜上，高調宜去。字音之上聲最高，在曲調則最低。字音之去聲最低，在曲調則最高。上去或去上之連用者，不得顛倒假借。上聲少用則易歌。上上去去，宜相間用之。且平上去入，不得疊用。四平、四上、四去、四入，亦不宜連。可通融者爲入。以北曲無入聲，可融之於三聲之中。南曲入聲自有正音，但施於平上去之三聲，亦無所不可。大抵詞曲之有入聲，正如藥中甘草，可以通融調劑也。

聲分平仄，字別陰陽。聲之清者爲陰，濁者爲陽。詞曲家必須辨別清楚，始無聲啞之誚。字聲不出於五音，五音爲宮商角徵羽，分屬人口，則爲喉齶齒舌脣。凡喉音皆屬宮，齶音皆屬商，舌音皆屬角，齒音皆屬徵，脣音皆屬羽。宮音最濁，羽音最清，若一分晰，異同立見。惟字之陰陽，在平聲入聲，尚易辨別，所難者上去二聲耳。上聲之陽，類乎去聲。而去聲之陰，又類乎上聲。周挺齋《中原音韻》，但分平聲陰陽，不及上去者，蓋亦畏其難也。及明范善溱撰《中州全韻》，清王鵕撰《音韻輯要》，始將上去二聲，分別陰陽，而度曲家乃有所準繩矣。大抵詞中陽聲多則沈頓，陰聲多則激昂。重陽間一陰，則柔而不靡。重陰間一陽，則高而不危。此其大較也。至於曲，則南北曲之所謂陰陽者，乃相反。北曲以聲之從高至低而抑下者爲陰，從低至高而揭起者爲陽。而南曲正爾相反，凡清聲字皆揭而起，凡濁聲字皆抑而下。若宜抑而用揭，或宜揭而用抑，則陰陽相欺，調必不和。欲詘調以就聲，則聲非其聲。欲易字以就調，則字非其字。此無論南北曲，皆宜注意者也。

曲中平、上、去三聲聯串之處，謂之務頭。務頭者，凡調中最緊要句字，揭起其音，而宛轉其調，如俗所謂『做腔處』是也。如七字則句三、四、五三字，不可同聲。或陽去聯陰上，陰上聯陽平，或陰去聯陽上，陽上聯陰平。要之，每一曲中，必須有三音或二音相聯之一二語，此即務頭處也。

此外雙聲疊韻，亦與詞曲有關。在詞，有必須用雙用疊之調，如《壽樓春》是。亦有宜雙不宜疊，宜疊不宜雙者。在曲，則雙聲如玲瓏、皎潔等，僅可用二字。疊韻之閉口字，則不得連用，如侵尋、廉纖等字是也。

三、韻

欲明韻理，先須曉識聲、音、韻三説，蓋一字之成，必有首、有腹、有尾，聲者，出聲也，是字之首。音者，度音也，是字之腹。韻者，收韻也，是字之尾，故曰餘韻。三者之中，韻居其殿而最爲要。凡字之有韻，如水之趨海，其勢始定。故古來律學之士，於聲與音，最討論至精，而於審韻尤兢兢焉。然韻理精微，而法又煩苛，異同出入之間，辨别匪易。今就詞曲言之：詞韻與曲韻，雖與詩韻不同，顧其源即出於詩韻，特以詩韻分合之耳。而詞與曲，因體質之不同，因造損益，韻亦各異。惟以平領上去二聲，入配平上去三聲，則大致相同。大抵詞韻與曲韻較，各有寬處，亦各有嚴處。在詩韻中，東與冬不能混，蕭與豪不能合。詞雖略寬，顧如魂元之類，有時亦當區别。而曲則江陽一致，庚青不分，且合平上去三聲而共用之。此詞嚴於曲，曲寬於詞處。

詞韻如支時、機微、歸回三韻，素所不分，而曲則各判畛域，不可假借。居魚、蘇模二韻，詞家通用，而曲又不可混。他若寒山歡桓之與天田，監咸之與廉纖，詞中有時亦併而爲一，而曲則更不能稍爲通融。此皆曲嚴於詞，詞寬於曲處。詞之韻，以清戈載之《詞林正韻》爲最備。曲之韻，以近代吳梅之曲韻（載於《顧曲麈談》卷上）。爲最善。詞曲家就此二書，依譜以填句，守部以選韻，庶不致有偭規越矩之誚矣。

詞有逐句用韻者，有隔一句或兩句三句用韻者，有於句中之讀用韻者，有一句相間平仄互叶者，有隔一句或數句平仄互叶者，有前後半闋平仄互叶者，有一調而或叶平韻或叶仄韻者，其有依古人之韻或同時人之韻，而不以己意擇之者，則曰和韻。次序相同曰次韻，次序任便曰用韻。

南北曲聲調雖異，而過宮下韻則一，平上去皆分陰陽。至於入，則南北曲異。南曲之入聲韻可獨用，亦可以入叶作三聲，但無定耳，譜當平，唱時於所叶之入韻，宜作腔爲平聲，於上去亦如之。北曲之以入叶三聲也，則有定。某當作平，某當作上或去，不得稍有假借。至曲中平仄韻間用，較詞爲寬，無一曲純是平韻，亦無一曲純是仄韻。此中選擇韻腳，稍覺自由。

詞曲用韻，於聲之陰陽，固須擇同類者用之。而一調已用某韻，則句中便不得雜入本韻字。如叶魚虞韻，而句中多用語麌字，無吾字，則五音紊雜。句首字尤宜慎之。又或同一韻中，以今吻讀之，其字不能諧適者，亦宜擇而取之。此皆不可不知者也。

第三章 作法

詞以不類曲爲佳，曲以不類詞爲佳，其作法固不同也。

詞之作法：一、擇調；二、選韻；三、命意；四、運筆。

擇調

調有小令、中調、長調之別。小令字句少，一句一字閒不得，歇拍最宜留意，有有餘不盡之意乃佳。中調須骨肉停勻，語有盡而意無窮。長調之難，難於語氣貫串，不冗不複，裴回宛轉，自然成文。

一調之中，有起，有結，有過拍，有歇拍，皆宜加意。第一要起得好，宜緊勿懈，宜實勿虛，宜於題意進一層說，或先籠罩全闋，使他題挪移不得。結處尤難於起，蓋不欲轉入別調也。或以迷離稱勝，或以動盪見奇，著一實語，敗矣。過拍結束上段，宜沈著。歇拍含蓄餘意，宜陗勁。換頭宜另意另起，以挺勁之筆出之，如異軍特起乃佳。或不全脫，不明黏，若藕之斷而絲之連。

選韻

韻之聲響各具，勿亂用。東真韻寬平，支先韻細膩，魚歌韻纏綿，蕭尤韻感慨。選韻時，須取韻之較多者，所填之調，若須八韻，必先選定十一二韻以備用，否則，即有牽強湊合之弊，韻之抑揚高下，不能與律協矣。用『之乎者也』等虛字押韻爲最難，稍欠斟酌，非近滑，即近佻。若不得已而用之，自必以精意鍊之使穩，以健筆扶之使堅。又韻上之一字，最要相發，或竟相貼，相其上下而調之，則鏗鏘諧暢矣。

命意

意之所到，筆亦隨之，故遇一事，見一物，即宜沈思獨往，冥然終日。意既定，乃下筆，於起結須先有成局。換頭之意，以結上起下爲妙。凡意宜新穎，須作不經人道語。用古人語意，宜向內翻進，又宜曲折而意多。一句之中亦忌複，即如七字之句，上四字說月，下三字勿仍說月，或另作推宕，或旁面襯托，或轉進一層。恐人不知吾之用意也，則用鉤勒之法以顯之。

語在此而意在彼者，曰寄託，託於男女託於物以詠之也。非寄託，則不能入，而或失之淺。專寄託，則不能出，而或失之泥。一物一事，引而伸之，意感偶生，假類畢達，斯入矣。賦情獨深，逐境必寤，妙造自然，著語無滯，斯出矣。善入善出，其於造意得三昧矣。

運筆

詞筆不外順逆反正，有逆入平出者，亦有平入逆出者。筆以行意也，意不行，即須換筆，筆不行，更須換意。意欲暢達而語不可使一瀉無餘，所謂留也。泥煞本題爲最忌之事，放開說去，便不窘迫，所謂托也。

運筆之法有三要：一、章法；二、句法；三、字法。

一、章法。詞以鍊章法爲隱，鍊字句爲秀。秀而不隱，猶百琲明珠而無一綫穿也。故宜講片段，講離合。以片段言：積字成句，積句成段，最是見筋節處，如《金縷曲》之第四韻，煞上則減色。以離合言：不外相摩相盪，如奇正、實空、抑揚、開闔、工易、寬緊之類。有片段而無離合，一覽索然。承接轉換，大抵不外紆徐鬥健，交相爲用。所貴融會章法，按脈理節拍而出之。至吞吐離即之妙，全在換頭歇拍。又須知暗字訣，凡暗轉、暗接、暗提、暗頓，必使有大氣真力，斡運其間。

二、句法。短句須整齊，長句須婉曲，一領四五六字句，上二下三、上三下四句，上三下四、上四下三句，四字平句，五七字渾成句，要合調無痕。重頭、疊腳、蜂腰、鶴膝、大小韻諸病，爲詩所忌者，皆忌之。全闋之拗句多者，遇順句必精警。順句多者，遇拗句必純熟。拗調拗句，須渾然脫手，一若不可不用此平仄聲者，方爲作手。

兩句之可作對者，以對爲佳。字少之對宜凝鍊，四字者勿似賦。字多之對宜流利，七字者勿似詩。平舉字勿對仄串字，實字勿對虛字。惟實字不求甚工，草木可對禽獸，服用可對飲食。

有豔語，則色鮮；有雋語，則味永；有豪語，則境高；有苦語，則情摯；有癡語，則趣深。澹語要有味，壯語要有韻，秀語要有骨；沒要緊語正是極要緊語；亂道語正是極不亂道語。總之，句宜鍊而又宜疏密相間。道學語、怪誕語、俚俗語，皆在屏棄之列。寒酸語固不可有，愁苦之語，亦當以華貴出之。

句中用事，宜體認著題，不爲事所使，必如水中之鹽，融化無迹。且須前後鉤鎖，又以無事障爲貴。膚也，多也，板也，皆障也。僻事宜實用，熟事宜虛用。學有餘而約以用之，善用事者也。乍敘事而間以理言，得活法者也。用事時，勿以古人姓名相對，至使直白無味。

北宋詞多就景敘情，故珠圓玉潤，四照玲瓏。至南宋，一變而爲即事做景，則深者淺，曲者直矣。言情之作，宜屏浮豔，藉景以映託之，迺具深婉流美之致。融景入情，即情中有景也。融情入景，即景中有情也。

三、字法。句法中有字面。字面，亦詞中之起眼處，必須深加鍛鍊。若隨意用之，便率。宜熟讀《文選》各詩，及溫庭筠、李賀、李商隱、韓偓之詩，並《花間集》之詞，擇其字而用之。全闋之字勿複，意義不同者，偶複不妨，能避更佳。句中有必須用虛字者，然不可多。『且』『況』『又』『縱』於換意之發端處用之，『漫』『漸』『正』『但』，於續辭之轉轡處用之。軟字硬字，宜相間用之。於擇調、選韻、命意、運筆之外，進而求之，所當知者，爲氣格，爲意境，爲神韻。

氣格　欲有氣格，當於全體大段求之，字句猶爲其次。雕琢太甚，則傷氣格。氣格以高渾爲尚，欲求格高，當先求襟抱之高，否則才情詣力雖色色絕人，終不能超然遐舉。晚近以來，格日趨而日下，往往高語清空，而所得者薄；力求新豔，而其病也纖。微特距兩宋若霄漢，甚且爲元明之罪人。

意境　隨時，隨地，隨事，從高處著想，則意境便高。

神韻　事外遠致曰神韻，從輕倩入手者固有之，特降於出自凝重者一等，蓋氣格稍遜也。凝重中有神韻，去成就不遠矣。

曲之作法：一、結構；二、字句；三、賓白。

結構

製曲宜講結構，先擇定一宮，聯一宮之曲牌爲一套，套數定，乃論字格。又須通盤籌畫，於可加饒折、可設節目、可用襯字之處，及脚色、排場、補景之佈置，一一周詳而後可。結構之法有五要：一、脱窠臼；二、立主腦；三、定章法；四、有條理；五、配脚色。

一、脱窠臼。除舊曲之成句外，切不可用其語意。新奇事物，今亦夥矣，從此著想，即可不落窠臼，而耳目爲之一新。

二、立主腦。劇中脚色，必有一爲主人，即主腦也。因此一人，因此一人之一事而製劇曲，一切脚色，皆自此一人而來；一切關目，皆自此一事而出。主腦既立，自然脈絡分明。

三、定章法。章法，一劇之全部結構也。命筆時宜先分段數，以何意起，何意接，何意作中段穿插，何意作後段收煞。全部關目，務必加意布置，盡起訖開闔之妙。

四、有條理。曲情事情，總須相稱。全劇情節，宜一綫到底，不使枝節横生，此有條理之謂也。曲情過多，則頭緒必不清，故關目不可太多，脚色亦不可太多，緊湊縝密，乃易引人入勝。

五、配脚色。脚色，劇中唱演之人也。生有四：老生、官生、巾生、二生也。旦有五：老旦、正旦、搽旦、小旦、貼旦也。淨有三：小淨、中淨、大淨也。丑則一。綜言之曰：生、旦、淨、丑。分折之法，宜逐折詳審，就曲情事情而調節之。上折之正脚爲生，下折之正脚宜爲旦，其他亦然。既可使其更番休息，即改易衣飾，亦從容矣。

字句

曲之字句，南以清峭柔婉爲主，北則尚本色，重白描。生旦之聲口宜求雅，可運用書卷，而仍忌堆垛。淨丑之聲口，不嫌俚，勿徒逞詞藻，而仍忌粗鄙。尤要者，相題行文，十分貼切，一事有一事之始末，一人有一人之情狀，必設身處地爲之著想，使觀者如見其事，如遇其人，斯可矣。字句之法有二要：一、鍊字；二、造句。

一、鍊字。南北曲用字，不得相混。雙疊字，上兩字須接上腔，下兩字須稍離下腔。單疊字，則全在頓挫輕便，務頭尤須下響字，勿令提挈不起。

二、造句。句法視板式而定。七字句有宜上四下三者，有宜上三下四者，嘗以板式分別之。有對偶處，必作對，否則草率。用古人成語，勿用其兩句相連者，宜另覓一句作對。凡句，須極新而極熟，極奇而極穩，經史子集語皆可用，而以斷章取義串合無痕爲妙。

賓白

曲之賓白，亦甚重要。生旦同場，固須分別口吻，即同一腳色，亦宜各有分寸。關捩轉折之處，非雅淨簡明，不足供審美之用。於稱謂，則準情酌理，雅俗咸宜。於情節，則前有來龍，後有去脈。全劇之筋脈，實全在賓白耳。賓白之法有三要：一、字音；二、方言；三、科諢。

一、字音。賓白雖無板眼之拘束，而字音高低，必與唱時相合，故平仄亦須研究。淨丑不嫌俚俗，固可稍寬。生旦則必須諧協，非僅定場白（第一折長引子之下長白也）。之數聯駢語平仄宜調。凡上下兩句末字之平仄，務使相間，皆平皆仄，必不動聽。

二、方言。賓白悉用方言，非盡人可解。曲之韻既非鄉音，白亦然，不得已而始一用耳。且曲白之音，不可兩歧，除南北曲合套外，全套南曲，宜全用南音之白。全套北曲，宜全用北音之白。

三、科諢。插科打諢，以諧語使人娛樂也。勿過雅，亦勿過俗。總以即景言情，可使聽者解頤爲妙。若能指陳時事，於諧語中寓以勸懲，尤善。

外此猶有一事宜注意者，則曲中之板式宜檢也。板拍所以爲曲中之節奏，字之多寡，句之長短，調之緊慢，皆節之以板拍。北曲板拍無定式，視文字中襯字之多少以爲衡，所謂『死腔活調』是也。南曲則每宮每支——除引子及本宮賺不是路外，無一不立有定式。如仙呂宮之《河傳序》，共三十二板，《桂枝香》二十三板，其下板處，各有一定不可移易之處，每曲第幾字下板，毫無假借。謂之板式。文人善歌者少，往往不明板式之理，或任意多加襯字，以至上一板與下一板相隔太遠，致唱者趕板不及，甚有落腔出調者，皆製曲時不檢板式之病也。欲免此病，須在未製曲之先，將欲填之曲檢出，細察此曲之板式，其疏密若何，而後下筆，則多寡疾徐，自然合拍矣。

第四章　作家

詞始於唐，衍於五代，盛於宋，沿於金元。剝於明，復於清。今分論之：曰唐五代，曰北宋南宋，曰金，曰元，曰明，曰清。

唐五代

詞有唐五代，猶文之先秦諸子，詩之漢魏樂府也。唐以李白爲首，而韋應物、王建、劉翃、白居易、劉禹錫、皇甫松、司空圖、韓偓，並有述造。溫庭筠深美閎約，醞釀最深，且又神理超越，不復可以迹象求之。然諸人皆興到之作，非其專詣，逮乎季葉，其事始𢎥。五代之際，後唐莊宗、蜀主王衍、孟昶、南唐中宗李景、後主李煜倡於上，和凝、韋莊、鹿虔扆、馮延巳和於下。君臣相謔，競作新聲，詞之雜流，由此起矣。至其工者，往往絕倫。

北宋南宋

世之論詞者，必推北宋南宋，以其時有四大家也。集大成者爲周邦彥。而辛棄疾斂雄心，抗高調，變溫婉，成悲涼，其才情富豔，思力果鋭，南北兩朝，實無其匹。王沂孫胸次恬淡，黍離麥秀之感，只以唱歎出之。而詠物之隸事處，則以意貫串，渾化無痕，蓋其所作饜心切理，言近指遠，聲容調度，一一可循。吳文英每於空際轉身，非具大神力不能，其奇思壯采，騰天潛淵，實返南宋之清泚，爲北宋之穠摯。學者習詞，當問途於王，歷吳、辛以還周之渾化，則得矣。此外，若歐陽修、晏幾道、柳永、蘇軾、秦觀、張先、陳克、姜夔、史達祖、周密、張炎諸人，固亦兩宋傑出之作者。大抵北宋含蓄之妙，逼近溫庭筠、韋莊，非點水成冰，安能脫口即是？且用密亦疏，用沈亦快，用細亦潤，用精亦渾。洎乎南宋，詞爲極盛，蓋變化益多，取材益富也。然亦漸衰，其聲多嘽緩，其意多柔靡。

金

金之詞家，蔡松年、段克己，皆能以清勁樹骨。若言一代大家，惟元好問足以當之，蓋深於用事，精於鍊句，而又雋永可味，如佛說法，其言似蜜，中邊皆甜。

元

元有曲而無詞。趙孟頫、虞集輩所作，不免以才情屬曲，以氣概屬詞，此詞之所以不振也。惟張翥以一身閱元之盛衰，憫亂憂時，故其詞慷慨悲涼，獨有千古。

明

詞至明而衰，然明初詞人，猶沿趙孟頫、虞集之舊，不乖於風雅。永樂以還，南宋諸名家詞，皆不顯於世，惟《花間集》《草堂詩餘》諸集盛行，而詞之敝已極。楊慎、王世貞輩，小令中調，頗有可取，而長調率多俚俗。傑出者爲陳鐸，足當澹厚二字，不琢不率，其詞曰《草堂餘意》，蓋全和《草堂詩餘》諸作也。和何人韻，即仿其人之體格，其和淮海秦觀、清真周邦彥、漱玉李清照之詞，即置之本集中，識者亦不能辨也。

清

清代詞學，起元明之衰，直接兩宋。而國初最著者，爲秀水朱彝尊、宜興陳維崧。朱情深而傷於碎，陳筆重而近於率。顧乾嘉以前，爲二人牢籠者，十居七八。朱爲浙派鼻祖，錢塘厲鶚繼之，欲以救嘽緩之病，去淫曼之失。然標格僅在南宋，以姜夔、張炎爲止境，而又不能如姜之澀、張之潤。其蔽也，習爲餖飣，流爲江湖。吳江郭麐，亦浙派中人，而其詞清疏，浙派爲之一變。

疏俊少年以其名雋，尤喜之。然詞宜深澀，郭則滑；詞宜柔厚，郭則薄矣。項鴻祚亦錢塘人，而不爲浙派所囿，篇旨清峻，託體甚高，一洗喘膩破碎之習，仰窺北宋，而天賦殊近南唐。至乾嘉間，陽湖張惠言起而救浙派之敝，而常州派成。時俳諧之病已淨，學者亦漸知貌似南宋之非。惠言乃與其弟琦同撰《宛鄰詞選》，別裁僞體，取法北宋，遂風行一時。雖町畦未闢，而奧窔已開，倚聲之學，至是始日趨正鵠。其意在尊清真而卑姜、張，於蘇軾、辛棄疾猶視爲小家。貴能以氣承接，通首如歌行然，又須有轉無竭，全用縮筆包舉時事。二張之甥武進董士錫造微踵美，荆溪周濟學於董而益窮正變，持論尤精。其言曰：『慎重而後出之，馳騁而變化之，胸襟醞釀，乃有所寄。』斯論出而北宋名家之緒遂大昌，然猶不免有橫亙姜張二字於胸中者。吾師仁和譚復堂先生獻，嘗推本周氏之指，發揮而光大之，評其《詞辨》。其所作亦大雅遒逸，深美閎約。丹徒莊棫、臨桂王鵬運氏，與譚同時，旨趣亦相合。歸安朱祖謀氏，從學於王，格調高迥，卓然名家。臨桂況周頤氏，切磋於王、朱，崇尚體格。嘗謂：『詞有三要：宜重，宜大，宜拙。』又謂：『自然宜從追琢中出。』故所作頓挫排盪，柔厚沈著，千辟萬灌，略無鑪錘之迹，視高密鄭文焯或過之，而又嚴於守律，一聲一字，悉無乖舛。鄭詞則感興微言，幼眇沈鬱，且深明管絃聲數之異同，於白石姜夔自度曲旁注宋俗樂譜字，能以意通其音拍。要之：同光以還，有譚、王、朱、況四氏之主盟詞壇，學者乃知崇尚北宋，力追清真，佻巧奮末之風，其可自此稍殺乎！

曲萌於北宋，成於金，盛於元，沿於明，著於清。今分論之，曰元，曰明，曰清。

元

元之一代，曲家可二百人。首推大都，而真定、浙江亦極盛，大率以本色見長。本色，本來面目也。蓋摹寫人情，體察物理，一涉辭藻，便失本來面目，而文人積習，恒嗜修辭，遂有失之雕琢堆垛者。然本色又不可太過，至有鄙俚迂腐之弊。曲之始，僅本色一派，其後衍而爲三：喜妍麗者，宗王實甫；喜雄肆者，宗關漢卿；喜清俊者，宗馬東籬。自是三家鼎立，作者雖眾，多不能出其範圍。惟鄭德輝清麗芊緜，宮大用瘦硬通神，均能獨樹一幟。而元人論曲，有『酸甜樂府』之稱，則指貫酸齋、徐甜齋而言。自餘作家之可記者：有劉子晦、虞伯生、盧疏齋、高文秀、馮海粟、李直夫、張國賓、喬夢符、張小山、王元鼎、黑劉五、周挺齋、王日華諸人，皆北曲之作者也。至元明之間，則有南曲，以高則誠之《琵琶記》、施君美之《幽閨記》（即《拜月亭》）爲最著。若徐仲由之《殺狗記》，庸惡陋劣，了無足取，乃向推爲『四大傳奇』之一，稱《荆》《劉》《拜》《殺》，實不相當。《荆》即明寧獻王權之《荆釵記》；《劉》即《劉智遠》，亦即《白兔記》；《拜》即《拜月亭》。

明

明初曲家，王子一、劉東生、谷子敬、湯式、楊景言、賈仲名、楊文奎諸子，半仍元末餘風，而不及其沈著。正統間之作者，則專尚寫實，不尚摹情。萬曆間，大江左右，以暨浙中，傳奇稱盛。其派有二：一則工藻繪而少當行，一則襲樸澹以充本色。梁伯龍、魏良輔造水磨腔格，爲學者所宗，於是有崑曲。若歷數姓氏而品題之，則寧獻王權之博學知音，周憲王有燉之氣魄才力，王渼陂之雄爽秀麗，陳大聲之宮商穩協，楊升庵之饒有佳句，徐文長之雄邁豪爽，湯若士之渾脫精妙，沈寧庵之研精曲律，李君實之流麗輕逸，馮子猶之曲白工妙，吳石渠之蘊藉流麗，阮圓海之芬芳秀逸，皆稱雄一時者也。

清

清代曲家，不及明之盛，而所作遠勝之。孔東塘有《桃花扇》，洪昉思有《長生殿》，世謂之『北孔南洪』。二李玄玉、笠翁亦頗負時譽，相與頡頏。若吳梅村之沈鬱感慨，尤西堂之戛戛獨造，則尤膾炙人口。而蔣心餘亦爲一大家。然細意熨貼如張漱石，淋漓痛快如董恆巖，宗旨正大如夏惺齋，乃不甚著於世。咸同以還，音響闃寂。逮乎光宣，則二黃俗劇，普及域中，而曲亡矣！

第五章　研究書目

初學詞曲，宜以讀詞讀曲入手，抑揚頓挫，心領神會，日久胸次鬱勃，信手拈來，自成妙諦，此所以宜有諷誦之書也。欲知其源流、體製、作法及作者得失一切故實，則參考書亦不可少。今擇其尤要者，各分通論、譜、韻、選本、彙刻及別集五部以說明之。

一、詞

通論之部：

《碧雞漫志》宋王灼著，首述古初至唐宋聲歌遞變之由，次列二十八調，溯其得名之所自，與其漸變宋詞之沿革。

《樂府指迷》宋沈伯時著

《詞源》宋張炎著

《詞旨》元陸輔之著

《詞苑叢談》清徐釚著

《介存齋論詞雜著》清周濟著

《詞學集成》清江順詒著

《蕙風詞話》清況周頤著

譜之部：

《詞律》清萬樹著，多糾正《嘯餘譜》及《填詞圖譜》之訛。康熙二十六年書成，凡六百六十調，一千一百八十餘體，以字之多寡爲先後，有類列者，則不拘字數。類列者，如《塞姑》爲二十四字，而九十五字之《塞孤》，即次於下，是也。康熙五十四年所成之《欽定詞譜》，詹事王奕清等奉敕撰，內有樓儼駁正《詞律》者百餘條。咸豐朝，杜文瀾亦以《詞律》有脫漏疏誤，作《校勘記》。

《詞律拾遺》清徐本立著，書成於道咸間，凡二百餘調，四百九十餘體，共八卷。前六卷補《詞律》之未備，以未收之詞爲補調，已收而未盡厥體者爲補體。後二卷，則訂正《詞律》爲補註。

韻之部：

《詞林正韻》清戈載著，書成於道光元年，分十九部，以平領上去者十四部，因詞有平仄互叶之體也。第一部平聲一東二冬三鍾，上聲一董二腫，去聲一送二宋三用，餘類推。入聲五部，第十五部一屋二沃三燭，餘類推。

選本之部：

《花間集》五代後蜀趙崇祚輯

《絕妙好詞》南宋周密輯

《宛鄰詞選》清張惠言、張琦同輯

《續詞選》清董毅輯

《詞辨》清周濟輯，譚獻評

《唐五代詞選》清成肇麐輯

《宋六十一家詞選》現代馮煦輯

《宋詞三百首》現代朱祖謀輯，署名上彊邨民

《蓼園詞選》清黃蓼園輯

《宋四家詞選》清周濟輯

《篋中詞》及《續》清譚獻輯

匯刻及別集之部：

《南唐二主詞箋》中宗李景、後主李煜著

《陽春集》南唐馮延巳著

《清真集》宋周邦彦著
《東坡樂府》宋蘇軾著
《東山寓聲樂府》宋賀鑄著
《稼軒詞》宋辛棄疾著
《白石道人歌曲》宋姜夔著
《夢窗甲乙丙丁稿》宋吳文英著
《梅溪詞》宋史達祖著
《花外集》宋王沂孫著
《樵歌》宋朱敦儒著
《草窗詞》宋周密著
《山中白雲詞》宋張炎著
《遺山樂府》金元好問著
《納蘭詞》清納蘭成德著
《憶雲詞》清項鴻祚著
《水雲樓詞》及《續》清蔣春霖著
《復堂詞》清譚獻園著
《樵風樂府》清鄭文焯著

《第一生修梅花館詞》現代況周頤氏著。分《新鶯詞》《玉梅詞》《錦錢詞》《蕙風詞》《菱景詞》《存悔詞》《二雲詞》《餐櫻詞》《菊夢詞》九集。

《彊村詞》現代朱祖謀著

《東海漁歌》清奕繪側福晉西林顧春著

二、曲

通論之部：

《曲論》明何良俊、徐復祚著

《曲律》明王驥德著

《曲律》明魏良輔著

《曲品》明東海鬱藍生著

《顧曲雜言》明沈德符著

《顧曲麈談》現代吳梅著

《雨村曲話》清李調元著

《菉猗室曲話》現代姚華著

《曲海一勺》同上

《詞餘叢話》清楊恩壽著

《戲曲考原》現代王國維著

《宋元戲曲史》同上

《劇說》清焦循著

《南詞敘錄》明徐渭著

《新傳奇品》清高奕著

譜之部：

《南北九宮譜》明陳所聞輯

《九宮大成南北詞宮譜》清莊親王輯

《御定曲譜》清康熙五十四年，詹事王奕清等奉勅撰，十四卷，首載諸宮論說及九宮譜定論一卷，次北曲譜四卷，次南曲譜八卷，次以失宮犯調諸曲別爲一卷，附於末。南曲北曲各以宮調提綱，每曲各詳註其音律，於舊譜訛字，一一辨證，載本調後。

《納書楹曲譜》及《補遺》清葉堂輯

《集成曲譜》現代王季烈、劉富樑輯

《南詞定律》呂文雄輯

《北詞廣正九宮譜》清李玉輯，考訂最精

韻之部：

《中原音韻》元周德清輯，北曲用

《南詞韻選》明沈璟輯

《南曲正韻》清毛先舒輯

以上韻三種，昔人製曲皆據之，今則有較之尤善者，現代吳梅所撰《曲韻》是也。第非專書，僅附見所著《顧曲麈談》中，爲部凡二十一，爲韻合平上去凡百有二十。蓋參考《中原音韻》《中州全韻》（明范善溱輯）。《音韻輯要》（清王鵕輯）。及《切韻》《唐韻》《廣韻》《韻略》《集韻》而成者也。其分合悉據《集韻》，而與《中原音韻》，亦微有分合處。其中分陰分陽，又悉依《中原音韻》《中州全韻》之舊，而補入者亦多。

選本之部：

《元曲選》明臧懋循輯

《綴白裘》清錢思沛輯

滙刻及別集之部：

《九金人集》現代吳仲倫輯

《汲古閣六十種曲》明毛晉輯

《暖紅室彙刊傳奇》現代劉世珩輯

《西廂記》元王實甫著

《琵琶記》明高則誠著

《荊釵記》明寧獻王權著

《幽閨記》明施惠著

《還魂記》明湯顯祖著

《燕子箋》明阮大鋮著

《桃花扇》清孔尚任著

《李笠翁十種曲》清李漁著

《長生殿》清洪昇著

《藏園九種曲》清蔣士銓著

《瓶笙館修簫譜四種》清舒位著

詞學肆言

劉咸炘

劉咸炘（1896—1932），字鑒泉，別號宥齋。成都人。1916年後，任尚友書塾塾師。1926年到1932年逝世前，先後任敬業學院哲學系主任及成都大學、四川大學教授。著述頗豐，計已成書的共236部，475卷，總名《推十書》。其中關於文學的著作有《文心雕龍闡說》《誦文選記》《文學述林》《文式》《文說林》《言學三舉》《子篇撰要》《古文要刪》《文篇約品》《簡摩集》《理文百一錄》《詩評綜》《詩本教》《詩人表》《一飽集》《從吾集》《風骨集》《風骨續集》《三秀集》《三真集》《長短言讀》《詞學肄言》《讀曲錄》等。

《詞學肄言》書前有弁言：『己巳正月編。初六日始筆，遊戲間之，至十六日乃畢。』己巳年為民國十八年（1929），可知本書完成於此年。全書分為四節：體格、源流、作術、讀法。《詞學肄言》錄自劉咸炘《推十書》（增補全本）戊輯第3冊，上海科學技術出版社2009年版。

目錄

己巳正月編。初六日始筆，遊戲間之，至十六日乃畢。

將講詞，不得不先講明其體格、源流及作術、讀法。論詞之書，宋以來亦以十數。宋人之作，如王頤堂灼，遂寧人《碧雞漫志》，張玉田炎《詞源》，陸輔之韶《詞旨》，沈伯時義父《樂府指迷》，均頗明整。然王書只詳體格，張、陸、沈書乃詳技術，而囿于當時俗習，有卑淺之嫌。此後詞話大都煩碎。徐電發釚《詞苑叢談》薈萃而無條理。劉公勇體仁《七頌堂詞繹》，周介存濟《論詞雜著》，劉融齋熙載《藝概》，況夔笙周頤《蕙風詞話》，王靜安國維《人間詞話》，深至語多，然亦非周備。今裁取貫串，以約論其概要。若體式之詳，自有專書，茲不及也。

一、體格

張皋文惠言《詞選序》首引《說文》：詞，言外而意內之文，此乃藉以明其比興之說耳。字書之本義，不可為文體文界說，固甚明也。詞之一字，本是泛稱。今所謂詞，乃指唐、宋簡短之歌曲也。凡樂歌，有聲有詞，其詞句度參差，隨樂之曲折。在隋以前，謂之樂府歌辭，亦謂之詩；在宋則為曲、慢詞，亦謂之詞；在元則謂之雜劇、傳奇、套數、小令，亦謂之曲；實則詩不專指樂歌，詞曲則樂歌之通名。唐之詞即古之辭。宋人稱詞為曲，明人稱曲為詞，其分為三專名者，特相為區別耳。欲異於樂府歌，不得不別稱為詞，欲異於令、慢，不得不別稱為曲耳。其間固有相出入者，如詞之〔瑞鷓鴣〕〔楊柳枝〕即絕句詩，曲之小令亦與詞之令無大異也。今人或稱詞為樂府，以古名名之耳。

王頤堂曰：古人初不定聲律，因所感發為歌，而聲律從之，唐、虞以來是也，餘波至西漢末始絕。今之所謂古樂府者，魏晉為盛。隋氏取漢以來樂器歌章古調併入清樂，餘波至李唐始絕。唐中葉雖有古樂府，而播在聲律則鮮矣。士大夫作者，不過以詩自名耳。蓋隋以來，今之所謂曲子已漸興，至唐而始盛。又曰：唐時古意亦未全消，〔竹枝〕〔浪淘沙〕〔抛球樂〕〔楊柳枝〕，乃詩中絕句而定為歌曲，故李太白〔清平調〕三章皆絕句，元、白諸詩亦知音協律作歌。白樂天守杭，元微之贈云：休遺玲瓏唱我詩。白樂天亦戲諸妓云：歌中多唱舍人詩。舊說開元中詩人王昌齡、高適、王之渙詣旗亭飲，梨園伶官亦招妓聚燕。三人私約曰：我輩擅詩名，未定甲乙，試觀諸伶謳詩分優劣。一伶唱昌齡絕句『寒雨連江夜入吳』，一伶唱適絕句『開篋淚沾臆』，一妓唱渙絕句『黃河遠上白雲間』，以此知李唐伶妓取當時名人詩人歌曲，蓋常俗也。《四庫提要》曰：樂府之歌法至唐不傳，其所歌者皆絕句也。唐人歌詩之法至宋亦不傳，其所歌者皆詞也。此三說皆簡明。然於詩之何以變為詞，詞與詩何異，尚未明晰。明俞仲茆彥《爰園詞話》謂：六朝至唐，樂府不勝其詰曲而近體出，五代至宋，詩又不勝其方板而詩餘出。詩亡然後詞作，非詩亡，所以歌詩者亡也。此說則有是有非。樂府詰曲，乃自今日觀之始然，當時自能協律。詩自不盡依樂，詞之興，非為詩之方板也。

首論詩之變詞者為朱子，其言曰：古樂府只是詩，中間卻添許多泛聲，後來人怕失了那泛聲，逐一聲添個實字，遂成長短句，今曲子便是。今人胡適作《詞的起源》，修正朱說，謂唐之樂府歌詞本與樂曲分離，詩人自作律絕詩而樂工伶人譜為樂歌。中唐以後，歌詞與樂曲漸漸接近，詩人取現成樂曲，依其曲拍作為歌詞，遂成長短句。詳考中唐以前歌詞，皆是近體詩句。又辨明詞之音調中仍有泛聲，各調伸縮變化甚多，非填實泛聲，即成長短句。其說甚詳明，茲不具引。然尚有當補說者，詩樂之關係有二，一為采詩以入樂，一為依樂以填詞，元微之序《樂府古題》所謂由樂定詞、選詞配樂者也。朱元晦所謂添泛聲者，即采歌入樂之事，歌者之事也。所謂填泛聲為實字，則依樂填詞之事，作者之事也。詩本非因樂而作。唐以前采詩入樂，皆須加字句以足之，故《宋書·樂志》列諸樂府詞，皆前列本曲，後列樂工所奏。

所謂本曲者，雖句度長短亦參差，而非依樂調也。頤堂所謂唐時古意未消者，即是采詩入樂。又有因詩作調，如王右丞送人詩，後因為《陽關曲》。此二例不同。前一例乃律詩，本有韻律，因譜入樂調。後一則其詩別為一調，即因為一樂調。如王詩本文聲韻字之平仄及粘合處。已與尋常律句不同。東坡仿作，即依其平仄，且自歌之，是其證也。若依樂填詞，即後世所謂倚聲則中唐已多，如胡氏所考中唐六調：〈三台〉〈調笑〉〈竹枝〉〈柳枝〉〈浪淘沙〉〈憶江南〉。觀其題目，顯是本有樂調而依以作詩，非本作詩而樂人譜之，如頤堂所謂以絕句為歌曲也。然詞之異於詩在依樂調。依樂調則聲韻當隨樂調之高下，而句度亦當隨樂調之曲折。今〈憶江南〉固顯依曲調，而〈三台〉則止似六言詩之變，〈柳枝〉〈竹枝〉〈浪淘沙〉則竟是七絕者，此蓋填詞之有詳略耳。最初依樂填詞，尚未成譜，故填者或詳或略。詳則其聲律特異之處顯，句度亦參差，略者反之，故仍如律詩耳，非或為詩或為詞也。略則與詩近，詳則與詩殊。觀北宋以後，一詞調猶有長短數譜之不同可以見矣。元以後之南北曲襯字多寡亦無定，所謂實泛聲者，固非全實也，不得為依樂不依樂之辨。或據此譜未定之現象，謂初之歌詞皆是定詩為曲，止是因詩而加泛聲歌之，此則混矣。《書》曰：詩言志，歌永言，聲依永，樂和聲。論樂者詳釋謂本止有詩，歌其永而後成曲調，其說固是。然此乃上古之事，後世則不然。樂調要是獨立自成。凡采詩入樂，皆增損詩詞以就樂調，未有屈樂調以就詩詞者。因詩創調，唐人有之。要是創作樂調，於詩詞必有所增，如《陽關曲》之曲折，不止摩詰原詩之音數，斷無有即詩詞而可為調者也。

入宋而詞之作者既多，乃漸成定譜，句度聲韻益嚴密，無非為求合于樂調。及北宋柳耆卿作為慢詞，較小令為長而多曲折，乃與不依樂之詩面目更殊而易別。自是以後，采詩入樂之事絕，創調者亦希宋人創調，謂之自度曲，大都按譜填詞，較昔之依樂填詞尤謹。及元南北曲興，詞亦不歌，空存此譜，又成不歌而誦之物，特韻律較嚴於詩耳。《四庫提要》謂歌詞法亡，僅能按舊曲平仄，循聲填字，變為文章之事，非復律呂之事。張孝達言今之詞已不能協律，直長短句耳。是也。故世或沿宋人之偶題，稱詞為長短句，或曰長短言也。曲與詞本一類，因詞不歌，乃與曲別，而據此專名焉。

審上所言，則知詩者不依樂而作，誦而不歌。依樂則為歌詞，古稱辭，唐稱詞，元稱曲，一也。詩誦而不歌，故聲韻不嚴，句度多齊整，其或參差，亦非依樂調。詞須歌，故聲韻嚴，句度多參差，其或不嚴者，泛聲不密耳。世之論者，于詩樂之關係多未明究，故其定詞之界說，頗覺遊移。或以句度參差為主，或以按譜填詞為定，皆不安。主按之擅變之際，則逢例外而破矣。

吴子律《蓮子居詞話》引吴西林穎芳曰：詞之興也，先有文字，從而宛轉其聲，以腔就辭者也。洎乎傳播通久，音律確然繼起，諸詞人不得以辭就腔。於是必遵前詞字腳之多寡，字面之平仄，號曰填詞。或變易前詞仄字而平，或變易前詞平字而仄，要於音體無礙。或前詞字少而今多之，則融洽其多字於腔中；或前詞字多而今少之，則引伸其少字於腔外，亦仍與音律無礙。蓋當時作者述者皆善歌，故制辭度腔，而字之多寡平仄參焉。今則歌法已失其傳，音律之故不明，變易融洽引伸之技，何由而施。操觚家按腔運辭，兢兢尺寸，不易之道也。

或曰：詞既以依樂為體，今既不歌而誦，已失其用，何復保此調譜遺蜕為？詩本直作，非由樂蜕。曲今可歌，尚是活形，詞則非二者之比也，廢之奚不可？曰：文之有樂性，固不必假於器，徒歌固足感人，即誦亦何嘗不洋洋盈耳。彼詩之異於散文，非以其聲韻耶！詞較詩密，其誦之可悅，猶甚於詩。曲之代詞久矣，而詞猶能存至今者，非其能成聲調節奏尚能傳耶。今之詞止是詩之一種，詩之韻律不廢，詞之律亦不廢矣。凡初為他用，後乃獨立，學術之常也。昔之騷詞樂府，曲折皆亡，而世猶誦之。玩曲者亦有場頭案上之殊，既可離樂而賞，何不可離樂而作耶。名詞為詩餘，本不安之稱。蓋以形式論，詞乃歌詩之變，非不依樂之詩之餘。以實質論，則詞乃詩之一別體耳。後世詩皆不依樂，詞則為依樂之詩，二者之異，正在形式。或以詞為抒情之詩，亦似是而非。詩本以抒情為正，說理敘事為變。詞之變亦有敘事說理者，特限於體式，敘事不能詳耳。詞之代興，即乘此隙。然曲亦非專敘事者，小令則更與詞無殊矣。然則詩詞于形式外無他別，而詞、曲則竟無別乎？曰：意境自當開拓，使與詩同，而風格則詞自是詞，與詩曲異。劉公勇《詞繹》云：夜闌更秉燭，相對如夢寐。叔原則云：今宵剩把銀釭照，猶恐相逢是夢中。此詩與詞之分疆也。王阮亭《詩話》曰：無可奈何花落去，似曾相識燕歸來，定非《香奩詩》。良晨美景奈何天，賞心樂事誰家院，定非《草堂詞》也。此二說似明而實不嚴密。『良晨』二句北宋慢詞中未始無之，『今宵』二句，律詩中亦未始無之。王偏舉《草堂詞》以較，劉偏舉杜詩以較，其不晰固甚明，然不得謂無所見。蓋詞曲之格，較詩為輕；曲之格，則較詞為顯白。詩本曲而忌直，然詞曲則尤曲，以詞曲較詩，詩猶為直矣。詩非盡重，而詞曲則以輕為本體，重則不調。以詞曲較詩，詩猶為重矣。若詞與曲之異，則又別有在。詞以隱為長，而曲則以顯為長，詞可濃，而曲則以淡為長。詞非無顯淡者，然而甚少。曲亦有隱濃者，則失其本色，為當行所賤。此則詞曲相反而詩又兼之者也。《柳塘詞話》引徐野君云：詩如康莊九達，車馳馬驟，易為假步。詞如深岩曲徑，叢篠幽花，源幾折而始流，橋獨木而方渡。孫月坡麟趾《詞徑》云：近人作詞，尚端莊者如詩，尚流利者如曲。不知詞自有界限，越限即非詞。此二說亦可見詩詞曲之大別也。

二、源流

晚唐以前，詞之傳者少，無名家也。名家始自溫飛卿庭筠、韋端已莊。及入五代，則西蜀、南唐為盛。蜀有《花間》一集為標，唐則後主及馮正中延巳為標。蓋二方在當時獨安富，為文化所在也。宋初文風本傳自吳蜀，至仁宋時，名臣亦工小詞，而晏元獻殊及其子叔原幾道、歐陽文忠修為著。柳耆卿永、張子野先尤以詞名家。柳為慢詞之創始者。《能改齋漫錄》曰：詞自南唐以來，惟有小令，慢詞起自仁宗朝。中原息兵，汴京繁庶，歌臺舞席，競睹新聲。耆卿失意無俚，流連坊曲，遂盡收俚俗語言，編入詞中，以便伎人傳習。一時動聽，散佈四方。其後東坡、少游、山谷輩，相繼有作，慢詞遂盛。然當時作者止為歌場。柳、張乃顯伎家之長，晏、歐僅守唐蜀之緒，至蘇東坡境乃多變。其門下士如黃魯直庭堅、秦少游觀、晁無咎補之、賀方回鑄皆以詞名，秦乃繼晏而稱正宗。及北宋末，周美成邦彥、李易安清照專工于詞，周深李婉，詞之技始專，格始嚴。回視晏、柳，乃先進之野人，而東坡則流之別調矣。

南渡之初，陳子高克承晏，張于湖孝祥近蘇，而朱希真敦儒別為逸品。稍後，辛稼軒棄疾大拓境界，姜白石夔特標清真，陸放翁游、劉龍洲過及劉後村克莊近于辛，史梅溪達祖、高竹屋觀國近于姜，而吳夢窗文英專以深著。及南宋末，則王碧山沂孫、張玉田炎、周草窗密皆專工於詞，大氐祖周而補姜者也。

楊用修言漢賦、唐詩、宋詞、元曲，人皆稱為確論。陳臥子子龍言宋人不知詩而強作詩，故終宋之世無詩。然有歡愉愁苦之致動於中而不能抑者，頻發于詩餘，故所造獨工。臥子于詩主王、李，故謂宋無詩，本是偏見。然謂宋人之情發於詞則是也。然宋人之情何不發於詩而發於詞？王靜安曰：文體通行既久，染指遂多，自成習套。豪傑之士，亦難於中自出新意，故遁而作他體以自解脫。此論精矣。金尚蘇學，詞亦近蘇，有名篇而無專家。入元則北劇代詞而興矣。明人沿元，多為曲，少為詞，至末年陳臥子乃以詞名。其于詩文宗王、李復古之說，故於詞亦守溫、韋、吳、蜀。清初諸人皆沿其說，專宗《花間》。朱竹垞彝尊則別為一派，其於詩兼主唐宋，故於詞亦專宗姜、張。此派盛行，是為浙派。至嘉慶間，常州派乃代興。始于張皋文惠言、翰風琦兄弟，以《詩》賦比興之法說詞，詞體始尊。成于周介存濟，沿二張之論，于宋人派別，備極楊抣，詞術益精。最近譚復堂獻、王半塘鵬運、朱彊村祖謀、況夔笙周頤繼之，評論校訂，詞學稱為大盛。至於作者名家，則前有納蘭容若性德，復有項蓮生廷紀、蔣鹿潭春霖。以宋詞比唐詩，實足明其情狀。特前人為此者多未精審，或有偏主而失平允，或欲嚴整反致參差。然比擬亦自有合者，如《四庫提要》以李義山比夢窗，以韓退之比東坡；孫月坡以夢窗比長吉，皆等似。至宋于庭以石帚比少陵，周介存以清真比少陵，則一派之偏見矣。若論源流，則稼軒乃似少陵。吾謂詩之源流太長，不可全舉以況詞。當斷唐一代，限於七言，此為唐之所獨，正如詞之在宋。以此相譬，庶幾明晰。唐末五代之詞，正如梁以後之歌行。晏、柳諸人，正如四傑，劉、張，北宋諸公，正如盛唐諸子，（東坡可擬太白，清真可擬東川）希真、稼軒，正如元和、長慶。（二人正似韓、白）姜、吳、王、張，則如晚唐。尤西堂序《詞苑叢談》，謂小山、安陸，為詞之初，淮海、清真，為詞之盛，石帚、夢窗，似得其中，碧山、玉田，風斯晚矣。比擬亦當不謬。

吾撰《文變論》，嘗立《通則》一條曰：凡文字有源流則有正變。一文之體初興，必潔靜謹約以自成其體，而不與他體相混。其後則內容日充，凡他體之可載者悉載之；異調日眾，凡他體之可有者悉有之，乃極能事而成大觀。變之既極，則其弊濫泆，於是持復古之說，繩之以正體。復古太甚，則其弊拘隘，於是持順變之說，擴之以容流。凡文皆然，詞亦不能外是。《苕溪漁隱叢話》載李易安《詞論》曰：始有柳屯田者，變舊聲作新聲，出《樂章集》，大得聲稱於世，雖協音律，而詞語塵下。又有張子野、宋子京兄弟、沈唐、元絳、晁次膺輩出，雖時時有妙語，而破碎何足名家。至晏元獻、歐陽永叔、蘇子瞻學際天人，作為小歌詞，直如酌蠡水于大海，然皆句讀不葺之詩耳，又往往不協音律。王介甫、曾子固文章似西漢，若作小歌詞，則人必絕倒，不可讀也。後晏叔原、賀方回、秦少游、黃魯直出，始能知之。又晏苦無鋪敘，賀苦少典重，秦即專主情致而少故實，譬如貧家美女，非不妍麗，終乏富貴態。黃即尚故實而多疵病，如良玉有瑕，價自減半矣。此論乃極盛時正宗之說也。大氏鋪敘故實與情致並重。情致者，承自溫、韋、唐、蜀，鋪敘故實，則樂詞之特尚，猶初唐之歌行及應制律詩也。此論乃沿五代以來伎家之見，本不足該後來之變，故後之守正體者，亦只守情致之准而不拘於鋪敘。南宋初，人多宗柳詞，如万俟雅言之惻豔，曹組之滑稽無賴，皆為時尚。（詳《碧雞漫志》）屏東坡為別調，（《後山詩話》謂東坡詞為教坊雷大使舞，縱極天下之工，終非本色。）並周美成亦不取。王頤堂嘗論之曰：長短句雖至本朝盛，而前人自立與真情衰矣。東坡先生指出向上一路，新天下耳目，弄筆者始知自振。今少年妄謂東坡移詩律作長短句，十有八九不學柳耆卿則學曹元寵。或謂賀、周深勁乏韻，此遭柳氏野狐涎吐不出者也。歌曲秦漢後皆有，造語險易無定法。今必以斜陽芳草、淡煙細雨繩墨後來作者，愚甚矣。此論甚快。其後學者持雅正，則貶柳而宗周，如沈義父言作詞當以清真為主，是也。其于蘇、辛，雖稱許而終外之。惟汪方壺辛自序其詞曰：詞至東坡而一變，其豪妙之氣，隱隱然流出言外。二變而為朱希真，多塵外之想。三變而為稼軒，乃寫其胸中事。此論獨取三家，尤為卓見。元明以後，效蘇、辛者多至粗厲。明末陳臥子等乃專守《花間》，至謂五季猶有唐風，入宋便開元曲。朱竹垞則守周草窗《絕妙好詞》之法，以姜、張為主，流傳甚久。焦里堂循《易餘籥錄》曰：周氏所選，一味輕柔潤膩而已。黃玉林《花庵詞選》，不名一家，可知南宋人詞不盡草窗一派。此論雖淺，已有所見矣。張皋文、翰風兄弟選詞，以溫為最高，以柳、黃、劉龍洲、吳夢窗為盈而不反，傲而不理，枝而不物。雖亦稱姜、張，已與朱氏之說不同。至周介存，則明詆朱派之過尊白石但主清空，而專好清真之沉著，不喜玉田之意盡於言。謂少游多庸格，白石醞釀不深。其選《詞辨》，以溫、韋、歐、秦、周、吳、王、張為正，以南唐後主、范、蘇、辛、姜、陸等為變，牆壁始嚴。其後選《宋四家詞》，則以周、辛、吳、王為冠，領袖一代，退蘇進辛，糾彈姜、張，剟刺陳、史，芟夷盧、高，標一總旨曰問途碧山，歷夢窗、稼軒，以還清真之渾化。其說益精完，然亦益狹，而過推夢窗，流弊亦著。譚復堂本宗周說而其評《詞辨》曰：予心知周氏之意而持論小異。大氐周氏所謂變，亦予所謂正也，而折衷柔厚則同。此論稍寬矣。王靜安直謂詞至李後主而眼界始大，感慨遂深，變伶工之詞而為士大夫之詞，介存之言為非，尤為有識。然介存本云後主以下雖駿快馳驁，豪宕感激，稍稍漓矣。然猶委曲以致其情，未有亢厲剽悍之習。然則變亦為正之說，固介存意矣。

守正順變之說，不可偏據。不知守正，則類混體失，詞不成詞；不知順變，則境狹語同，作不成作。或謂若容順變，則直重之詞亦自成趣，豈能復守輕曲之本體，實則此乃未析之論也。所謂輕曲，乃指修詞。若其情意之輕重，勢調之曲直，乃別一事。情有喜怒哀樂，豈皆怨抑，調有高下疾徐，豈皆纖柔。然而詩之異于文，詞之異於詩者，自有其態。意盡重，勢盡壯，而仍不害其態之輕曲也。論者每不分別而混言之。如明張南湖綖謂詞有豪放、婉約二種，然終以婉約為正。所謂豪放、婉約，乃兼勢調與意言之。既知二者皆工而又云婉約為正，正不正以何為征乎？其意蓋謂詞之本體在曲，而言之未析耳。若彭羨門孫遹《金粟詞話》謂詞以豔麗為本色，則大謬矣。其混之極者，且以描寫之對象混為一談。如沈義父所謂詞與詩不同，須略用情意，或入閨房之意，如只詠花草而不著些豔語，又不似詞家體例。此語之謬甚顯，而沿其見者實多。後之主晏、歐、柳、秦、周、李為正宗者，莫不陰有此習。其意蓋謂詞既輕柔，便宜作婦人語。又見溫、韋以降，多說豔情，遂以為詞本宜然。不知詞體取自倡優，唐宋文人作者多代其聲，故多綺語，然已不拘。溫、韋之先，唐人詞境已與詩同。如韋蘇州之詠高齋，王仲初之說民情，白香山之憶清景，皆與其詩同。至於邊塞宮怨，亦絕句之類耳。飛卿詩本纖豔，故詞亦同。吳、蜀諸人，則陸放翁跋《花間集》所謂斯時天下岌岌，士大夫流宕無聊者耳。宋世官有伎樂，士大夫莫不以此為蘭芍，其作豔語，固無足怪，安得據此以定詞體？況其後境既開拓，何可復守伎家之習以為正宗乎？《詞苑叢談》引梨莊云，徐巨源論詞源於樂府，謂《子夜》、《懊儂》善言情，唐人小令尚得其意。所謂情者，人之性情也。上自《三百篇》以及漢、魏、三唐樂府詩歌，無非發自性情。故魯不可同于衛，卿大夫之作不能同於閭巷歌謠。唐人小令善於言情，然亦不為《懊儂》、《子夜》之情。太白〔菩薩蠻〕為詞調之祖，何嘗不言情，又何嘗以《懊儂》、《子夜》為情。凡詞無非言情，即輕豔悲壯，各成其是，周、柳之纖麗，《子夜》、《懊儂》之遺也，歐、蘇非《君馬黃》、《出東門》之類歟？放而為稼軒、後村，則漢帝《大風》之歌，魏武《酌酒》之作，何嘗不言情，亦自道其情耳。

劉融齋曰：詞導源於古詩，故亦兼具六義，不得以一時一境盡之。此二說皆甚通。明乎詞境與詞格之不當混論，則守正順變之說不相妨矣。

三、作術

王靜安曰：詞以境界為最上。有有我之境，有無我之境。境非獨景物也，喜怒哀樂亦人心中之一境界，故能寫真感情真景物者，謂之有境界，否則謂之無境界。境有大小，不以是分優劣。又曰：妙處只是不隔。語語都在目前，便是不隔。又曰：大家之作，其言情也必沁人心脾，其寫景也必豁人耳目，其詞脫口而出，無矯揉妝束之態，以其所見者真，所知者深也。張臯文《詞選序》曰：其緣情造端興於微言以相感動，極命風謠里巷男女哀樂，以道賢人君子幽約怨誹不能自言之情，低徊要妙，以喻其致，蓋詩之比興，變風之義，騷人之歌，則近之矣。然以其文小其聲哀，放者為之，或跌盪靡麗，雜以倡狂俳優，然要其至者，莫不惻隱籲愉感物而發，觸類條鬯，各有所歸，非苟為雕琢曼辭而已。此論援古義以尊詞體，誠為卓特。然因感物而說比興，不覺其過。如說溫飛卿（菩薩蠻）為感士不遇，說馮正中（蝶戀花）為騷辨之義，周介存復衍暢之，推其所說，陽春譬君恩，風雨譬困厄，云煙楊柳以譬蔽惑，啼鶯乳燕以喻讒佞，名花嘉木以喻忠賢，處處有之，篇篇可說，附會不太易乎？陳蘭甫以張氏說詞為穿鑿，非無見也。金應矽《詞選後序》云：瓊樓玉宇，天子識其忠言，斜陽煙柳，壽皇指為怨曲。造口之譬，比之詩史，太學之詠，傳其主文。此所舉即張氏所據。則寓言比興，固非盡由附會，詩多刺譏，自是宋人習氣。然觀蔡確、蘇軾、劉克莊諸詩獄，則深文亦甚矣，豈可更執以推於一切詞乎？皋文說馮正中〈蝶戀花〉，謂延巳為人，專蔽嫉妒，又放為大言，此詞蓋以排間異己，其君之所以信而弗疑。介存則因延巳詞與歐陽永叔詞多混，遂悉以歸之歐，謂非歐公不能作。延巳小人，縱欲偽為君子以惑其主，豈能有此至性語。二說不同，是非孰定，亦可見其不安矣。東坡〈卜算子〉詞，鮦陽居士句句說其寓意，張氏從之，謂與《考槃》之詩相似。王阮亭詆鮦陽為強作解事，譚復堂則從張說，謂作者未必然，讀者何必不然，亦善於解紛之論也。宋人詞本多為倡優作，不可盡以其人志節說之，固甚明白。成漱泉肇麐與馮蒿庵煦選唐五代詞，推張、周之說，竟謂五代諸詞，皆是懼史言之觸機，文徘語以自晦，黍離麥秀，周遺所傷，美人香草，楚累所托。不知唐人〈三臺〉〈調笑〉事之可說。五代人詞多即詠題之本意，除〈漁父〉〈閑中好〉〈定西番〉〈酒泉子〉之外，本皆豔冶之題，悉寫豔冶之事。意境本狹，詞語亦顯，豈可說以寄託。黍離麥秀，惟鹿虔扆一首耳。唐蜀晏安，君臣為謔，其人初無奇節深懷，史傳具在。盡以周遺、楚累為比，非愚則誣矣。然詞既為士大夫所用，則寓意亦固不少。而宋人所傳詞之本事，多屬狹邪，亦自不可信。黃公度《知稼翁詞》為其子沃所編，每首具注所以作之事意。《東坡樂府》無注，故雜記多栽妄造之本事。胡元任仔《苕溪漁隱叢話》力辨楊湜《古今詞話》之謬，皆此類也。

賀黃公《詞筌》曰：作詞當知三忌：一不可入漁鼓中語言，二不可涉演義家腔調，三不可像優伶開場時敘述。金應珪《詞選後序》曰：近世為詞，厥有三弊。義非宋玉而獨賦蓬髮，諫謝淳于而唯陳履舄，揣摩床笫，汙穢中冓，是謂淫詞，其弊一也。猛起奮末，分言析字，詼嘲則俳優之末流，叫嘯則市儈之盛氣，此猶巴人抑喉以和陽春，黽域怒嗌以調疏越，是謂鄙詞，其弊二也。規模物類，依託歌舞，哀樂不衷其性，慮歎無與乎情，連章累篇，義不出乎花鳥，感物指事，理不外乎酬應，雖既雅而不豔，斯有句而無章，是謂遊詞，其弊三也。按：此論甚正，而張、周之選，於三弊猶未盡祛。所謂淫詞，蓋謂無義而徒褻與褻之太顯者耳。其褻之隱者與無義而纖者，猶多在選中。吾謂古詩托喻男女，必疏質渾成，若纖細摹寫，必是徇詞忘義。周美成詞旨之蕩，同於耆卿，而皋文非之。介存稱為集大成，亦止以詞言耳。如『并刀如水』一解，非所謂揣摩床第耶？陸子逸（瑞鶴仙），辛稼軒（祝英臺近），張玉田稱為豔而雅，吾則取辛而棄陸。辛之『試把花卜歸期，才簪又重數』，與陸之『臉霞紅印枕，睡起來冠兒猶是不整』，一渾一纖，皎然不同。張說陸詞為刺時之言，刺時而摹寫至是，得非諷一而勸百乎？所謂鄙詞，乃指誤學蘇、辛而粗氣硬句與顯白類彈詞者。然不可持之過嚴。張氏《續選》，亦取東坡『大江東去』、于湖『長淮望斷』之豪壯，朱希真（好事近）之淡適，然如于湖之（念奴嬌），武穆之（小重山），則皆不錄。張之高妙，岳之幽咽，安得與粗硬者比。蓋二家主張比興之過，不免於賦義有所忽略也。所謂浮詞，乃指無義而作者。金《序》所戒規模物類，依託歌舞，猶易祛也。介存《詞辨》《雜著》所謂離別懷思，感士不遇，陳陳相因，唾瀋互拾，則不易祛矣。張、周所選，此等尚居六七。北宋諸公，多寓君子小人，南宋諸公，多慨恢復和議，宋末諸公，則多故國之思，此猶可逆志而得之。至如柳耆卿、周美成之寫太平，何義耶？李易安『尋尋覓覓』、鄭孫氏『花淙淙』，何義耶？此雖皋文所謂觸類條鬯，各有所歸，亦不能求其所歸。乃介存《詞辨·序》云：雖乖謬庸劣，纖細委瑣，苟可馳喻比類，皆樂取之。苟如其說，則何用別裁乎？

周介存曰：初學詞求有寄託。有寄託則表裡相宣，斐然成章。既成格調，求無寄託。無寄託則指事類情，仁者見仁，智者見智。又曰：夫詞非寄託不入，專寄託不出。一物一事，引而伸之，觸類多通。既習矣，意感偶生，假類畢達，斯入矣。賦情獨深，逐境必寤，醞釀日久，冥發妄中，讀其篇者臨淵窺魚，意為魴鯉，中宵驚電，罔識東西，赤子隨母笑啼，鄉人觀劇喜怒，抑可謂能出矣。此論甚精，然求有寄託之說亦有弊。況夔笙嘗言：所貴寄託者，流露於不自知，觸發於弗克自已，身世之感通于性靈，即性靈，即寄託，非二物相比附也。橫亙一寄託于搦管之先，此物此志，千首一律，則門面語耳，畧無變化之陳言耳。於無變化中求變化，而其所謂寄託乃益非真。此論甚透，足匡周氏。至於無寄託之說，則無間然。成漱泉曰：俯仰之際，萬感橫集，使後之讀者如聆其聲，睹其不言之意。世有鬱伊於內無可訴語，偶有觸焉，亦且恍然於其中之纏綿蘊結，固有先我而發之者。此亦足與介存說相證。詞體小於詩，曲於詩，化事為情，化實為虛。昔吳恪齡謂意如米，文則炊之為飯，詩則蒸之為酒。其論甚精。詞則酒精也。吾作《說詩韻語》有一首云：不是重光也覺愁，文情相感莫來由。如鹽入水惟存味，又見辛公懶上樓。注云：詩詞貴有事意，而事意皆化，止存一段情趣，又可見事意，不同空幻，乃為最高之境。李後主詞即如此。讀其詞者，皆無其境遇者也。而曠世相感，莫知其所以然。後此惟辛稼軒『不知筋力衰多少，但覺新來懶上樓』，最為近之，他家則未多見也。此即介存『赤子鄉人』之喻，漱泉『恍然先我』之說也。至於作詞之法，則宋人張玉田、陸輔之、沈伯時所言甚詳，大氐皆匠家語。介存言玉田詞無開闊手段，止在字句上著功夫，專恃磨礱雕琢，裝頭作腳。輔之乃玉田門人，所論尤陋。伯時論法尤詳，而言架格處多有弊。至近人數家，始多精實，今合而摘其要如下：

俞仲茀曰：意忌庸、忌陋、忌襲，句忌腐、忌澀、忌晦。意卓矣，而束之以音，屈意以就音而意能自達者鮮矣。句奇矣，而衍之以調，屈句以就調而句能自振者鮮矣。此詞之所以難也。

陳臥子曰：以沈摯之思而出之必淺近，使讀者驟遇之如在耳目之前，久誦之而得雋永之趣，則用意難也。以儇利之詞而制之必工煉，使篇無累句，句無累字，圓潤明密，言如貫珠，則鑄詞難也。其為體也纖弱，明珠翠羽，猶嫌其重，何況龍鸞。必有鮮妍之姿而不藉粉澤，則設色難也。其為境也婉媚，雖以驚露所妍，實貴含蓄不盡，時在低徊唱歎之時，則命篇難也。

孫月坡《詞徑》舉詞十六訣，亦簡明。曰：清、輕、新、雅、靈、脆、婉、轉、留、托、澹、空、皺、韻、超、渾。

況夔笙曰：詞有三要：重、拙、大。重者，沉著之謂也，在氣格不在字句。又曰：詞境以深靜為主。

周介存《論詞雜著》曰：學詞先以用心為主。遇一事，見一物，即能沉思獨坐，冥然終日，出手自然不平。次則講片段，次則講離合。成片段而無離合，一覽索然矣。又曰：初學詞求空，空則靈氣往來。既成格調求實，實則精力彌滿。

又《宋四家詞序論》曰：筆以行意也，不行須換筆。換筆不行，便須換意。

又曰：詞筆不外順逆反正，尤妙在複在脫。

劉融齋曰：空中蕩漾，最是詞家妙訣。

況夔笙曰：詞能直固佳，顧誠不易。當於無字處為曲折，切忌有字處為曲折。又曰：作詞須知暗字訣，暗轉、暗接、暗提、暗頓。

陸輔之曰：對句好可得，起句好難得，收拾全籍出場。

劉融齋曰：起句非漸引即頓入，其妙在筆未到而氣已吞。收句非繞回即宕開，其妙處在言雖止而意無盡。融齋又曰：詞之筆法，不外相摩相蕩，如奇正空實，抑揚開合，工易寬緊之類是已。又曰：詞中承接轉換，大氐不外紆徐鬥健，交相為用。

周介存曰：吞吐之妙，全在換頭煞尾。古人名換頭為過變，或藕斷絲連，或異軍突起，皆須令讀者振動。換頭多偷聲，須和婉，和婉則句長節短，可容攢簇。煞尾多減字，須峭勁，峭勁則字過音留，可供搖曳。

張玉田曰：詞之難於令曲，如詩之難於絕句，一句一字閑不得，末句當留有餘不盡之意始佳。

劉公勇曰：長調最難工，蕪累與凝重同忌。襯字不可少，又忌淺熟。

劉融齋曰：小令難得變化，長調難得融貫。

張玉田曰：詞中一個生硬字用不得，須是字字敲打得響，歌誦妥溜，方為本色語。前輩多鄰于率。

沈義父曰：句上合用虛字，兩三次用便不好，謂之空頭字。不若徑用一靜字頂上，句法又健。張、沈諸人持論，皆賤俚俗而以用唐人詩句為尚。此則狹見，今可不必拘守也。

四、讀法

俞仲茆曰：詞全以調為主，今人不解歌，而小令、中調尚多以律詩手為之。按：此論是也。今雖不歌而誦之妙猶存。明乎詞之重誦，則律調不可不講也。第一須明句讀。詞本依樂譜而成，其句讀有樂拍、文義之分。大句二者相符，小句與逗則不盡符。文義不斷而樂拍當斷，謂之樂句，須依讀之，不可依文義。昔人已多誤。今人以新式標點施于詞，尤多誤斷誤連，不可不懲其弊。又如七字有上三下四句，五字有上一下四句，四字有横擔之句，皆不可移易。次則平仄，守譜當嚴。詞自有調，不同於詩，在詩為拗，在詞則為當爾。習熟律詩而據以易詞之平仄，則失其樂性矣。拘守律譜，如戈順卿之流，固不免逐末忘本。然若不依譜調，則不如直為詩，何取於詞乎？

張玉田曰：作慢詞先擇曲名，然後命意。命意既了，方始選韻。楊守齋纘《作詞五要》曰：第一要擇腔調。按：此二説謂調須與意稱也。如〔摸魚子〕柔婉，〔念奴嬌〕〔六州歌頭〕雄壯，易之則不合矣。昔周介存嘗以婉澀高平四調通選古詞，惜其本不傳。

俞仲茆曰：詞調以字之音為主。音有平仄，多必不可移者，間有可移者。仄有上去入，多可移者，間有必不可移者。

沈義父曰：腔律豈必人人皆能按簫填譜，但看句中用去聲字最為緊要。古曲都用去聲，必用去聲，平聲卻用得入聲字替，上聲字最不可用去聲字替。萬紅友樹《詞律》云：上聲入聲，有時可以代平，而名詞轉折跌宕處多用去聲。

周介存曰：上、入亦宜辨，入可代去，上不可代去。入之作平者無論矣，其作上者可代平，作去者斷不可以代平。平、去是兩端，上由平而之去，入由去而之平。又曰：上聲韻，韻上應用仄者，去為妙，入次之。疊則聱牙，鄰則無力。

況夔笙曰：入聲字最適用，去聲若誤用上聲，不如用入。上聲亦然。宋人于應入者間用上，用去者絕少。

介存曰：陽聲字多則沉頓，陰聲字多則激昂。重陽間一陰，則柔而不靡，重陰間一陽，則高而不危。

楊守齋曰：第四要隨律押韻，如越調〈水龍吟〉、商調〈二郎神〉皆合用平入聲韻。古詞俱押去聲，所以轉摺怪異。

陳伯弢曰：學填詞先知選韻，琴調尤不可亂填。如〈水龍吟〉之宏放，〈相思引〉之悽纏，仙流劍客，思歸勞人，各有所宜。

周介存云：東真韻寬平，支先韻細膩，魚歌韻纏綿，蕭尤韻感慨，各具聲響，莫草草亂用。

沈曰：詞中多有句中韻，人多不曉。如〈木蘭花〉云：『傾城盡尋勝去』，『城』字是韻。又如〈滿庭芳〉過處『年年如社燕』，『年』字是韻。不可不察。

焦理堂云：詞調愈平熟則其音急，愈生拗則其音緩。急則繁其聲易淫，緩則庶乎雅。按：此亦閱歷之言，但不可泥。

況夔笙曰：詞無不諧適之調，作詞者未能熟精斯調耳。昔人自度一腔，必有會心之處，或專家能知之而俗耳不能悦之。不拘何調，但能填至二三次，簡涎生澀之中，至佳之音節出焉，難以言語形容者也。

詞學通論

汪東

汪東（1890—1963），原名東寶，後改名東，字旭初，號寄庵，別號寄生、孟秋，江蘇吳縣人。早年就讀於上海震旦大學，1927 年秋，應聘為南京中央大學教授，後任文學院院長。汪東為章太炎入室弟子，精於音韻、訓詁、文字之學，於詞學造詣頗深，著有《夢秋詞》《詞學通論》《唐宋詞選》等。

《詞學通論》分原名、甄體、審律、辨韻、徵式五章，可謂專門探討詞之『本體論』。由於其中多處征引吳梅《詞學通論》內容，故此書成書當在吳氏書之後。《詞學通論》，原載於《夢秋詞》，齊魯書社 1985 年版。

汪　東　詞學通論

目錄

汪　東　詞學通論

一、原名

詞者，上異於詩，下別於曲。若其源流遷變，可得而言。詳詞之立名，說者或取『意內言外』之訓，謂與詩字之義，初無二致。《說文》：『詩，志也。』《毛詩序》：『在心爲志，發言為詩。』按：《說文·司部》：『词，意內而言外也。从司言。』此本泛指言词，非若詩專歌詠。又《辛部》：『辭，說也。』大、小徐本皆作『訟』，段注依重修本《廣韻》改。舊本《廣韻》有辭：『訟辭』『說』兩解，而不引《說文》。文辭之辭，古用此字，同聲相假，則亦互通。《文心雕龍·辯騷篇》上云：『軒翥詩人之後，奮飛辭家之前。』下云：『衣被詞人，非一代也。』一篇兩用，可為明徵。夫從其廣界，辭為篇章之通稱；嚴其區分，則是辭賦之專屬。此就其體言之耳。以文心論，縟采靡麗，乃為辭人。故揚雄《法言》謂：『詩人之賦麗以則，辭人之賦麗以淫。』又古代詩篇，皆可音奏。詩即樂辭，樂為歌節。是故夔始典樂，而帝命之以詩。《尚書》：『帝曰：夔，命汝典樂，教胄子，詩言志，歌永言，聲依永，律和聲。』其後大師掌六詩。《周語》稱『矇誦』，則詩在樂官矣。及周之衰，雅、頌失職，而楚辭代興。屈原《九歌》，實為神祠鼓舞之曲。王逸序：『《九歌》，屈原之所作。昔楚南郢之邑，其俗信鬼而好祠，必作樂鼓舞，因為作《九歌》之曲。』遭秦滌蕩，古樂淪胥。漢武立樂府，雜采趙、代、秦、楚之謳，被諸聲律。又令司馬相如等數十人，造詩論律，以合八音。《漢書·禮樂志》。於是詩有合樂者，有不合樂者。其采入樂府者，即因官守之名，貤為篇章之號。樂府之名立，而詩與樂分矣。迨後世文人，或借樂府諸題以寫時事，直抒胸臆，徒襲舊名。曹、陸佳篇，不被絃管。《文心雕龍·樂府篇》云：『子建、士衡，咸有佳篇，并無詔伶人，故事謝絲管。』是樂府亦漸有不合樂者。陵遲至唐代，杜甫、白居易之倫，別創新樂府，則直為詩之別體，而與聲律無關。顧其時傳播伶官，唯多律、絕。四聲諧適，寖有成規。參以新聲，遂定詞體。以詞之名別於詩，猶楚辭之別於雅、頌。而其格近靡，為之者務以輕艷為工，以麗藻相尚，比於辭人之賦，殆有過之。然則詞者，辭也。字以通行相承，必無取於本訓。但後世詞家，頗欲自尊其體，則以『意內言外』，傅之比、興，不知用意之婉直，悉由作者之淺深；而體格之崇卑，尤不能隨名號為升降，斷斷致辨，良無謂也。元明以來，詞亦徒作，謂不能歌。樂工所肄，更立南、北曲之名，此又比諸樂府及詩，重規相蹈者爾。

如上所說源流變遷之概。試更為數表以明之。

詞　意內言外說

辭說 — 文辭 — 辭賦 — 辭人之賦 — 詞
　　　　　　　　　└ 詩人之賦

右表明詞、辭字通。而詞之立名，則由文辭之義遞嬗而得。

右表明詩、楚辭、樂府、詞，參伍綜錯之迹。蓋稱詞以別於詩，猶稱楚辭以別於詩也。後人或謂詞為詩餘，以其蜕體於律絕也。或即稱為樂府，指其可歌而言也。柳耆卿詞名《樂章集》，趙長卿詞名《惜香樂府》，姜白石詞名《白石道人歌曲》，而曾慥所輯名《樂府雅詞》是也。表列惟賦自成一系，與詞無涉。楚辭與賦，可合可分，大抵荀卿之賦，上接風詩，與騷同列，揚、馬以下，並承骚绪，而班志藝文，屈原亦列赋家，此非本論範圍，故不具説。

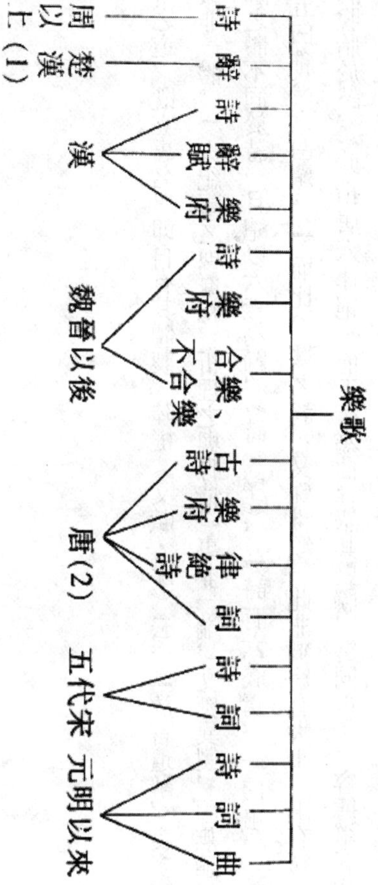

注：(1)漢初樂辭猶多楚聲，但楚辭盡可合樂，離騷之類是也。

(2)律絕詩亦非盡可合樂。

右表以樂為主。觀此可知名稱迭代之故。大抵聲律已變，舊製不甚合歌，則創新體以代之。而文人攄翰，熹模往古，舊者體製，亦不能盡廢也。於是襲舊者仍其故名，創作者更立新號，名類由是日滋已。然每變愈下，辭聲俱鄭。雅音正則，邈焉難追。此仲尼所以忘味，彥和所以興嘆也。

二、甄體

凡文章之道，既立專名，即自有其體製。陸機《文賦・序》云：『放言遣辭，良多變矣。』李善注：『多變，故非一體。』夫紀事之與擬物，析理之與抒情，事非一端，文應異製，固無論矣。即一以情感為尚，而楚辭之體不同於詩；且總以六義為歸，《詩・序》：『詩有六義焉：一曰風、二曰賦、三曰比、四曰興、五曰雅、六曰頌。』而比、興之詞，又殊雅頌。此非獨篇有大小，調有緩急。文之崇體，由來久矣。詞脫胎於詩，（此指唐人律絕）而下衍為曲。語其繫聯，譬同母子。容態縱有相肖，形體則已乖離。必於相類之中，求其相異之點，自非寸心有會，蓋難言之。吳君瞿安嘗謂：『作詞之難，在上不似詩，下不類曲。不緇不磷，立於二者之間，要須辨其氣韻。大氐空疏者作詞，易近於曲；博雅者填詞，不離乎詩。淺者深之，高者下之。處於才不才之間，斯為得其三昧。』此誠深知甘苦之言。惟詩主靈性，《詩品》：『可以陶性靈，發幽思。』又云：『吟咏性情，亦何貴於用事。』詞曲亦不貴用事，其辨尤在氣息滋味。《詩品》：『五言居文詞之要，是衆作之有滋味者也。』不盡關於空疏博學也。

慢詞長調，體格有定。上不與詩歌相殺，下不與曲牌相亂。依格造句，就句鑄辭。如金在鎔，自成模範。詞之為詞，猶非甚難事也。工拙自當別論。小令多五、七言句，離詩未遠。若《生查子》《醉公子》，則五言也。《浣溪沙》《玉樓春》，則七言也。《菩薩蠻》《卜算子》，雜五、七言以為之者也。其格愈近，其辨益微。而試取古人佳製，反覆吟詠，乃覺其間若有畔岸相隔，不可逾越。如牛希濟《生查子》云：『終日劈桃瓤，人在心兒裏。』此詞也，若以為詩，必不如王維之『紅豆生南國，春來發幾枝』矣。溫庭筠《南歌子》云：『手裏金鸚鵡，胸前繡鳳凰。』此詞也。以為詩，則不如李商隱之『撥絃驚火鳳，交扇拂天鵝』矣。晏殊《浣溪沙》云：『無可奈何花落去，似曾相識燕歸來。』此詞也。以為詩，不如宋祁之『將飛更作迴風舞，已落猶成半面妝』矣。辛棄疾《鷓鴣天》云：『紅蓮相倚渾如醉，白鳥無言定是愁。』此詞也。以為詩，則不如杜甫之『穿花蛺蝶深深見，點水蜻蜓款款飛』。此中消息甚微，頗難言說。要之用意宜曲，運思貴巧，出語求新雋，下字不妨纖穠。而又自有分刌節度，過此則流入於曲。南曲引子，猶多沿用詞中小令，《卜算子》《鷓鴣天》皆其類也。茲亦各抄一首於左，以資比較：

卜算子東坡詞

水是眼波橫，山是眉峯聚。欲問行人去那邊，眉眼盈盈處。才始送春歸，又送君歸去。若到江南趕上春，千萬和春住。

同上《拜月亭》

病染身著地，氣咽魂離體。拆散鴛鴦兩處飛，多少銜冤意。首句平仄稍異，而地、飛兩字皆同韻。

鷓鴣天梅谿詞

雁足無書古塞幽，一程煙草一程愁。帽簷塵重風吹野，帳角香銷月滿樓。情思亂，夢魂浮。緗裙多憶敝貂裘。官河水靜闌干暖，徙倚斜陽怨晚秋。

同上《琵琶記》

萬里關山萬里愁，一般心事一般憂。親聞暮景應難保，客館風光怎久留。他那裡，漫凝眸。馬行十步九迴頭。歸家祇恐傷親意，閣淚汪汪不敢流。

右錄蘇詞一首，語多本色，幾欲侵曲辭之界，而卒不踰矩。梅谿詞與《琵琶》曲文，等為怨別思家之作，意境絕似，顧氣息風韻，迥然不侔。由斯兩說，一則可以知措語之各不同方，一則可以悟下字之確有定分。明乎此，則於詞之體製，思過半矣。

古詩樂府，除四、五、七言為其常格，此外自三言至九言，亦有參雜用之者。摯仲洽《文章流別》論之甚詳。然大抵縱意所致，裁之以節，本無定法，則張弛自由。漢樂府有全章用三字者，六朝小樂府有全章用六字者，唐、宋以來，因之為六言詩，後人又有全用九言為詩者，其體皆推行不廣。詞調中有《三字令》，通體三言；《謫仙怨》，通體六言，然為之者僅一二家。蓋三言體窄，六言調啞，即乖中和，故效法者鮮也。句有未安，無妨增減。《楚辭》擷芳銜華，句法尤極其變，而不受檢束，益甚於詩。詞則不然，短至一字成句，長以七言為率。其八言者，實以三領五；九言者，以二領七，或以四領五，變化不能出七法以外也。格律既定，分寸不移。語其變化，則修短錯綜，寓於一篇之中。論其嚴謹，則字句聲勢，悉以定譜為斷。是蓋詞體之所獨難。南、北曲平仄較寬，字句雖有定則，亦可多加襯字，以濟其窮。而學者不可不於此加之意也。茲將各種句法，逐一舉例如下：

一字句：天，休使圓蟾照客眠。《蒼梧謠》，蔡伸。尋，簾外分明墮玉簪。同上，朱彝尊。右『天』與『眠』韻，『尋』與『簪』韻，皆一字句也。此惟《蒼梧謠》有之。他調或用作領字，不能獨立成句。

二字句：如夢，如夢。此叠句法，不能連讀，以一平一仄為定律。殘月落花煙重。《如夢令》，後唐莊宗。凝眸，兩點春山滿鏡愁。《南鄉子》，周邦彥。絕代佳人難得，傾國。《荷葉杯》，韋莊。右皆施於句中，或以領下，或以結上為異。

春衣，素絲染就已堪悲。《九張機》，無名氏。雙臉，小鳳戰篦金颭艷。《歸國謠》，溫庭筠。右施於句首。

新妝，蓮嬌試曉，梅瘦破春，因甚卻扇臨窗。《玉簟凉》，史達祖。日暮，望高城不見，衹見亂山無數。《長亭怨慢》，姜夔。前度，西園路。《瑣窗寒》，王沂孫。

右施於換頭。

二字句用法，大率不外此數例。其用之最多者，若《河傳》《訴衷情》等調。繁音促節，別具風神。吳君嘗謂二字句惟用於換頭首句及句中暗韻處，更無他例。殆偶未之思耳。其所謂暗韻，詞家本有此法，然既是句中藏韻，即不能自成為句，若可讀斷，便非暗韻，故不取。

三字句：柳絲長，春雨細，花外漏聲迢遞。《更漏子》，溫庭筠。此對比法。梧桐樹，三更雨，不道離情正苦。同上。此叠韻法。緩揭繡衾抽皓腕，移鳳枕，枕潘郎。《江城子》，韋莊。此散句法。香滿衣，雲滿路，鸞鳳繞身飛舞。《喜遷鶯》，韋莊。此交鎖法。休相問，怕相問，相問還添恨。《醉花間》，毛文錫。蘭釭背帳月當樓，愁摩愁，愁摩愁。《荷葉杯》，顧夐。皆叠句法。月光斜，簾影動，舊爐香。《酒泉子》，牛希濟。蘋葉軟，杏花明，畫船輕。《春光好》，和凝。皆三句相連法。

右三字句法，大畧備此。其若《三字令》，全體三言。《六州歌頭》，亦叠至十數句，然不外以上數法離合轉變而已。

四字句：平沙催曉，野水驚寒。《聲聲慢》，張炎。律對法。寒吹斷梗，風翻暗雪。《宴清都》，周邦彥。拗對法。情高意真，眉長鬢青。《醉太平》，劉過。叠韻對法。擎露盤深，憶君深夜，暗傾鉛水。《水龍吟》，周密。散句法。聽湘絃奏徹，冰綃偷剪，聚相思淚。同上。一領三法。

右四字句例，於詞中極為緊要，其排偶處，尤須精警動目，不可草草。

五字句：落花人獨立，微雨燕雙飛。《臨江仙》，晏幾道。律對法，與五言近體全同。暮雪助清峭，玉塵散林塘。《紅林禽近》，周邦彥。似五言古。釵重髻盤珊，一枝紅牡丹。《菩薩蠻》，牛嶠。叠韻法。故國渺天北。《惜紅衣》，姜夔。五仄拗句法，「國」字暗韻，所謂句中藏韻也。裁春衫尋芳。《壽樓春》，史達祖。五平拗句法，又以三領二法。碎芭蕉寒綠。《好事近》，吳文英。以一領四法。漸酒空金榼，花困蓬瀛。《滿庭芳》，秦觀。亦以一領四法。惟此類句，仍重在四字排偶，實四言律對法，而加一虛字以領之也。所用不外「正」「甚」「柰」「漸」「又」「料」「怕」「是」「想」「問」「記」等字。

右五字句例。詞至五言，句法之變化漸繁，苟能神明於此，則屈伸宛轉，無不如意，而長短句之道盡矣。

六字句：掩鏡無語眉低，思隨芳草萋萋。憑仗東風吹夢，與郎終日東西。《清平樂》後半，孫光憲。此仍是唐人六言詩法，為其常格。綠染遍江頭樹。《青玉案》，史達祖。折腰句法，中豆而意不斷，否則成兩三字句矣。任撲面桃花雨。《一落索》，周邦彥。以一領五法，此類僅為折腰句之變，其例甚少。

右六字句法，其變化較五、七言為少，然用處亦繁。以單句作起者，小令中比比皆是。雙句起者如《秋蕊香》。對句起者如《破陣子》《臨江仙》。施於換頭者如《宴清都》《瑞鶴仙》《慶春宮》。施於結句者如《大酺》《疏影》《佳人醉》等，皆尋常之調，俯拾皆是。全體六言者有《謫仙怨》，又有《西平樂》別體為長調中用六言最多者。吳君謂六字句僅兩種：一為普通用於雙句對下，一為折腰句。若《清平樂》下叠，《風入松》末句，為詞中不經見者，蓋非篤論矣。

七字句：短歌新曲無心理，鳳簫龍管不曾拈。《晝錦堂》，周邦彥。律句拗對法。臨斷岸新綠生時，是落紅帶愁流處。《綺羅香》，史達祖。上三下四法。歎杏梁雙燕如客。又：慢暗水涓涓溜碧。《霓裳中序第一》，姜夔。以一領六法。相思未忘蘋藻香。《壽樓香》，史達祖。句中藏韻法。

右七字句例。其純似律，如《浣溪沙》《鷓鴣天》之類。似古者，如《玉樓春》《歸朝歡》之類。不更數。屬辭至於七言，其規臬畧具，推而引之，八言、九言，即以諸法增損為之可也。

又上例所明，亦復互有詳畧，如：於二言明其位，於三、四言明其綴屬，五言以下多徵句式。

雖各就其特性，而公例因此可見。膠柱鼓瑟，不能為音。舉一反三，是在學者。

詞之體調，據萬氏《詞律》及徐氏《拾遺》兩書所載，都凡八百二十五調、一千六百七十餘體。蒐集網羅，殆已畧盡。清康熙《欽定詞譜》，流傳頗少。《書目》稱其摘錄之廣，下逮元人小令，所收共二千三百六體，然為調亦衹八百二十六，較諸兩書，僅多一調。顧其間可商者，《紇那曲》《羅嗊曲》《一片子》皆五言絕句也。《塞姑》《舞馬》《迴波》《三臺》六言詩也。《竹枝》《楊柳》《小秦王》《采蓮》《浪淘沙》七言絕句也。此而類列於詞，則詞之藩籬盡破，體格糾紛，將於何定？如謂詞本導源於此邪？則齊、梁雜曲，已是先聲。《休洗紅》《華山畿》等，句法參差，尤與詞近，何以獨不入錄？如謂彼之曲度，遠莫能明，此則與詞，同隸歌樂，故取舍有異，然則旗亭所唱『黄河遠上』之辭，陽關所昉『朝雨輕塵』之曲，悉遭擯棄，抑又何詞？或謂彼取常題，此施專號，用是區別，微有不同，則如『打起黄鶯』『一聲河滿』，杜秋《金縷》，李白《清平》，隨調立名，何緣被斥？或又謂單調莫定，异於衆作可徵，以此為辭，又非篤論。夫《塞姑》《一片子》等，博稽前作，既是偶見，而若唐人邊塞，信非一篇；王建宮詞，尤多繼起，曷為彼可入選，此反見遺？以子之矛，陷子之盾，固無一足以自完其說也。又況萬氏定例，凡句調字數，兩事悉同，雖有殊名，總歸一體，如《湘月》之并入《念奴嬌》，《消息》之附見《永遇樂》，縱或乖於音恉，要自有其準繩，而獨於茲數篇，兼收並蓄，寬嚴失當，亦所未明。今謂若此之流，悉宜斷歸詩類。其《樂府雅詞》所載《薄媚》《採蓮》諸調，有排徧、入破、虛催、實催、衮徧、歇拍、煞衮等名，是為宋之大曲。亦名大徧。見《碧鷄漫志》。金元曲本，即由此推衍而成。嚴格以繩，并從淘汰，然後詩、詞、劇、曲，各就部伍。辨體既審，下筆自無雜言矣。

或問《江南好》《漁歌子》《花非花》《桂殿秋》等，初亦實是詩類，何以許其入詞？入五、六、七言？若統歸之詩，則《生查子》《謫仙怨》《玉樓春》，並非詞邪！應之曰：詩與詞蟬蛻之會，譬如蛹化，形體已變，翅羽未成，雖未即是蛾，被以蛾名，亦無不可。若猶具蠶形，即名實不能相貿。《江南好》《漁歌子》等，語有參差，則句法變矣。《生查子》《玉樓春》等，前後相複，則詞格成矣。是故詞體之別於詩，其單調者，以結句長短而又不得增減字數為斷；其字句整齊者，以雙疊為斷。

詞有『令』『引』『近』『慢』諸目。『令』為短調，『引』『近』為中調，『慢』為長調，此其大劑也。『令』之義不可說。『引』者，引小令而長之也。『近』者，近於『慢』也。『慢』者，舒歌繁節，不促迫也。餘若就一調而增損之，則為添字，為減字。曰『偷聲』『減字』之類也，曰『攤破』『添字』之儔也。曰『轉』、曰『犯』，則以此調轉他調，或由本宮犯他宮，聲律有變，體亦從之而異也。曰『摘徧』，則就『大徧』中摘其音節之美者，別為單譜以行，久遂自成詞體也。綜括之曰：小令、中調、長調，始自《草堂詩餘》，後人因之，遂莫能廢。然此特利其簡便，本非劃然可分。仁和毛先舒乃從為之辭，曰：『五十八字以內為小令，五十九字至九十字為中調，九十一字以外為長調，古人定例也。』牽强附會，羌無所承。故萬紅友駁之云：『若以少一字為短，多一字為長，必無是理。如《七娘子》有五十八字者，有六十字者，將名之曰小令乎？抑中調乎？《雪獅兒》有八十九字者，有九十二字者，將名之曰中調乎？抑長調乎？』《詞律》一書，但敘字數，不分小令、中、長之名，可謂達識。近王君曉湘為余言：『詞調以韻為節。一韻如詩之一聯，起轉不計。大概二韻、三韻、四韻者為令，六韻、八韻者為引、為近，八韻以上則為慢詞。』其說實較毛氏精密，然學者但須明其辜畧，亦勿泥矣。

三、審律

律者，就其局義言之，則為和聲之具樂律是也。就其廣義言之，則所以範天下之不齊而歸之於一者，皆謂之律。《漢書・律曆志》言其效用，一曰備數，二曰和聲，三曰審度，四曰嘉量，五曰權衡。近人沈商耆《樂律論》，明其誼曰：『律之聲為音樂之本，其體長為度之本，容量為量之本，積重為衡之本，與氣候相應為曆之本。然則整齊萬有，使一切納於隱括之中而莫能外，皆律之所以為用也。放之於政事，制法度以繩人曰律，持禮義以檢躬亦曰律。』

今談詞律亦函二義：辨其宮商、曲度、抗墜、徐疾而定之，曰孰為某宮，孰為某調，是為歌者之律。諷其字句、聲勢、陰陽、清濁而定之，曰孰者宜仄，孰者宜平，是為作者之律。歌者之律即樂律之封域，特其細焉者耳。作者之律則詞體之模型由此而定，合之為詞，違者即否。舉凡學填詞者，所以奉為科條，守之勿失者也。或難曰：作者之律，本依歌律而生，張叔夏《詞源》云：『詞之作必須合律。』又云：『此以協音為先。音者何？譜是也。』其所舉寄閑翁例：每作一詞，必使歌者按之，稍有不協，隨即改正，是知四聲定譜，即以協歌者之喉。合律云者，所合正是音律，今乃歧而為二，何也？曰：詞之始作，本為合歌，因其節奏而定四聲所宜，其時雖謂之一焉可也。然歌譜所注者工尺，而詞家所用者四聲，工尺之規，一成不變，（此指詞言，南北曲同譜一調，工尺互有出入，而詞則每調衹有一譜。）四聲之字，轉換無方。作詞者既不必知音，即唯以四聲為臬。當其下筆，與譜相忘，篇章已成，不歌亦得，其勢已分，雖欲不謂之二，不可得也。譬如比竹協音、長短參差，吹律始定，然後世製器者，但守尺度，不復更稽其音。是宮商為吹者之和，而尺度乃製者之法。兩事殊績，昭然明矣。況金、元以後，曲子盛行，令、引、慢詞，久謝絃管，圖譜所攷，唯在字句平仄之間。捨此而外，無所謂律也。難者又曰：四聲之謹，冀可按歌。歌譜既廢，詞為徒作，等是不能合樂，又何必斤斤於一字之寬嚴高下邪？曰：是又不然。夫四聲未定以前，詞必附歌而作，四聲既定之後，調既由此而名。依調製詞，安能自縱，若有詞而不知歌，是歌者之失職，於作者無與也。譬如大瑟安絃，必依古製，縱令彈者絕跡，匠師固不能自為更張，此理至明，毋煩申述。奈何獨於作詞之道，一再致疑哉？難者又曰：詞之協律與否，不僅在四聲無舛而已，即同是一音，仍待審辨。如《詞源》所說，寄閑翁作《惜花春·起早》云：鎖窗深，深字音不協，改為幽字，又不協，改為明字，歌之始協。此三字皆平聲，猶且難定，若是今世，既無歌者，果何術以知其然邪？曰：凡事先盡其在我者，我則不知，斯可無罪。且詞譜今雖散佚，安知無聰明俊傑之才，起而窮探音理？一旦雅歌燕樂，盡復舊觀，我詞固猶冀其可采。夫四聲密合，詞律已明，猶有一二鉏铻，則其故生於喉舌，尋聲改定，諒非甚難。倘一篇之內，悉為乖迕，詞質既亡，何有於律？譬如塤篪之用，久已弗彰，範土鑄型，終存梗概。就令肉好來均，聲氣有間，後有知音之士，故不難憑跡以推。若任意抗搏，不中規制，雖使師曠復起，將何以聆音而聱器哉？凡茲三難，衆所置疑，擴而清之，然後知詞律（此詞律是名詞。）也者。合樂既可以登歌，離歌亦無妨獨立。由前之説，音律之謂也；由後之説，詞律（此詞律謂詞之規律。）之謂也。

詞之節拍，今已不傳。非獨有詞無譜，即有譜亦不知歌法。白石自度腔皆注旁譜，今依譜歌之，仍不協也。自《九宮大成》强作解事，雜援宋人詞以入曲，乃謂詩餘本可加板，作曲譜，入管絃，其意殆因詞中引子多沿詞調，故認為其理相通。然則七言絕句與《鷓鴣天》上半不異，復可施以工尺，云唐人詩本可加板入曲邪？《南洲詞話》載老樂工歌吳鏘《畫堂春》詞，殆亦以曲法譜之也。此由但知宮調之從同，不悟曲度之有異。循是以求，迷途愈遠，後有作者，慎毋為其所惑也。

論詞涉音律者，唯《詞源》一書，畧可攷見。古今聲律，唯有雅、鄭之分，而七音、十二律則仍世不能變易。七音者何？宮、商、角、徵、羽、變宮、變徵是也。十二律者何？黃鍾、大呂、太簇、夾鍾、姑洗、仲呂、蕤賓、林鍾、夷則、南呂、無射、應鍾是也。音律相乘，乃生宮調。以宮音乘十二律曰宮，以餘六音乘十二律曰調，故為宮十有二，調七十有二，合之則為八十四調。此十二宮、七十二調皆有正名，有俗名，復取各宮之調還隸本宮，故仍以十二宮為主。茲將《詞源》所表列於下，附注音律相乘之法，以清眉目：

黃鍾宮正名，下同。　正黃鍾宮俗名，下同。　宮乘黃鍾

黃鍾商　大石調　商乘黃鍾

黃鍾角
黃鍾變
黃鍾徵
黃鍾羽
黃鍾閏
右黃鍾宮
大呂宮
大呂商
大呂角
大呂變
大呂徵
大呂羽
大呂閏
右大呂宮
太簇宮
太簇商
太簇角

正黃鍾宮角
正黃鍾宮轉徵
正黃鍾宮正徵
般涉調
大石角
高宮
高大石調
高宮角
高宮變徵
高宮正徵
高般涉調
高大石角
中管高宮
中管高大石調
中管高宮角

角乘黃鍾
變徵乘黃鍾
徵乘黃鍾
羽乘黃鍾
變宮乘黃鍾
宮乘大呂
商乘大呂
角乘大呂
變徵乘大呂
徵乘大呂
羽乘大呂
變宮乘大呂
宮乘太簇
商乘太簇
角乘太簇

太簇變	中管高宮變徵	變徵乘太簇
太簇徵	中管高宮正徵	徵乘太簇
太簇羽	中管高般涉調	羽乘太簇
太簇閏	中管高大石角	變宮乘太簇

右太簇宮

夾鍾宮	中呂宮	宮乘夾鍾
夾鍾商	變調	商乘夾鍾
夾鍾角	中呂正角	角乘夾鍾
夾鍾變	中呂變徵	變徵乘夾鍾
夾鍾徵	中呂正徵	徵乘夾鍾
夾鍾羽	中呂調	羽乘夾鍾
夾鍾閏	變角	變宮乘夾鍾

右夾鍾宮

姑洗宮	中管中呂宮	宮乘姑洗
姑洗商	中管雙調	商乘姑洗
姑洗角	中管中呂角	角乘姑洗
姑洗變	中管中呂變徵	變徵乘姑洗

姑洗徵	中管中呂正徵	徵乘姑洗
姑洗羽	中管中呂調	羽乘姑洗
姑洗閏	中管雙角	變宮乘姑洗
右姑洗宮		
仲呂宮	道宮	宮乘仲呂
仲呂商	小石調	商乘仲呂
仲呂角	道宮角	角乘仲呂
仲呂變	道宮變徵	變徵乘仲呂
仲呂徵	道宮正徵	徵乘仲呂
仲呂羽	正平調	羽乘仲呂
仲呂閏	小石角	變宮乘仲呂
右仲呂宮		
蕤賓宮	中管道	宮乘蕤賓
蕤賓商	中管小石調	商乘蕤賓
蕤賓角	中管道宮角	角乘蕤賓
蕤賓徵	中管道宮正徵	徵乘蕤賓
蕤賓變	中管道宮變徵	變徵乘蕤賓

蕤賓羽	中管正平調	羽乘蕤賓
蕤賓閏	中管小石角	變宮乘蕤賓

右蕤賓宮

林鍾宮	南呂宮	宮乘林鍾
林鍾商	歇指調	商乘林鍾
林鍾角	南呂角	角乘林鍾
林鍾變	南呂變徵	變徵乘林鍾
林鍾徵	南呂正徵	徵乘林鍾
林鍾羽	高平調	羽乘林鍾
林鍾閏	歇指角	變宮乘林鍾

右林鍾宮

夷則宮	仙呂宮	宮乘夷則
夷則商	商調	商乘夷則
夷則角	仙呂角	角乘夷則
夷則變	仙呂變徵	變徵乘夷則
夷則徵	仙呂正徵	徵乘夷則
夷則羽	仙呂調	羽乘夷則

夷則閏	商角	變宮乘夷則
右夷則宮		
南呂宮	中管仙呂宮	宮乘南呂
南呂商	中管雙調	商乘南呂
南呂角	中管仙呂角	角乘南呂
南呂變	中管仙呂變徵	變徵乘南呂
南呂徵	中管仙呂正徵	徵乘南呂
南呂羽	中管仙呂調	羽乘南呂
南呂閏	中管商角	變宮乘南呂
右南呂宮		
無射宮	黃鍾宮	宮乘無射
無射商	越調	商乘無射
無射角	黃鍾角	角乘無射
無射變	黃鍾變徵	變徵乘無射
無射徵	黃鍾正徵	徵乘無射
無射羽	羽調	羽乘無射
無射閏	越角	變宮乘無射

右無射宮

應鍾宮	中管黃鍾宮	宮乘應鍾
應鍾商	中管越調	商乘應鍾
應鍾角	中管黃鍾角	角乘應鍾
應鍾變	中管黃鍾變徵	變徵乘應鍾
應鍾徵	中管黃鍾正徵	徵乘應鍾
應鍾羽	中管羽調	羽乘應鍾
應鍾閏	中管越調	變宮乘應鍾

右應鍾宮

此八十四調為音律相乘應得之數。而燕樂所用實衹十九。據《詞源》謂雅俗衹行七宮十二調，而角不與也。七宮者，黃鍾宮（即正名之無射宮，下凖此。）、仙呂宮、正宮、高宮、南呂宮、中呂宮、道宮。十二調者，大石調（《宋志》石亦作食，云大食、小食、般涉者，胡語。）、小石調、般涉調、歇指調、越調、仙呂調、中呂調、正平調、高平調、雙調、黃鍾羽（此即無射羽。）、商調。持校《宋志》，稍有出入。（《宋書・樂志》不用高宮，又高平調稱南宮調，商調稱林鍾調。）然大畧不外此也。凡宮調各有管色，管色不同，則起、結聲因之而異。考諸白石詞旁譜及《詞源》所載，約畧可見，今既不能應用，故畧而不談。若欲窮究音理，振墜起絕，則樂律自有專書，是在吾黨有志者自為之而已。

如上所說，歌者之律，既已窈眇難知，則不得不捨此而言作者之律。作者之律，所寄唯在四聲。歷觀兩宋名家諸作，浮聲切響，比附多同。周邦彥領大晟府，最稱知音，《清真》一篇，傳播海內。方千里、楊澤民輩依之而作和調，尋其聲韻，幾於一字不易。假令非由定律，則方、楊斯為大愚。茲取周、方詞各一首，錄資省校如下：

周邦彥《掃花游》九十五字：

曉陰翳日，正霧靄煙橫，遠迷平楚。暗黄萬縷，聽鳴禽按曲，小腰欲舞。細繞迴堤，駐馬河橋避雨。信流去。問一葉怨題，今在何處。春事能幾許。任占地持杯，掃花尋路。淚珠濺俎。嘆將愁度日，病傷幽素。恨入金徽，見說文君更苦。黯凝佇。掩重關、徧城鐘鼓。

方千里和：

野亭話別，恨露草芊綿，曉風酸楚。怨絲恨縷，正楊花碎玉，滿城雪舞。耿耿無言，暗灑闌干泪雨。片帆去。縱百種避愁，愁早知處。離思都幾許。但漸慣征塵，斗迷歸路。亂山似俎。更重江浪淼，易沉書素。瞪目銷魂，自覺孤吟調苦。小留佇。隔前村、數聲簫鼓。

細按兩調，平仄字無一不合。其去、上、入三聲，畧有參差者，僅六字耳。萬氏取方此調為式，而論之云：『如「種」字用仄，歷查清真、西麓、夢窗、碧山、玉田、邵清溪、張半湖，如出一轍。其中「恨」「縷」「淚」「雨」「似」「俎」「浪」「淼」「調」「苦」諸去、上字，并諸仄聲，俱是定例，《圖譜》亂注。「話」「恨」「露」「曉」「怨」「恨」「正」「碎」「滿」「耿」「暗」「淚」「片」「思」「怨」「但」「漸」「斗」「亂」「似」「更」「易」「瞪」

「目」「調」「小」「隔」，俱謂可平。而「楊」「離」「歸」「前」數字，必須用平者，則反注可仄。豈非深恨《掃花游》之調，必欲盡壞之而後快邪？』其言可謂深切著明。所指諸去、上處，尤為緊要，各家雖間有用去、入或兩去者，然必以去、上為最起調。諷諸脣吻，久而自得，正不必高談音律也。如謂不信，試更徵諸他調：《齊天樂》上闋第六句四字，下闋第七句兩字，結句五字，皆用去、上。歷取各家詞表之如下：

雲窗靜掩	憑高眺遠	但愁斜照斂	周邦彥。隨筆甄錄，不拘次第。
西窗過雨	餘音更苦	柳絲千萬縷	王沂孫
庭陰未暝	留連暮景	晚風吹半醒	吳文英。前後九首衹一首結句作兩上，餘同。
幽窗睡醒	秋期話盡（盡字上聲，俗讀去聲。）	苦吟清夜永	唐珏
長吟未了	齊宮路杳	粉奩雙鬢好	陳恕可
孤山夢繞	吟香未了	看花人自老	周密
疏陰未掃	荷衣製了	抱琴歸去好	張炎
峰繒岫綺	迴頭汴水	夜深青燐起	蔣捷
天涯倦旅	無心訪古（訪字去聲，俗或讀上。）	月明人笑語	陳允平
臨流笑語	心期暗數	小樓今夜雨	王易簡
傷心對景	霜風漸緊	曉醒春夢穩	翁孟寅

右不過就案頭所置，信手翻擷，其例已若是其繁。準此類推，不難概見。其間豈無一二率易

之作可以藉口？然學者取法，當從其是，不宜以苟且自安，斷斷然也。上、去如此，平仄可知。至入聲字，有時得融入平、上、去三聲，而三聲均不能作入。惟上聲間或可作平。故各調中有必用入聲之字，定律亦復甚嚴。如《法曲獻仙音》起句第二字，次句第四字皆是。清真詞云：『蟬咽涼柯，燕飛塵幕。』白石詞云：『虛閣籠寒，小簾通月。』夢窗詞云：『風拍波驚，露零秋覺。』又云：『落葉霞翻，敗窗風咽。』李彭老云：『雲木槎枒，水蘋搖落。』西麓詞云：『油幕收塵，素紈招月。』西麓別一首及草窗、碧山所作，雖於第二句末句改用上、去，然句首第二字仍用入。衆作無不相同。又如《憶舊游》結句第四字，清真、夢窗、玉田諸詞亦皆作入。夫豈偶合者邪？但初學入手，以此為難，則宜先就格調寬平者為之。功力稍進，擇一二規律森嚴之作，句摹字仿，務求其協，寧不甚工。迨習之既熟，涵詠而出，自然合度，所謂從心所欲，不踰矩也。

大抵小令較寬，長調中如《滿江紅》《高陽臺》《金縷曲》《水調歌頭》《沁園春》等，亦較便易。其各家自度曲，無他首可校者，即當悉依原律。如作者頗繁，則從名家例多者為準。論律諸書，唯萬氏《詞律》，頗可依據。亦有一二瑕疵，於大體無害也。其餘圖譜，悉當屏弃。庶幾舊章率由，來者是則。

周清真《滿江紅》詞結句『無心撲』。姜白石謂歌者將『心』字融入去聲，方諧音律。此言必自有據。然歷考各家作《滿江紅》調，前後結句，無不作『平平仄』者，殊不可解。此類自作平調《滿江紅》可矣。

節錄萬氏論律精到之言並附於後：

周、柳、万俟等之製腔造譜，皆按宮調，故協於歌喉，播諸絲管。以迄白石、夢窗輩，各有所創。未有不悉音理而造格律者。今雖音理失傳，而詞格俱在，學者但宜依仿舊作，字字恪遵，庶不失其中矩矱也。舊譜不知此理，將古詞逐字臆斷，平謂可仄，仄謂可平。夫一調之中，豈無數字可以互用，然必無通篇皆隨意通融之理。譜見畧有拗處，即改順適。五七言句，必成詩語，并於萬萬不可移動者，亦一例注改。如《摸魚兒》《贺新郎》《綺羅香》尾三字，欲改作『平平仄』，《蘭陵王》尾六字，欲改入平聲之類，無調不加妄注。有一首而改其半首者，有一句而全改者。於其原詞，判然相反。尚得為本調乎？學者不肯將古詞對填，而但將諸譜字為據，信譜而不信詞，猶之信傳而不信經也。苟取顺便，則何必用譜，何必用舊名乎？故不作詞則已，既欲作詞，必無杜撰之理。如美成造腔，其拗處乃其顺處，所用平仄，豈漫然為之邪？倘是漫然為之者，何其第二首亦復如前？豈亦皆漫然為之，至再至三邪？方千里係美成同時，所和四聲，無一字異者，豈方亦漫然為之邪？後復有吳夢窗，所作亦無一字異者，豈吳亦漫然為之邪？更歷觀諸名家，莫不繩尺森然者，其一二有所改變，或係另體，或係傳訛，或係敗筆，亦當取而折衷，歸於至當，烏可每首俱為竄易乎？

平仄固有定律矣，然平止一途，仄兼上、去、入三種，不可凡仄而以三聲概填。蓋一調之中，可概者十之六七，不可概者十之三四，須斟酌而後下字，方得無疵。此其故當於口中吟熟，自得其理。夫一調有一調之風度聲響，若上、去互易，則調不振起，便成落腔，尾句尤為吃緊。如《永遇樂》之『尚能飯否』，《瑞鶴仙》之『又成瘦損』，『尚』『又』必仄，『能』『成』必平，

『飯』『瘦』必去，『否』『損』必上。如此然後發調，末二字若同平上，或平去，或去去，上上，上去，皆為不合。

四、辨韻

發聲為聲，聲和為音，音攝同部則為韻。此本發諸自然，同於天籟。古者風詩之作，半出民謠。音節協和，可被絃誦。其時固未嘗有韻書也。唯是風土攸殊，則方音自分清濁。古今語變，則聲韻復有遷移。加以舟車棣通，交會日密，紛糅龐雜，失其正聲。有志於是者，乃不得不分別部居，抽尋條例，由是韻書之作，應運而生。陸法言《切韻·序》自述作書之意云：『古今聲調，既自有別，諸家取捨，亦復不同。吳楚則時傷輕淺，燕趙則多涉重濁。秦隴則去聲為入，梁益則平聲似去。又支、脂、魚、虞共為一韻，先、仙、尤、侯俱論是切。欲廣文路，自可清濁皆通。若賞知音，即須輕重有異。』隋陸法言撰《切韻》五卷，其權輿也。然聲音之變，既由天然，雖有韻書，不能一切檢攝，故當時視為密合，後世或且病其不調，歷代官書，屢有刪併。孫愐《唐韻》但就《切韻》增補字數，部類悉仍其舊。然當時許敬宗等已別定同用之目。（《封氏聞見記》）宋代重修《廣韻》，同用、獨用，一依唐例，而復別頒《禮部韻畧》一書，以為士子考試之用。其後丁度等承詔撰《集韻》，諸部通用者，較《廣韻》為寬，則遵《韻畧》之式也。至南宋劉淵乃取通用各部合併為一，元黃公紹《古今韻會》因之，於是二百六部之舊韻，至是乃併為一百七部。同時陰時夫《韻府羣玉》復併上聲拯部，為一百六部，通行於世，至清不廢。中尚有《洪武正韻》，删併各部，存七十六，為有明一代官書。殆亦因時製宜，非必故為紛擾也。顧删併合韻，仍不盡諧於俗者，則以聲勢遷流，本無齊同之軌，一部之中，或變其太半，或數變數音。今欲使不變者隨變者以俱遷，即猶之使既變者隨不變者以同守。分合雖異，其失則均。亦有全部盡變者，如江韻之合於陽，唐是也。此由談韻學者，不悟古韻、今韻本為二事。既欲合併部目，以適於今，復不敢釐析其字，以背於古。依違兩者之間，卒令考古者已無所資，用今聲者復難取則，進退失據，良無謂也。

諸文辭之體，模古者宜遵古韻，適俗者宜用今韻。詞曲後起，若以古韻協之，斯為不倫。清真《西平樂》用家、麻韻，其換頭云：道連三楚。楚字非韻，證以方、楊、陳三家和詞可知。夢窗一首，用支、微韻，換頭云：畫船為市。市字或是碰韻，或是加韻，今所難定。而鄭叔問校《清真集》因據吳詞，謂楚字用古韻協。此亦所謂通人之蔽也。即《唐韻》分部，猶嫌太嚴，已非宋後詞家所能通用，此所以後人紛紛有詞韻之作也。詞韻初無善本。最初有箓斐軒《詞林要韻》一書，託名南宋，實為偽作。明季沈謙著《詞韻畧》，自後繼起，無慮十數。家懷荊玉，人握靈珠，實則重訛貤謬，不可究詰。茲表其大畧，并綴各家評議如下：

箓斐軒《詞林要韻》亦稱《詞林韻释》题绍興二年。

阮元曰：『不知撰人姓名。其書分一東紅、二邦陽、三支時、四齊微、五車夫、六皆來、七真文、八寒閑、九鸞端、十先元、十一簫韶、十二和何、十三嘉華、十四車邪、十五清明、十六幽游、十七金音、十八南山、十九占炎，共十九部，而以上、去二部依部列於平聲之後。入聲不獨為部，分隸平、上、去三聲，蓋後來曲韻之嚆矢，宋時未始無由也。』

按：此書有秦氏重刻本，跋中疑為元、明之季謬托，專為北曲而設，其言誠是。蓋入聲無部，一證也。支、齊有辨，二證也。麻、車分列，三證也。分十九部，與《中原音韻》若合符節，四證也。阮氏雖謂宋時未始無由，然其書分韻，陰從《韻府》一百六部之目。《韻府》元初始行，不應南宋先有此也。

沈謙《詞韻畧》

戈載曰：『以東、董、江、講、支、紙等標目，平領上、去，而止列平上，似未該括。入聲則連兩字，曰屋沃，曰覺藥，又似紛雜。且用陰氏韻目，删併既失其當，則分合之界，模糊不清；字復亂次以濟，不歸一類，其音更不明晰，舛錯之譏，實所難免。』

仲恒《詞韻》

紀昀曰：『詞韻舊無成書，沈謙始創其輪廓。恒又因謙書而訂之，沿訛踵謬，轇轕彌增。即以所分者言之，平、上、去分十四韻，割魂入真、軫，割咍入佳、蟹，此諧俗矣。而麻、遮仍為一部，則又從古。（按周德清《中原音韻》，家麻、遮為兩部，此曲韻也，詞則本無分別。紀氏此言微誤。）三聲既真、軫一部，侵、寑一部，庚、梗一部，元、阮一部，覃、咸一部矣。入聲則質、陌、錫、職、緝為一部，是真、庚、青、蒸、侵又合為一也。物、月、曷、黠、屑、葉合一部，是文、元、寒、删、先、覃、鹽又合為一也。不俗不雅，不古不今，欲以範圍天下之作者，不亦難邪？』

趙鑰《詞韻》

曹亮武《詞韻》

戈載曰：『均與去矜大同小異。』去矜，沈謙字。

李漁《詞韻》

戈載曰：『李韻列二十七部。以支、微部分為三：曰支、紙、寘，曰圍、委、未，曰奇、起、氣；魚虞部分為二：曰魚、雨、御，曰夫、甫、父；家麻部分為二：曰家、假、駕，曰嗟、姐、借；覃鹽部分為二：曰甘、感、紺，曰兼、檢、劍。入聲則以屑、葉為一部，厥、月、褐、缺為一部，物、北為一部，撻、伐為一部。以鄉音妄自分析，尤為不經。』

胡文煥《文會堂詞韻》

戈載曰：『平、上、去三聲用曲韻，入聲用詩韻。騎墻之見，亦無根據。』

許昂霄《詞韻考畧》

戈載曰：『平、上、去分為十七部，入聲分為九部。曰古通古轉，曰今通今轉，曰借協。大旨以平聲貴嚴，宜從古。上、去較寬，可參用古今。入聲更寬，不妨從今。不知所謂古今者，何古何今，而又何所謂借協。癡人說夢，更不足道。』

吳烺《學宋齋詞韻》（此書為吳烺、江昉、吳鏜、程名世四人同輯。）

戈載曰：『其書以學宋為名，宜其是矣。乃所學者皆宋人誤處。真、諄、臻、文、欣、魂、痕、庚、耕、清、青、蒸、登、侵皆同用。元、寒、桓、删、山、先、仙、覃、談、鹽、沾、嚴、咸、銜、凡又皆併部。入聲則物、迄入質陌韻，合、盍、業、洽、狎、乏入月屑韻。濫通取便，舛駁不堪。試取宋人名作讀之，果盡若是乎？且字數太畧，音切又無，分合半通之韻，則臆斷之。去、上兩見之字，則偏收之。貽誤來茲，莫此為甚。』

鄭春波《綠漪亭詞韻》

此書踵學宋齋而作，沿襲其誤，了無發正。

葉申薌《天籟軒詞韻》

葉書自敘依綠漪亭例，四聲分為十五部，是此書又踵鄭而誤者也。惟所收之字，略加增補。餘如以他字兼收麻部，否字兼收麌部，則以宋詞習用為據，未始無見。他字入麻，今通語皆然，否字入麌，自淮而北亦多如此。審諸宋詞，知其由來久矣。但此僅一二字聲轉，與全部無涉。毛西河據此推論，遂謂詞韻無不通者，充類至盡，則云南曲無韻。以意出入，何其言之無倫脊一至於此邪？

上述各家，既不足為法，中間唯戈載著《詞林正韻》最為精審。蓋與萬樹論律，同有摧陷廓清之功，填詞家所莫能廢也。戈氏別有《論律》一編，世無行本，其為書成未刊，抑纂未卒業，不可知矣。其書列平、上、去三聲，為十四部，入聲為五部，錄如下方，以資準則。戈書用《集韻》目，今從《廣韻》。

第一部　平聲一東二冬三鍾

上　一董二腫

去一送二宋三用

第二部　平聲　四江　十陽　十一唐

上三講三十六養　三十七蕩

去四絳四十一漾四十二宕

第三部　平聲　五支　六脂七之八微十二齊十五灰

上聲四紙五旨六止七尾十一薺十四賄

去　五寘六至七志八未十二霽十三祭十四泰半　十八隊　二十廢

第四部　平聲　九魚　十虞　十一模

上　八語　九麌　十姥

去聲　九御　十遇　十一暮

第五部　平聲　十三佳半　十四皆　十六咍

上　十二蟹　十三駭　十五海

去　十四泰半　十五卦半　十六怪　十七夬　十九代

第六部　平聲　十七真　十八諄　十九臻　二十文　廿一欣　廿三魂　廿四痕

上聲十六軫　十七準　十八吻　十九隱　廿一混　廿二很

去聲廿一震　廿二稕　廿三問　廿四焮　廿六慁　廿七恨

第七部　平聲　二十二元　二十五寒　二十六桓　二十七刪　二十八山　一先　二仙

上　二十阮　二十三旱　二十四緩　二十五潸　二十六產　二十七銑　二十八獮

去　二十五願　二十八翰　二十九換　三十諫　三十一襇　三十二霰　三十三線

第八部　平聲　三蕭　四宵　五肴　六豪

上　二十九篠　三十小　三十一巧　三十二皓

去　三十四嘯　三十五笑　三十六效　三十七號

第九部　平聲　七歌　八戈

上　三十三哿　三十四果

去　三十八個　三十九過

第十部　平聲　十三佳半　九麻

上　三十五馬

去　十五卦半　四十禡

第十一部　平聲　十二庚　十三耕　十四清　十五青　十六蒸　十七登

上　三十八梗　三十九耿　四十靜　四十一迥　四十二拯　四十三等

去　四十三映　四十四諍　四十五勁　四十六徑　四十七證　四十八嶝

第十二部　平聲　十八尤　十九侯　二十幽

上　四十四有　四十五厚　四十六黝

去　四十九宥　五十候　五十一幼

第十三部　平聲　二十一侵

上　四十七寑

去　五十二沁

第十四部　平聲　二十二覃　二十三談　二十四鹽　二十五添　二十六咸　二十七銜　二十八嚴　二十九凡

上　四十八感　四十九敢　五十琰　五十一忝　五十二儼　五十三豏　五十四檻　五十五范

去　五十三勘　五十四闞　五十五艷　五十六㮇　五十七釅　五十八陷　五十九鑑　六十梵

第十五部　入聲　一屋　二沃　三燭

第十六部　入聲　四覺　十八藥　十九鐸

第十七部　入聲　五質　六術　七櫛　二十陌　二十一麥　二十二昔　二十三錫　二十四職　二十五德　二十六緝

第十八部　入聲　八物　九迄　十月　十一没　十二曷　十三末　十四黠　十五鎋　十六屑　十七薛　二十九葉　三十帖

第十九部　入聲　二十七合　二十八盍　三十一洽　三十二狎　三十三業　三十四乏

戈氏為此分部，蓋實取兩宋名家所作，比次而定，其衆手猥雜者不從，其一家獨寬者不從。

南宋名家中，玉田用韻頗寬，後之作者每以此為借口。其實學古人者，當學其是處。唐人詩韓愈用韻亦頗汜濫，學韓者固未嘗並此而效之也。況玉田詞三百首，不合韻者，亦僅三十七首乎。其苟取便適者不從。上與古韻有別，下與曲韻不淆，書守中樞，釐然有當，斯亦可以為定論矣。吳君瞿安則於入聲五部之中，復析術、物為一部，陌、麥為一部，没、曷、末為一部。其言曰：『術、物二韻與平、上、去之魚、模、語、麌等，未便與質櫛同列。陌、麥又隸屬於皆、來，没、曷、末亦屬於歌羅。故陌、麥亦能與昔、櫛同叶，没、曷、末不能與黠、屑同叶。』此未審其求合古韻將順今之曲韻也。如謂合古，則術、物、没為一部，以配脂、微，不配魚、歌。陌、麥配支不配皆，且職、德當配之，緝當配侵，可分者又寧止數部而已。如謂順曲，則屋、沃、術、物皆歸魚，模、合、末歸歌，乏歸家、麻，業歸車、蛇，又何以不重為分合也？若仍求之宋詞，則適與其韻相當，毋煩更事分析。大抵入聲多短直，無穿鼻音，故其變轉較寬。所辨但在開合弇侈之間，不盡與平、上、去三聲相應，即紀氏以彈仲恒之詞，猶有泥爾。今錄白石、梅溪詞各一首，以覘宋人用韻之界。

暗香

舊時月色（職），算幾番照我，梅邊吹笛（錫）。喚起玉人，不管清寒與攀摘（麥）。何遜而今漸老，都忘卻春風詞筆（質）。但怪得，竹外疏花，香冷入瑤席（昔）。江國（德），正寂寂（錫），嘆寄與路遙，夜雪初積（昔）。翠尊易泣（緝），紅萼無言耿相憶（職）。長記曾攜手處，千樹壓西湖寒碧（陌）。又片片吹盡也，幾時見得（德）。

萬年歡

兩袖梅風，謝橋邊，岸痕猶帶陰雪（薛）。過了恩恩燈市，草根青發（月）。燕子春愁未醒，誤幾處，芳音嘹絕（薛）。煙谿上，采綠人歸，定應愁沁花骨（沒）。非干厚情易歇（月）。奈燕臺句老，難道離別（薛）。小徑吹衣，曾記故地風物（物）。多少驚心舊事，第一是，侵階羅襪（月）。如今但，柳髮晞春，夜來和露枕月（月）。

右所舉例，足以成戈氏之說。此外如業同於合、狎、乏，無異詞也。業部本窄，詞中取以為韻者，不過二三。尤常見者，莫如怯字，乃歷觀宋詞所叶，皆在十八部而不在十九部。試為詳證如下：

周清真《華胥引》云：醉頭扶起還怯。與葉、軋、鑷、閱、篋韻。

史梅溪《一斛珠》云：恩恩軟語，屢驚怯。與愜、睫、葉、篋、接韻。

賀方回《木蘭花》云：羅襟粉汗和香浥。又云：危樓欲上危陽怯。與捻、葉、帖韻。

周草窗《夜行船》云：哀角吹霜寒正怯。與蝶、月、說、節韻。又《醉落魄》云：餘寒正怯。與揭、摺、折、說、雪韻。又《玉京秋》云：客思吟商還怯。與闊、切、雪、缺、節、咽韻。

張斗南《謁金門》云：春夢怯。與帖、貼、躞、褶、捻韻。

張叔夏《淡黃柳》云：力未勝春嬌怯怯。與結、葉、折、睫、月韻。又《石州慢》云：試裝嬌怯。與葉、雪、別、絕、切、結、月韻。

高竹屋《解連環》云：舞腰瘦怯。與月、歇、雪、絕、楫、節韻。

辛稼軒《滿江紅》云：待十分做了、詩書勛業。與說、發、節、鐵、骨、別、缺韻。又《念奴嬌》云：一枕雲屏寒怯。與節、別、月、疊、髮韻。

范石湖《秦樓月》云：瞢騰午睡扶頭怯。與疊、葉、蝶韻。

張蜕巖《孤鸞》云：翠袖暮寒應怯。與闊、雪、潔、結、咽、月韻。

無名氏《小重山》云：單衣猶未試，覺寒怯。與歇、閱、節、雪、說、月韻。見《絕妙好詞》。

以上各家用韻，如出一手。且偏翻諸集，其例當猶不止此。夫例證如彼其繁，而又絕不與他部相亂，其非偶有出入，灼然可見。然則戈氏第十九部之業，當移至於第十八部，始於宋人之韻有合也。姑發此說，異日必有論定我言者。

詞韻當主戈氏，畧如上論。惟其體例亦有未盡善者，如入聲既自為部，而復舉以配平、上、去三聲是也。北曲四聲通叶，故入聲之字不能無所麗。詞則僅上、去可通，平韻之調，或有必須間以仄叶者。如《西江月》前後結，《渡江雲》《采桑子慢》換頭之類。所有亦惟上、去，入韻固斬焉獨立也。至若柳永《黃鶯兒》以谷叶語、麌，黃庭堅《鼓笛令》以踢叶紙、寘，此自一時通脫之作，何足為法？若融入句中者，隨宜以北音讀之。入作二聲，本是北方之音。既非為韻，則論韻之書，無煩縷舉，必欲備此一格，亦惟有依曲韻為本。而戈氏讀叔為賒周切，粥、行燭，并張有切，訥為乃故切，鐸為多勞切，月、穴為胡靴切。諸如此類，不勝枚舉。轉折怪戾，非古非今，曲韻則瞿安所校訂者，甚有法度，見《顧曲麈談》。是亦不可以已乎！要之其書與萬氏《詞律》，皆大醇而小疵。

節錄戈氏論韻之言並附於後：

詞之諧不諧，恃乎音之合不合。韻各有其類，亦各有其音。用之不紊，始能融入本調，收足本音。其要則有六條：一曰穿鼻，二曰展辅，三曰斂脣，四曰抵齶，五曰直喉，六曰閉口。穿鼻之韻：東冬鍾、江陽唐、庚耕清青蒸登，三部是也。其字必從喉間反入，穿鼻而出，作收韻，謂之穿鼻。展辅之韻：支脂之微齊灰、佳半皆咍二部是也。其字出口之後，必展兩辅如笑狀作收韻，謂之展辅。斂脣之韻：魚虞模、蕭宵爻豪、尤侯幽，三部是也。其字在口，半啓半閉，斂其唇以作收韻，謂之斂脣。抵齶之韻：真諄臻文欣魂痕、元寒桓刪山先仙，二部是也。其字將終之際，以舌抵住上齶作收韻，謂之抵齶。直喉之韻：歌戈、佳半麻，二部是也。其字直出本音以作收韻，謂之直喉。閉口之韻：侵、覃談鹽沾嚴咸銜凡，二部是也。其字閉其口以作收韻，謂之閉口。凡平聲之十四部，已盡於此。上、去即隨之，惟入聲有異耳。

詞之用韻，平、仄兩途，而有可以押平韻、又可以押仄韻者，正自不少。其所謂仄，乃入聲也。如越調又有《霜天曉角》《慶春宮》，商調又有《憶秦娥》。按：此因宋楊守齋謂越調《水龍吟》、商調《二郎神》皆合用平入聲韻，故言又有也。其餘則雙調之《慶佳節》，高平調之《江城子》，中呂宮之《柳梢青》，仙呂宮之《望梅花》《聲聲慢》，大石調之《看花迴》《兩同心》，小石調之《南歌子》，用仄韻者皆宜入聲。《滿江紅》有入南呂宮，有入仙呂者。入南呂宮者，即白石所改平韻之體，而要其本用入聲，故可改也。此外又有用仄而必須入聲者，則如越調之《丹鳳吟》《大酺》，越調犯正宮之《蘭陵王》，商調之《鳳凰閣》《三部樂》《霓裳中序第一》《應天長慢》《西湖月》《解連環》，黃鍾宮之《侍香金童》《曲江秋》，黃鍾商之《琵琶仙》，雙調之《雨霖鈴》，仙呂宮之《好事近》《蕙蘭芳引》《六幺令》《暗香》《疏影》，仙呂犯商調之《淒涼犯》，正平調近之《淡黃柳》，無射宮之《惜紅衣》，正宮中呂宮之《尾犯》，中呂商之《白苧》，夾鍾羽之《玉京秋》，林鍾商之《一寸金》，南呂商之《浪淘沙慢》，此皆宜用入聲韻者，勿概之曰仄而用上、去也。其用上、去之調自是通叶，而亦稍有差別，如黃鍾商之《秋宵吟》，林鍾商之《清商怨》，無射商之《魚游春水》，宜單押上聲；仙呂商之《玉樓春》，中呂調之《菊花新》，雙調之《翠樓吟》，宜單押去聲。復有一調中必須押上、必須押去之處，有起韻、結韻宜皆押上，宜皆押去之處，不能一一臚列。宋人詞有以方音為叶者，如黃魯直《惜餘歡》閣、合同押，林外《洞仙歌》鎖、考同押，曾覿《釵頭鳳》照、透同押，劉過《轆轤金井》溜、例同押，吳文英《法曲獻仙音》冷、向同押，陳允平《水龍吟》草、驟同押。此皆以土音叶韻，究屬不可為法。案：此是大病。蓋一隅之音，不調於衆口，猶古韻之不諧於今也。然古韻猶有標準，方音人用其私，紛亂愈甚，若率是為之，其體將一日不可行，又安能致遠而垂久邪？自毛西河好為怪論，謂詞韻信口揣合，方音俚響，皆許入押。且林外題垂虹橋詞流入宮禁。孝宗讀之，笑曰：鎖與老押，此閩音也。訪之果然。向使宋有定韻，則此詞不宜流傳。而孝宗以同文之主，韻例不遵，亦安得反為曲釋，則詞韻了無依據，亦可驗已。今釋之曰：詞曲叶韻，皆宜用當時普及之音，為其普及故不須勒為專書，而林外雜以方音，故孝宗用為譏笑。至於信筆題作，本非官試。用韻不合，自無禁條。凡論文章，但問其本體之當否，豈宜涉及禁例之有無？而尤可怪者，西河所論如是。乃其自作《錦纏道》《普天然》等南曲，韻極誼嚴，何其工於自律而拙於為教，抑姑以此矜其辨也。

惟有借音之數字，宋人多習用之。如柳永《鵲橋仙》：算密意幽歡，盡成辜負。負字叶方佈切。辛棄疾《永遇樂》：憑誰問，廉頗老矣，尚能飯否。否字叶方古切。趙長卿《南鄉子》：要底圓兒糖上浮。浮字叶房逋切。周邦彥《大酺》：況蕭索青蕪國。國字叶古六切。潘元質《倦尋芳》：待歸來碎揉花打。打字叶當雅切。姜夔《疏影》：但暗憶江南江北。北字叶逋沃切。吳文英《端正好》：夜寒重，長安紫陌。陌字叶末各切。《燭影搖紅》：相間金茸翠畝。畝字叶忙補切。蔣捷《女冠子》：羞與鬧蛾兒爭耍。耍字叶霜馬切之類，相沿至今。既有音切，便可遵用。案：此類字實由音變，無所謂借。即如否字，宋詞中十九皆叶魚虞，打字更無叶庚清者，今音猶然。知其變始於宋也，此非用方音比。

五、徵式

文辭之用，大別有四：紀述，一也；持論，二也；抒情，三也；擬物，四也。模寫山水之作，詳其地域道里者，歸於紀述；其窮絕聲貌，則擬物之儔也。條例區分，各成體製。然一篇之內，有時亦復互施。但當審其以何者為主體耳。詩、詞、歌、曲，大都主於情感。詞體纖曼靡麗，尤能曲道房幃宴暱之私。果其不傷鄙褻，亦君子所弗禁。次則留連風景，圖繪物色，雖巧構形似之言，亦原本性情為貴。綜斯三類，以衡往作，唐、宋名篇，不可僂指。擇其中正雅善便利初學者，隨筆甄錄，以見一斑。凡猥之作，自宜摒棄。即思境太高，筆力橫恣，謀篇定格，迥出意表者，既非模擬可到，所舉亦從闕畧。若夫詮論一篇之美，賞析一句之奇，有所會心，總歸口述。詳語累牘，無取焉爾。

詩者之也，志之所之。又詩者持也，持人情性。哀樂之情感於中，則詠歌之辭形於外，所以發舒而調節之，使盈溢鬱勃之氣，復歸於中和，此自然之節也。然感於樂者，隨物寄情，怡然皆順，歌斯舞斯，猶不必自我而發也。感於衷者，其心蘊結動蕩，其遇於物也，順之則增其哀，拂之則干其怒，惝怳若狂，無所告語。迫之至於莫可如何，而別求宣洩之道，則詩歌為尚。此所以勞人思婦之詞，又什佰於其他篇什也。詞之結體，脩短錯綜，故常能委婉曲折，以達難言之隱。其用廣不如詩，而言情則勝。善為之者，取近以譬遠，即小以見大，格雖卑靡，其旨則猶是國風、《離騷》之遺也。詞之得名，不原於詩，而其效用則一，故此所論與首篇義不相違。余曩有敘述，頗申此意，茲節錄如左方：

嘗謂詞原於國風而與《離騷》尤近。夫詩以言志，志者，與物相應者也。世變既繁，感慨紛集。仁人君子，懷菀結之情，抱難言之痛，網羅甚密，則莊語或以招危。芳菲彌章，而奇文因之益肆。自屈原之作，以為詩者，結體四言，盤桓跬寸，指微而隱，辭氣不敷，故拓之以造《離騷》，所由濟風雅之窮也。詳其宛轉就意，斯句有短長，吐辭芬芳，則音節尤美。詞之為體，不猶此乎？至於後主被羈，愴思故國，稼軒憤時，託怨煙柳。白石嗣響於《黍離》，碧山沈恨於落葉，豈非假物喻情，所以稱文小而其旨極大，舉類邇而見義遠者邪？情之惻怛，孰有過於身丁家國興亡之故者，後主躬失社稷，降為臣虜，吞聲飲泣，非人能堪，故其詞隱約淒斷，所謂亡國之音哀以思也。《相見歡》《浪淘沙》《虞美人》諸闋，雖千載而下，猶令人讀之低徊不能自已。錄《相見歡》二首：

林花謝了春紅，太匆匆。無奈朝來寒雨晚來風。　胭脂淚，相留醉，幾時重。自是人生長恨水長東。

無言獨上西樓，月如鈎。寂寞梧桐深院鎖清秋。　剪不斷，理還亂，是離愁。別是一般滋味在心頭。

南宋偏安，君臣偷惰，無恢復之志。有識之士深含隱痛，發為篇章，尤多怨悱之作。其政雖衰，而詞極一時之盛，良有以也。錄辛棄疾《漢宫春》云：

春已歸來，看美人頭上，裊裊春旛。無端風雨，未肯收盡餘寒。年時燕子，料今宵夢到西園。渾未辨黄柑薦酒，更傳青韭堆盤。　却笑東風從此，便薰梅染柳，更沒些閑。閑時又來鏡裏，轉變朱顔。清愁不斷，問何人會解連環。生怕見花開花落，朝来塞雁先還。

姜夔《揚州慢》云：

淮左名都，竹西佳處，解鞍少駐初程。過春風十里，盡薺麥青青。自胡馬窺江去後，廢池喬木，猶厭言兵。漸黄昏，清角吹寒，都在空城。　杜郎俊賞，算而今重到須驚。縱豆蔻詞工，青樓夢好，難赋深情。二十四橋仍在，波心蕩冷月無聲。念橋邊紅藥，年年知為誰生。

王沂孫《高陽臺》云：

殘萼梅酸，新溝水綠，初晴節序暄妍。獨立雕欄，誰憐枉度華年。朝朝準擬清明近，料燕翎須寄銀箋。又爭知，一字相思，不到吟邊。雙蛾不拂青鸞冷，任花陰寂寂，掩戶閑眠。屢卜佳期，無憑卻恨金錢。何人寄與天涯信，趁東風急整歸鞭。縱飄零，滿院楊花，猶是春前。

張炎《高陽臺》云：

接葉巢鶯，平波捲絮，斷橋斜日歸船。能幾番游，看花又是明年。東風且伴薔薇住，到薔薇春已堪憐。更淒然，萬綠西泠，一抹荒煙。當年燕子知何處，但苔深韋曲，草暗斜川。見說新愁，如今也到鷗邊。無心再續笙歌夢，掩重門，淺醉閑眠。莫開簾，怕見飛花，怕聽啼鵑。

右舉數篇，其人皆遭逢亂世，眷懷故國，觸物致感，有異恒時。若夫秋士工愁，深閨善怨，羈人遺客，興淪落之悲；香草美人，賦不遇之感。亦或身居佚樂，怵勝境之不常；節直凋藷，覺盛年之難再。此則時無興衰，境無豐嗇，苟其情蘊宏深，即隨地有所攄寫。要當直而不俚，曲而不晦。工於組織，故無浮艷之辭；巧於運思，自有清新之美。錄溫庭筠《菩薩蠻》：

玉樓明月長相憶。柳絮裊娜春無力。門外草萋萋。送君聞馬嘶。畫羅金翡翠。香燭銷成淚。花落子規啼。綠窗殘夢迷。

晏殊《玉樓春》云：

燕鴻過後鶯歸去，細算浮生千萬緒。長於春夢幾多時，散似秋雲無覓處。聞琴解佩神仙侶，挽斷羅衣留不住。勸君莫作獨醒人，爛醉花間應有數。

歐陽修《蝶戀花》云：

庭院深深深幾許。楊柳堆煙，簾幕無重數。玉勒雕鞍游冶處，樓高不見章臺路。雨橫風狂三月暮。門掩黄昏，無計留春住。淚眼問花花不語，亂紅飛過秋千去。

秦觀《江城子》云：

西城楊柳弄春柔。動離憂。淚難收。猶記多情，曾為繫歸舟。碧野朱橋當日事，人不見，水空流。韶華不為少年留。恨悠悠，幾時休。飛絮落花時候一登樓。便做春江都是淚，流不盡，許多愁。

周邦彦《滿庭芳》云：

鳳老鶯雛，雨肥梅子，午陰佳樹清圓。地卑山近，衣潤費爐煙。人静烏鳶自樂，小橋外，新淥濺濺。憑闌久，黄蘆苦竹，擬泛九江船。年年。如社燕。漂零瀚海，來寄修椽。且莫思身外，長近尊前。憔悴江南倦客，不堪聽，急管繁絃。歌筵畔，先安枕簟，容我醉時眠。

吴文英《祝英臺近》云：

採幽香，巡古苑，竹冷翠薇路。鬥草溪根，沙印小蓮步。自憐兩鬢清霜，一年寒食，又在雲山深處。晝閑度。因甚天也慳春，輕陰便成雨。綠暗長亭，歸夢趁風絮。有情花影闌干，鶯聲門徑，解留我霎時凝佇。

李易安《壺中天》云：

蕭條庭院，又斜風細雨，重門須閉。寵柳嬌花寒食近，種種惱人天氣。險韻詩成，扶頭酒醒，別是閑滋味。征鴻過盡，萬千心事難寄。樓上幾日春寒，簾垂四面，玉闌干慵倚。被冷香銷新夢覺，不許愁人不起。清露晨流，新桐初引，多少游春意。日高煙斂，更看今日晴未。

右舉數篇，大抵感事懷人，俯仰身世。雖賦興雜陳，要於溫柔敦厚之旨，皆有會也。降此而下，涉及閨房，盡態極妍，每鄰狎暱，此禮法之士，所由深惡。然男女慕悅，實本性情，緣情為文，豈能盡廢？是以採蘭贈芍，間出風詩；好色麗人，亦推賦手。樂府多綺靡之篇，詩家有《香奩》之集。況詞託體卑下，愈靡愈工，但求不入褻諢，自難以麗則相裁也。錄韋莊《女冠子》云：

四月十七，正是去年今日，別君時。忍淚佯低面，含羞半斂眉。　不知魂已斷，空有夢相隨。除卻天邊月，沒人知。

張泌《江城子》云：

浣花溪上見卿卿，臉波明，黛眉輕。高綰綠雲，金簇小蜻蜓。好是問他來得麼，和笑道，莫多情。

和凝《采桑子》云：

蝤蠐領上訶梨子，繡帶雙垂。椒戶閑時，競學樗蒲賭荔枝。　叢頭鞋子紅編細，裙窣金絲。無事顰眉，春思翻教阿母疑。

南唐後主《一斛珠》云：

晚妝初過，沈檀輕注些兒個。向人微露丁香顆。一曲清歌，暫引櫻桃破。 羅袖裛殘殷色可。杯深旋被香醪涴。繡牀斜憑嬌無那。爛嚼紅茸，笑向檀郎唾。

僧仲殊《南歌子》云：

鳳髻金泥帶，龍紋玉掌枕。去來窗下笑相扶。愛道畫眉深淺入時無。 弄筆偎人久，描花試手初。等閑妨了繡工夫，笑問鴛鴦兩字怎生書。

陸淞《瑞鶴仙》云：（此調用韻不足為法。）

臉霞紅印枕。睡起來冠兒猶是不整。屏間麝煤冷。但看眉峯壓翠，淚珠彈粉。堂深晝永。燕交飛風簾露井。恨無人說與，相思近日，帶圍寬盡。 重省。殘燈朱幌，淡月疏窗，那時風景。陽臺路迥。雲雨夢，便無準。待歸來先指花梢教看，欲把心期細問。問因循過了青春，怎生意穩。

右舉數篇，淺不傷骨，謔不為虐。其氣息蓋似齊、梁小樂府。此體以五代為工，北宋人猶往往有能至者，南宋以後為之，則多傷佻薄矣。若能加以凝重，副之沈鬱，如歐陽修之『燕窺畫棟』，晏幾道之『夢後樓臺』，蘇軾之『晚涼新浴』，賀铸之『淡妝多態』，斯亦足以為止境。顧文人結習，不飭細行。綺思紛湧，如箭就絃。則其所作，又不免有軼準繩而旁出者。如後主《菩薩蠻》云：

花明月暗輕籠霧。今宵好向郎邊去。剗襪下香階。手提金縷鞋。 畫堂南畔見。一晌偎人顫。奴為出來難。教君恣意憐。

歐陽炯《浣溪沙》云：

相見休言有淚珠，酒闌重得敘歡娛。鳳屏鴛枕宿金鋪。 蘭麝細香聞喘息，綺羅纖縷見肌膚。此時還恨薄情無。

周邦彥《浣溪沙》云：

薄薄紗橱望似空。簟紋如水浸夫容。起來嬌眼未惺忪。 强整羅衣抬皓腕，自將紈扇掩酥胸。羞郎何事面微紅。

右舉三篇，姚冶佚蕩，遂臻其極。然辭雖輕艷，而筆實渾成。略意銓文，不可謂非勝作。惟措詞至此，幾如疊足臨淵，逡巡垂外。稍更縱逸，則隨波而靡耳。北宋聲樂極盛，伎席歌筵，隨地命筆，故時以俳曲，取悅衆耳。耆卿、山谷，盛揚其波。少游、美成，猶所不免，碌碌餘子更無論矣。東坡天才高曠，自足卑視耆卿，然所作《減字木蘭花》數調，贈徐君猷家姬者，其俚俗處，正與《樂章》何異。是知一時風氣，雖賢者亦莫能外也。綜厥流弊，蓋有二端：一曰俚，一曰褻。時有一篇兼茲二弊者，尤為惡札。南宋佻薄之病，極至於不足法而已。若此二事，則學者所宜引為深戒者也。茲亦各鈔示一首，比諸禁例。子不云乎：『擇其善者而從之，其不善者而去之。』使知所去，亦吾師也。

柳永《傳花枝》俚俗

平生自負，風流才調。口兒裏道知張陳趙。唱新詞，改難令，總知顛倒。解刷扮，能哄嗽表裏都峭。每遇著飲席歌筵，人人盡道可惜許老了。　閻羅大伯，曾教來道，人生但不須煩惱。遇良辰，當美景，追歡買笑。剩活取，百十年，祇憑廝好。若限滿鬼使來追，待倩個掩通著到。

秦觀《浣溪沙》褻諢

脚上鞋兒四寸羅，脣邊朱粉一櫻多。見人無語但迴波。　料得有心憐宋玉，祇應無奈楚襄何。今生有分共伊麽。

蔣捷《柳梢青》纖佻

學唱新腔。秋千架上，釵股敲雙。柳雨花風，翠鬆裙褶，紅膩鞋幫。　歸來門掩銀釭。淡月裏疏鐘漸撞。嬌欲人扶，醉嫌人問，斜倚樓窗。

程垓《酷相思》淺薄

月掛霜林寒欲墜。正門外催人起。奈離別如今真個是。欲住也，留無計。欲去也，來無計。　馬上離魂衣上淚。各自供憔悴。問江路梅花開也未。春到也，頻須寄。人到也，頻須寄。

俚褻之病，易知易去。佻薄之病，則且有深嗜之而深中之者，不可不慎。

詩至元嘉以後，山水方滋，昭明甄選，特標游覽。自後名家篇章，靡不兼及。而就其所造，亦有偏勝。世謂王摩詰詩中有畫，顧擬景極工者，繪事且不能至。蓋丹墨落紙，便有定形，文字狀物，每含餘蓄。形寓於目，故所賞易窮。蓄蘊於思，故追摹無盡。惟文字之道，首重結篇，苟非以情感為緯，則專寫景物，局勢易成流漫，將使佳句稠疊而章法不完，碎錦散珠，抑又奚貴？是以言情者不妨離景，賦景者半多融情。觀其所重在此，自可別為分條，詞家工此體者，以耆卿為最，美成追蹤，益加沈摯，餘或神會，各有數篇，錄牛嶠《江城子》云：

鵁鶄飛起郡城東。碧江空，半灘風。越王宮殿，蘋葉藕花中。簾捲水樓魚浪起，千片雪，雨濛濛。

張泌《河瀆神》云：

古樹噪寒鴉，滿庭楓葉蘆花。晝燈當午隔輕紗，畫閣珠簾影斜。門外往來祈賽客，翩翩帆落天涯。迴首隔江煙火，渡頭三兩人家。

歐陽炯《南鄉子》云：

路入南中，桄榔葉暗蓼花紅。兩岸人家微雨後，收紅豆，樹底纖纖抬素手。

歐陽修《采桑子》云：

羣芳過後西湖好，狼籍殘紅。飛絮濛濛。垂柳闌干盡日風。笙歌散盡游人去，始覺春空。垂下簾櫳。雙燕歸來細雨中。

柳永《夜半樂》云：

凍雲黯淡天氣，扁舟一葉，乘興離江渚。渡萬壑千巖，越溪深處。怒濤暫息，樵風乍起，更聞商旅相呼，片帆高舉。泛畫鷁，翩翩過南浦。望中酒旆閃閃，一簇煙村，數行霜樹。

残日下，漁人鳴榔歸去。敗荷零落，衰楊掩映，岸邊兩兩三三，浣紗游女。避行客，含羞笑相語。到此應念，繡閣輕拋，浪萍難駐。嘆後約，丁寧竟何據。慘離懷空恨，歲晚歸期阻。凝淚眼，杳杳神京路。斷鴻聲遠長天暮。

耆卿寫景，語多精粹。此外又有《傾杯歡》散水調、《八聲甘州》《竹馬子》《安公子》等，皆筆力過人。

周邦彥《渡江雲》云：

晴嵐低楚甸，暖迴雁翼，陣勢起平沙。驟驚春在眼，借問何時，委曲到山家。塗香暈色，盛粉飾，爭作妍華。千萬絲陌頭楊柳，漸漸可藏鴉。堪嗟。清江東注，畫舸西流，指長安日下。愁宴闌風翻旗尾，潮濺烏紗。今宵正對初絃月，傍水驛，深艤蒹葭。沈恨處，時時自剔燈花。

張孝祥《浣溪沙》云：

行盡瀟湘到洞庭。楚天闊處數峯青。旗梢不動晚波平。紅蓼一灣紋纈亂，白魚雙尾玉刀明。夜涼船影浸疏星。

右舉數篇，或直賦景色，或兼及所見情事，類能以深蔚之思，友蒼茫之想。行旅有作，唯此為宗。其或語兼他篇，秀出數句，采掇難盡，故從闕焉。又若迴旅戶庭，嘲弄風月，詞多泛指，不入詠物之儔。境取當前，有異覽游之域。然既圖繪物色為主，亦當寫景之枝條也。錄張泌《南歌子》云：

柳色遮樓暗，桐花落砌香。畫堂開處遠風涼。高捲水精簾額，襯斜陽。

毛熙震《浣溪沙》云：

春暮黃鶯下砌前，水精簾影露珠懸。綺霞低映晚晴天。弱柳萬條垂翠帶，殘紅滿地碎香鈿。蕙風飄蕩散輕煙。

陳克《菩薩蠻》云：

綠蕪墻繞青苔院。中庭日淡芭蕉展。蝴蝶上階飛。風簾自在垂。玉鈎雙語燕。寶甃楊花轉。幾處簸錢聲。綠窗春夢輕。

右舉三篇，畧明梗概，凡此分舉，取便講說。其實詞之本質，以情景交融為貴，斷難逐篇為之分隸也。夫自然之景，萬物畢已，寫景及物，本由定理。是以鳶飛魚躍，極羣動之情；頌菊騷蘭，圖庶品之狀。辭賦所衍，物各專篇，詠物之體，於焉大備。詞家承其末流，詞體尤盛。上者因物託興，規取深遠，所寫在此，而所明在彼。次者纖密則附，能以巧勝，神理既得，未嘗凝滯。下者但工形容，蔚若雕畫而已，使發舒情性之具，夷於技術，是所謂離其本旨者也。錄王沂孫《齊天樂·咏蟬》云：

一襟遺恨宮魂斷，年年翠蔭庭樹。乍咽涼柯，還移暗葉，重把離愁低訴。西園過雨，怪瑤珮流空，玉筝調柱。鏡暗妝殘，為誰嬌鬢尚如許。銅仙鉛淚似洗，歎移盤去遠，難貯零露。病翼驚秋，枯形閱世，消得斜陽幾度。餘音更苦。甚獨抱清商，頓成凄楚。謾想薰風，柳絲千萬縷。

又《掃花游·詠綠蔭》云：

捲簾翠濕，過幾陣殘寒，幾番風雨。問春住否。但匆匆暗裏，換將花去。亂碧迷人，總是江南舊樹。漫凝佇。念昔日採香，今更何許。　芳徑攜酒處。又蔭得青青，嫩苔無數。故林晚步，想參差漸滿，野塘山路。倦枕閑牀，正好微曛院宇。送淒楚。怕涼聲又催秋暮。

右舉兩篇，皆寓意深婉，音在絃外，詠物之作以碧山為最高。周濟曰：『詠物最爭託意隸事處，以意貫穿，渾化無痕，碧山勝場也。』《樂府補題》所錄諸家，能與抗手者，僅三四篇而已。辛稼軒《賀新郎·詠琵琶》一首，千古絕唱，然純以神行，無從捉摸，不若碧山專崇雅正，為有門徑可尋也。又蘇軾《水龍吟·詠楊花》云：

似花還似非花，也無人惜從教墜。拋家傍路，思量卻是，無情有思。縈損柔腸，困酣嬌眼，欲開還閉。夢隨風萬里，尋郎去處，又還被鶯呼起。　不恨此花飛盡，恨西園落紅難綴。曉來雨過，遺蹤何在，一池萍碎。春色三分，二分塵土，一分流水。細看來，不是楊花，點點是離人淚。

史達祖《雙雙燕·詠燕》云：

過春社了，度簾幕中間，去年塵冷。差池欲住，試入舊巢相並。還相雕梁藻井，又軟語商量不定。飄然快拂花梢，翠尾分開紅影。　芳徑，芹泥雨潤。愛貼地爭飛，競誇輕俊。紅樓歸晚，看足柳昏花暝。應自棲香正穩，便忘了天涯芳信。愁損玉人，日日畫欄獨憑。

姜夔《齊天樂·詠促織》云：

庾郎先自吟愁賦，淒淒更聞私語。露濕銅鋪，苔侵石井，都是曾聽伊處。哀音似訴。正思婦無眠，起尋機杼。曲曲屏山，夜涼獨自甚情緒。　西窗又吹暗雨。為誰頻斷續，相和砧杵。候館吟秋，離宮弔月，別有傷心無數。豳詩漫與，笑籬落呼燈，世間兒女。寫入琴絲，一聲聲更苦。

劉光祖《洞仙歌·詠敗荷》云：

晚風收暑，小池碧荷靜。獨倚胡牀酒初醒。起徘徊，時有香氣吹來，雲藻亂，葉底游魚動影。　空擎承露蓋，不見冰容，惆悵明妝曉鸞鏡。後夜月涼時，月淡花低，幽夢覺，欲憑誰省。也應記臨流憑欄干，便遙想，江南紅酣千頃。

右舉數篇，雖不必有所寄託，而亦不規規於刻畫之跡。《詞源》之論詠物云：『體認稍真，則拘而不暢；模寫差遠，而晦而不明。』諸篇並虛實兼到，包有二美。畧比興而言賦體，則此其選也。又章楶《水龍吟·詠楊花》云：

燕忙鶯懶花殘，正堤上柳花飄墜。輕飛點畫青林，誰道全無才思。閑趁游絲，靜臨深院，日長門閉。傍珠簾散漫，垂垂欲下，依前被風扶起。　蘭帳玉人睡覺，怪春衣雪霑瓊綴。繡牀漸滿，香毬無數，才圓卻碎。時見蜂兒，仰粘輕粉，魚吞池水。望章臺路杳，金鞍游蕩，有盈盈淚。

史達祖《東風第一枝·詠春雪》云：

巧翦蘭心，偷黏草甲，東風欲障新煖。漫疑碧瓦難留，信知暮寒較淺。行天入鏡，做弄出輕鬆纖軟。料故園不捲重簾，誤了乍来雙燕。　青未了柳迴白眼。紅欲斷杏開素面。舊游憶著山陰，後盟遂訪上苑。熏鑪重熨，便放慢，春衫針綫。恐鳳韡挑菜歸來，萬一灞橋相見。

洪瑹《南柯子·詠新月》云：

柳浪搖晴沼，荷風度晚簷。碧天如水印新蟾。一鋍清光斜露玉纖纖。　寶鏡微開匣，金鉤半押簾。西樓今夜有人忺。應傍妝臺低照畫眉尖。

張林《柳梢青·詠燈花》云：

白玉枝頭，忽看蓓蕾，金粟珠垂。半顆安榴，一枝濃杏，五色薔薇。　何須羯鼓聲催。銀釭裏春工四時。卻笑燈蛾，學他蜂蝶，照影頻飛。

右錄數篇，則所謂工於形似者也。託意不遠，立格不高，情與辭窮，味隨言盡。然要自纖媚可喜，雕蟲篆刻，間試為之，亦詞人之餘技也。世人競尚儇薄，每下愈況，奉劉過《沁園春》為極則，轉相摹效。此蓋茗柯所云幾以塞其下流者，宜與言情褻諢之作，視為同科。

綜上所論，詞之内涵，殆不逾是。昔劉彥和評文，其《總述》篇有云：『視之則錦繪，聽之則絲簧，味之則甘腴，佩之則芬芳。』請移斯言，以明詞體。雖不能至，心嚮往之。

附言：

詞中有所謂獨木橋體者，通篇皆用一韻，其格為他文所無。又迴文雖源於詩，而體亦小異。

詩句無長短，通首迴旋，詞則惟有施之於《菩薩蠻》調，逐句自迴，頗難變化。以其為特殊之體，故於篇末各附一首為式：

蔣捷《聲聲慢》獨木橋體

黃花深巷，紅葉低窗，淒涼一片秋聲。豆雨聲來，中間夾帶風聲。疏疏二十五點，麗譙門不鎖更聲。故人遠，問誰搖玉佩，檐底鈴聲。　彩角聲吹月墮，漸連營馬動，四起笳聲。閃爍鄰燈，燈前尚有砧聲。知他訴愁到曉，碎噥噥，多少蛩聲。訴未了，把一半分與雁聲。

李晏《菩薩蠻》迴文體

斷腸人去春將半。半將春去人腸斷。歸客倦花飛，飛花倦客歸。　小窗寒夢曉。曉夢寒窗小。誰與畫雙眉。眉雙畫與誰。古人作此體，但注迴文，不書複句，蓋令人自以一句迴環讀之也。乃《詞律拾遺》於補體中收此詞，注云：『詞本四十字，此單調。』可謂大謬。

詞概

趙萬里

趙萬里（1905—1980），字斐雲，别號芸盦、舜盦。浙江海寧人。1921年考入南京東南大學中文系，從吴梅習詞學。1925年畢業後任清華學校國學研究院助教，得王國維指導。1928年轉往北平北海圖書館工作，兼中央研究院歷史語言所特約及通訊研究員，故宫博物院圖書館和文獻館專門委員，並在北京大學、清華大學、中法大學、輔仁大學、中國大學等校任教，講授中國史料目録學、目録學、校勘學、版本學、中國雕版史、中國戲曲史、中國俗文學史、詞史等課程。1949年後任北京圖書館研究員，兼善本特藏部主任。著有《校輯宋金元人詞》《北京圖書館善本書目》等。

《詞概》原列有目録，列有十一章：唐人詞概、五代十國人詞概、宋人詞概上、宋人詞概下、金人詞概、元人詞概、明人詞概、清人詞概上、清人詞概下、論詞韻，論詞律，及附録詞學書目略。今藏本僅存前七章。趙萬里在1929年至1937年6月期間，受聘於北京大學，講授詞史課程，編寫講義《詞概》，並由北京大學出版部印行。《詞概》又名《詞史》，今藏北京大學圖書館古籍部。又見於《趙萬里文集》第二卷，上海科學技術文獻出版社、國家圖書館出版社2012年版。

趙萬里　**詞概**

目錄

原書目錄

第一章　唐人詞概

張氏皋文《詞選》以太白居首，誠以太白以前，詞體未定。《因話錄》云『唐初柳範作《江南折桂令》』，雖在青蓮〈憶秦娥〉〈菩薩蠻〉前，然其辭久佚，當與隋唐人樂府相近，未必如後世所謂曲子也。觀崔令欽《教坊記》所載，教坊曲名多至三百六十有五。據《唐書・宰相世系表》推之，令欽乃玄、肅二宗間人。知青蓮之世，教坊新聲早已盛行，然大都不過破五七言詩為之，或且如〈楊柳枝〉〈竹枝詞〉，與七絕無異。中唐以後，始多傑構。敦煌所出《雲謠集雜曲子》與溫、韋所作，均一時之選。新樂府與漢晉六朝間舊樂府之分野，至茲始大明。其詳當於拙撰《兩宋樂府考》論之。茲撮述唐人諸家詞如左。

（一）李白　白字太白，山東人，或云蜀人。事蹟詳兩《唐書》及《唐才子傳》。錄〈憶秦娥〉一闋：

簫聲咽。秦娥夢斷秦樓月。秦樓月。年年柳色，灞陵傷別。　樂游原上清秋節。咸陽古道音塵絕。音塵絕。西風殘照，漢家陵闕。

太白此詞，氣象萬千，似非後人所能偽託。《尊前集》載太白詞凡十二首，獨未及此闋，僅引見黃昇《花庵詞選》。《尊前集》所載諸闋，除〈清平調〉乃七絕，太白詩集中已載外，餘則〈菩薩蠻〉『遊人盡道江南好』一首明見《花間集》，乃韋莊作，餘則『平林漠漠煙如織』一首，《湘山野錄》云見於《古風集》，乃知太白所撰。其他七首，均不類太白作。即吳曾《能改齋漫錄》所載〔桂殿秋〕『河漢女』一闋，亦尚在疑似之間。其中真確之可能性最多者，當推此首與〔菩薩蠻〕一闋耳。劉融齋《藝概》謂此二首足抵杜陵《秋興》，想其情境，殆作於明皇西幸之後。說雖穿鑿，亦非無見也。

（二）**張志和**志和字子同，金華人。擢明經，肅宗命待詔翰林，坐貶不復仕，自稱煙波釣徒。錄〔漁歌子〕一首：

西塞山前白鷺飛。桃花流水鱖魚肥。青箬笠，綠蓑衣。斜風細雨不須歸。

志和詞今存者，僅《尊前集》所載〔漁歌子〕五首。《唐代名畫記》謂其性高邁，自為漁歌，便畫之，甚有逸思。是志和又善畫。《羅湖野錄》云：『張松齡以〔漁歌子〕招其弟志和，其詞云：樂在風波釣是閑。草堂松檜已勝攀。太湖水，洞庭山，狂風浪起且須還。』句法與志和同，殆系一時所作。其與七絕異者，僅第三句改為六字折腰句耳。意當時或即就絕句變化歌之，故句法與七絕相近。然此詞曲度至宋代已亡。《樂府雅詞》卷中徐師川〔鷓鴣天〕詞跋引東坡云：『元真語極麗，恨其曲度不傳，加數語以〔浣溪沙〕歌之。』可知唐時曲度，宋時已不盡可徵。則詞譜零落，不能依聲而歌之歎，固非張玉田時為然也。

（三）**韋應物**應物京兆人。官左司郎中，歷蘇州刺史。錄〔調笑〕一首：

河漢。河漢。曉掛秋城漫漫。愁人起望相思。塞北江南別離。離別。離別。河漢雖同路絕。

應物詞僅〔調笑〕〔三臺〕四首，並見《尊前集》。唐人作〔調笑〕者，尚有戴叔倫之『邊草』

詞，王建之『團扇』詞，句法並與此同。宋人如秦觀、鄭僅所作，系傳踏，以一曲連續歌之，其法恐唐時已濫觴。詞名〈調笑〉，句法又重疊出之，必系歌舞相兼也。

（四）白居易居易字樂天，其先太原人，徙下邽。貞元十四年進士，歷官中書舍人，出知杭州，以刑部尚書致仕。卒贈僕射，謚文。有《長慶集》。錄〈宴桃源〉一首：

前度小花靜院。不比尋常時見。見了又還休，愁卻等閒分散。腸斷。腸斷。記取釵橫鬢亂。

樂天詞見於《尊前集》《花庵詞選》者，有〈楊柳枝〉〈竹枝詞〉〈浪淘沙〉〈憶江南〉〈宴桃源〉〈長相思〉等二十八首。除〈憶江南〉〈宴桃源〉〈長相思〉乃長短句外，餘率與七絕無異。而〈宴桃源〉實即〈如夢令〉。詞意縟麗可愛如〈子夜歌〉，非後世作者可及，亦一時風會使然也。

（五）溫庭筠溫庭筠本名岐，字飛卿，太原人。官方山尉。有《握蘭》《金荃》等集。錄〈菩薩蠻〉一首：

寶函鈿雀金鸂鶒。沉香閣上吳山碧。楊柳又如絲。驛橋春雨時。畫橋音信斷。芳草江南岸。鸞鏡與花枝。此情誰得知。

溫詞載《花間集》者凡六十六首，王觀堂先生又從《尊前集》補一闋，《草堂詩餘》補一闋，《詩集》補二闋，共得七十闋。錢唐丁氏舊藏吳訥《四朝名賢詞》本《金奩集》，中雜韋莊、歐陽炯、張泌諸家詞，雖題名與《渭南文集·跋金奩集》語合，然未必為溫氏一人作也。溫詞最著者，當推〈菩薩蠻〉十四首，以瑰麗見勝。陳氏廷焯曰：『溫詞全祖風騷，所以獨絕千古。』又云：

『所謂沉鬱者，意在筆先，神餘言外。寫怨夫思婦之懷，寓孽子孤臣之感，凡交情之冷淡、身世之飄零，皆可於一草一木發之。而發之又必若隱若現，欲露不露，反復纏綿，終不許一語道破。匪獨體格之高，亦見性情之厚。』飛卿詞『懶起畫蛾眉，弄妝梳洗遲』，無限傷心，溢於言表；又『春夢正關情，鏡中蟬鬢輕』，淒涼哀怨，真有欲言難言之苦；又『花落子規啼，綠窗殘夢迷』，又『鸞鏡與花枝，此情誰得知』，皆含深意。余謂飛卿詞於唐詩中可當青蓮，於元劇中可當白仁甫、王實甫，同為萬世不祧之祖。其出語真摯，行辭疏宕，直寫景物，不事雕繢，實非南渡諸子所能及也。譚復堂〈蝶戀花〉『一握鬢雲梳復裹，半庭殘日匆匆過』、納蘭成德〈菩薩蠻〉『楊柳又如絲，故園春盡時』，均從溫詞中得來。以視《花間集》專以雕繢堆砌見勝，便覺得天然人工之別矣。

（六）皇甫松松一作嵩，字子奇，睦洲人，工部湜之子。錄〈天仙子〉一首：

晴野鷺鷥飛一隻，水葓花發秋江碧。劉郎此日別天仙。登綺席，淚珠滴，十二晚峰青歷歷。

躑躅花開紅照水，鷓鴣飛繞青山觜。行人經歲始歸來。千萬里，錯相倚，懊惱天仙應有以。

元遺山云：『松以〈竹枝〉〈採蓮〉排調擅場，而才名遠遜諸人，《花間集》所載亦止小令短歌耳。』按：唐詞皆短歌，《花間》《尊前》所載小令居多，豈獨子奇為然。元氏之言未確。《詞苑萃編》云：『皇甫松以〈天仙子〉〈摘得新〉著名，然總不如〈夢江南〉二闋為勝。其詞曰：「蘭燼落，屏上暗紅蕉。閑夢江南梅熟日，夜船吹笛雨瀟瀟。人語驛邊橋。」「樓上寢，殘月下簾旌。

夢見秣陵惆悵事，桃花柳絮滿江城。雙髻坐吹笙。」』此二詞為《尊前集》所未載，情味深長。以較白樂天、劉夢得所作，殊有上下床之別也。

右唐詞凡六家。外此尚有劉夢得之〔憶江南〕〔拋球樂〕〔楊柳枝〕諸闋，李景伯、裴談之〔回波詞〕，崔液之〔踏歌詞〕，劉長卿之〔謫仙怨〕，大都與五六七言詩相近。又若楊妃之〔阿那曲〕，柳姬之〔楊柳枝〕，劉采春之〔羅嗊曲〕，杜秋娘之〔金縷曲〕，王麗真之〔字字雙〕，均不得謂之曲子也。至敦煌所出《雲謠集雜曲子》及唐寫本《春秋後語》背記所記之〔望江南〕〔菩薩蠻〕諸詞，其用韻與句法，較《花間》《尊前》各異，而詞意深峭隱秀，實堪與飛卿、端己抗行。其詞律之寬，猶其餘事也。茲校錄二闋如左：

鳳歸雲

征夫數載，萍寄他邦。去便無消息，累換星霜。月下愁聽砧杵，擬塞雁□行。孤眠鸞帳裡，枉勞魂夢，夜作飛颺。想君薄行，更不思量。誰為傳書，與表妾衷腸。倚牖無言垂血淚，暗祝三光。萬般無那處，一爐香盡，又更添香。（《雲謠集雜曲子》）

天仙子

燕語啼時三月半，煙蘸柳條金線亂。五陵原上有仙娥，攜歌扇，香爛漫。留在九華雲一片。犀玉滿頭花滿面。負妾一雙偷淚眼。淚珠若得似珍珠，拈不散，知何限。串向紅絲應百萬。（同上）

第二章　五代十國人詞概

五代十國人詞，除南唐二主詞、馮延巳《陽春集》有宋人輯本傳世外，餘並見於《花間集》。按《花間集》為蜀人趙崇祚所選，據卷首歐陽炯序，知成於廣政三年。是時孟氏立國，僅有七載，故其中頗多感傷故國之音，讀鹿虔扆〈臨江仙〉『暗傷亡國，清露泣香紅』一詞可知。然所選諸家亦有與趙氏同時者。歐陽炯曾為孟蜀宰相，蜀亡入宋為翰林學士。蘇易簡《續翰林志》謂學士放誕則有王著、歐陽炳。又云炳以偽蜀順化，旋召入院，嘗不巾不襪見客於玉堂之下，尤善長笛。是炳即歐陽炯。其人至宋乾德中尚存。《學士年表》云，歐陽炯乾德三年八月以左散騎常侍拜。後蜀自孟氏稱號至宋太祖滅蜀，前後凡三十年，則炯撰序文時尚年少，而所作已入選。以是推之，其他諸人除溫飛卿、皇甫松外，其時代蓋可知矣。詞于唐代，不過為近體詩之附庸或變體而已，至五季始與詩分疆。蓋此種新樂府，經其時君臣肆力提倡後，已非昔比。其時所作均短調。前人謂五代時已有慢詞，則非探本之論也。

（一）唐莊宗錄〈陽臺夢〉一首：

薄羅衫子金泥縫，困纖腰怯銖衣重。笑迎移步小蘭叢，嚲金翹玉鳳。嬌多情脈脈，羞把同心撚弄。楚天雲雨卻相和，又入陽臺夢。

莊宗詞可考見者，僅〈憶仙姿〉〈一葉落〉〈歌頭〉及此首而已，均見《尊前集》。《北夢瑣言》亦云，〈一葉落〉〈歌頭〉〈陽臺夢〉，皆後唐莊宗所制。〈憶仙姿〉即〈如夢令〉。〈一葉落〉詞意婉約，當系自度曲。〈陽臺夢〉取末三字為調名，意境極似飛卿。至〈歌頭〉則分詠四季，頗似宋人大曲，殆系優人進御行樂之詞，未必為莊宗作也。五代君主之能詞者，《北夢瑣言》記蜀主衍有〈醉妝〉詞，《溫叟詩話》載蜀主孟昶有〈玉樓春〉詞，昔人均疑贗作，茲從略。

（二）**和凝**凝字成績，鄆州人。舉進士，仕後唐知制誥、翰林學士。晉天福中，拜中書侍郎。歸後漢後，拜太子太傅，封魯國公。事蹟詳新舊《唐書》本傳。有《紅葉稿》。錄〈何滿子〉一首：

寫得魚箋無限，其如花鎖春暉。目斷巫山雲雨，空教殘夢依依。卻愛薰香小鴨，羨他長在屏幃。

凝詞載《花間集》者凡二十首，《尊前集》者凡五首。《全唐詩》所錄二十五首，即據《花間》《尊前》言之。合以《歷代詩餘》所載〈解紅〉〈拋球樂〉二詞，共得二十七首（〈拋球樂〉與《尊前集》《花庵詞選》所錄之〈喜遷鶯〉，別見《陽春集》）。凝詞傳世者蓋盡於此矣。《詞綜》云，凝有《紅葉稿》。江山劉毓盤先生云，親見其書于秀水杜小舫家。然《宋史・藝文志》僅云有和凝《演論集》三十卷，《遊盤集》五十卷，《紅藥編》五卷，不云有《紅葉稿》。《紅藥編》至明代猶存，焦竑《國史經籍志》以之入制誥類，則非長短句可知。《詞綜》云，凝《紅葉稿》，《歷代詩餘》遂以為凝詞之稱。杜氏藏本既不傳，此疑終不能決矣。和氏在當時有『曲子相公』之稱。沈存中《夢溪筆談》卷十六云，和魯公凝有豔詞一編，名《香奩集》。凝後貴，乃嫁名為韓偓。今世傳韓偓《香奩集》，乃凝所為也。李沚《樂府記聞》所云略同。今觀凝所撰江城五支，為言情之祖，與《香奩》一集意境相近，沈存中所云當非無據也。

右五代凡二家。

（三）南唐嗣主錄〈浣溪沙〉一首。

菡萏香銷翠葉殘，西風愁起綠波間。還與韶光共憔悴，不堪看。　細雨夢回雞塞遠，小樓吹徹玉笙寒。多少淚珠無限恨，倚闌干。

中宗詞見於南詞本《南唐二主詞》者，僅〈應天長〉〈望遠行〉〈浣溪沙〉三首而已。《草堂詩餘》載〈浣溪沙〉二首，均題中主作。其實『一曲新詞酒一杯』闋乃晏殊詞，餘則『風壓輕雲貼水飛』一闋，氣弱亦不似他作，蓋誤題也。《南唐書》稱嗣主美容止，有文學。又云，王感化善謳歌，嗣主嘗乘醉命感化奏〈水調〉詞，感化唯歌『南朝天子愛風流』一句，如是數四，元宗輒悟。嘗作〈浣溪沙〉二闋，手寫賜之。是此詞乃賜樂部王感化而作。然讀其詞，低回掩抑，若不勝感傷者。一則曰『還與韶光共憔悴』，再則曰『風裡落花誰是主』，何哀慕之深耶！嗣主殆所謂傷心人歟？其頓挫空靈處，全在情景融洽，純用賦體而不用比興，此後人所不能學到者也。

（四）南唐後主錄〈浪淘沙〉一首：

簾外雨潺潺，春意闌珊。羅衾不耐五更寒。夢裡不知身是客，一晌貪歡。　獨自莫憑欄，無限江山。別時容易見時難。流水落花春去也，天上人間。

後主詞載南詞本《二主詞》，凡三十一首。見於《花庵詞選》《草堂詩餘》等書為南詞本未載者，亦得十首。如《翰府名談》所引之〈漁父〉二首，筆意凡近，不似後主詞，蓋偽作也。後主詞直抒胸臆，而復宛轉纏綿。〈破陣子〉之『垂淚對宮娥』，〈浪淘沙〉之『獨自莫憑欄』，此中情景，安得不以眼淚洗面？坡老謂其不能痛哭九廟，以謝黎民，直迂論耳。夫中主詞哀而不傷，若後主則近傷矣。處境各異，詞情亦別。《鐵圍山叢談》謂後主詞含思悽惋，洵確論也。

（五）馮延巳 延巳字正中，其先彭城人，唐末徙家新安。事南唐為左僕射、同平章事。有《陽春集》傳世。錄〈清平樂〉一首：

雨晴煙晚，綠水新池滿。雙燕飛來垂柳院，小閣畫簾高卷。　黃昏獨倚朱欄，西南初月眉彎。砌下落花風起，羅衣特地春寒。

正中詞極沉鬱之致，窮頓挫之妙，纏綿忠愛，與溫、韋相伯仲。其〈蝶戀花〉數章，情詞悱惻，宛然騷辨之義，如『日日花前常病酒，不辭鏡裡朱顏瘦』，又云『淚眼倚樓頻獨語，雙燕來時，陌上相逢否』。忠厚惻怛，藹然動人。如此用筆，則一切叫囂纖冶之失，自無從犯其筆端。此種境界，猶可于北宋大家晏、歐集中見之，清代詞家如納蘭成德、譚復堂、王半塘、莊中白諸君，所作雖亦雅近正中，讀之殊有貌合神離之感。此正中之所以千古獨絕者，明眼人當能辨之。正中他作，如〈菩薩蠻〉〈羅敷歌〉諸篇，溫厚亦如溫、韋。如『憑仗東流，將取離心過橘州』，又『殘日尚彎環，玉箏和淚彈』，又『玉露不成圓，寶箏悲斷弦』，又『紅燭淚闌干，翠屏煙浪寒』，又『雲雨已荒涼，江南春草長』，均極悽婉之致。其〈謁金門〉一首，據楊湜《古今詞話》，知為成幼文所作。幼文江南人，仕唐為大理卿。此詞世多傳為馮作，然《陽春集》不載，當是成作無疑。《陽春集》有侯刻《名家詞》本及《四印齋》刻本，然訛誤殊甚，未為佳本。今年夏，偶得趙梅泉星鳳閣鈔本，改正不少。余瓣香正中久矣，得此佳本，允為欣幸。

（六）張泌泌字子澄，江南人。仕南唐為內史舍人。隨後主歸宋，仍入史館，遷郎中。有集一卷。錄〈浣溪沙〉一首：

獨立寒階望月華，露濃香泛小庭花，繡屏愁倚一燈斜。雲雨自從分散後，人間無路到仙家，但憑魂夢訪天涯。

泌詞收入《花間集》者共二十七首。《全唐詩》據《花庵詞選》增入〈江城子〉一闋。然與前一闋俱見《陽春集》，未知究為誰作。其詞極幽豔纏綿之致。《古今詞話》謂泌以〈江城子〉二詞得名。且云其少時與鄰女浣衣善，後女別字，泌寄以詩云：『多情只有春庭月，猶為離人照落花。』則集中〈浣溪沙〉諸詞殆其本事詞矣。沈文慤賞泌『綠楊花撲一溪煙』為晚唐名句，然如『露濃香泛小庭花』諸句，其幽豔亦無多讓也。

右南唐人詞凡四家。

（七）韋莊　莊字端己，杜陵人。乾甯元年進士。入蜀，王建辟掌書記，累官吏部尚書。卒謚文靖。有《浣花集》十卷。錄〈浣溪沙〉一首：

夜夜相思更漏殘，傷心明月憑闌干，想君思我錦衾寒。咫尺畫堂深似海，憶來唯把舊書看，幾時攜手入長安。

韋端己詞見於《花間集》者凡四十八首，見於《尊前集》者五首，見於《草堂詩餘》者一首。〈應天長〉第一首，亦見《陽春集》。《宋志》載《浣花集》十卷，卷數與今世傳本同。《歷代詩餘·詞人姓氏》謂莊集有二十餘卷，殆誤記也。今莊集不附詞，其長歌如《秦婦吟》亦不載集中，知其散佚多矣。其詞似直而紆，似達而鬱。〈菩薩蠻〉四章，惓惓故國之思，與庾子《哀江南賦》可稱異曲同工。而意婉詞直，以視飛卿之芊麗動人者迥別，然消息正自相通。〈菩薩蠻〉云『未老莫還鄉，還鄉須斷腸』，又云『凝恨對斜暉，憶君君不知』，〈歸國遙〉云『別後只知相愧，淚珠難遠寄』，〈應天長〉云『夜夜綠窗風雨，斷腸君信否』，似皆留蜀後思鄉之作。《古今詞話》謂莊有寵人為王建強奪去，莊追念作〈荷葉杯〉〈小重山〉詞，情意淒怨，人相傳播。蔣氏《堯山堂外紀》並云莊姬聞之，不食死，不知何據。

（八）薛昭蘊昭蘊，前蜀侍郎。錄〈小重山〉一首：

春到長門春草青。玉階華露滴，月朧明。東風吹斷紫簫聲。宮漏促，簾外曉啼鶯。　愁極夢難成。紅妝流宿淚，不勝情。手挼裙帶繞花行。思君切，羅幌暗塵生。

昭蘊字里無考。《唐書·薛廷老傳》：『廷老子保遜子昭緯，乾寧中至禮部侍郎，性輕率，坐事貶磎州刺史。』《北夢瑣言》云：『唐薛澄州昭緯，恃才傲物，亦有父風。每入朝弄笏而行，旁若無人。好唱〈浣溪沙〉詞。』今《花間集》載薛詞共十九首，其中八首為〈浣溪沙〉詞。則昭蘊殆即昭緯矣。果爾，則昭蘊由唐入蜀，實與端己相類也。

（九）牛嶠嶠字松卿，一字延峰，隴西人。唐宰相僧孺後。乾符五年進士，歷官拾遺，補尚書郎。王建鎮蜀，辟為判官，後仕蜀為給事中。錄〈江城子〉一首：

鵁鶄飛起郡城東。碧江空，半灘風。越王宮殿，蘋葉藕花中。簾卷水樓魚浪起，千片雪，雨濛濛。

嶠詞收入《花間集》凡三十二首。其〔望江南〕二首，一詠燕，一詠鴛鴦，姜堯章謂是詠物而不滯於物者，詞家當法此。陸放翁謂其所作〔定西番〕為塞下曲，〔望江怨〕為閨中曲，是盛唐遺音；及讀其『翠娥愁，不抬頭』，『莫信彩箋書裡，賺人腸斷字』，又刻細似晚唐矣。以盛唐晚唐詩喻五代人詞，未免失之過泥。

（十）**毛文錫**文錫字平珪。唐進士，事蜀為翰林學士，遷內樞密使，歷文思殿大學士、司徒。錄〔醉花間〕一首：

深相憶，莫相憶，相憶情難極。銀漢是紅牆，一帶遙相隔。 金盤珠露滴，兩岸榆花白。風搖玉佩清，今夕為何夕。

毛氏詞收入《花間集》凡三十一首，合《尊前集》〔巫山一段雲〕一首計之，實得三十二首。葉石林謂『文錫詞以質直為情致，殊不知流於率露。諸人評庸陋詞者，必曰此仿毛文錫之〔贊成功〕而不及者。逮覽其全集，有〔巫山一段雲〕詞，細心微詣，直造蓬萊頂上』云云。實則〔巫山一段雲〕一詞亦率直無甚餘意，殊不如《古今詞話》所稱〔紗窗恨〕一詞為婉約可歌也。

（十一）**牛希濟**希濟，嶠兄子。仕蜀為御史中丞，後降於後唐。錄〔謁金門〕一首：

秋已暮，重疊關山歧路。嘶馬搖鞭何處去，曉禽霜滿樹。 夢斷禁城鐘鼓，淚滴枕檀無數。一點凝紅和薄霧，翠蛾愁不語。

希濟詞收入《花間集》者十一首，《詞林萬選》者凡三首，然《十國春秋》所云次牛嶠〔女冠子〕四闋不在內，未知其審。

（十二）**魏承班**承班字里無考，仕至太尉。錄〔玉樓春〕一首：

寂寂畫堂梁上燕，高卷翠簾橫數扇。一庭春色惱人來，滿地落花紅幾片。　愁倚錦屏低雪面，淚滴繡羅金縷線。好天涼月盡傷心，為是玉郎長不見。

承班詞《花間集》載十三首。《全唐詩》復從《尊前集》《花庵詞選》補六首，其〔菩薩蠻〕『羅裙薄薄秋波染』一首，諸本俱未載。魏氏詞頗有俊語，遜于薛昭蘊、牛嶠而高於毛文錫，亦一時作手也。

（十三）**尹鶚**鶚，成都人。事王衍為翰林校書，累官參卿。錄〔滿宮花〕一首：

月沉沉，人悄悄，一炷後庭香嫋。風流帝子不歸來，滿地禁花慵掃。　離恨多，相見少，何處醉迷三島。漏清宮樹子規啼，愁鎖碧窗春曉。

鶚詞收入《尊前集》者凡十一首。其〔金浮圖〕一闋多至九十四字，五代人詞除唐莊宗〔歌頭〕外，以此為最長。

（十四）**李珣**珣字德潤，先世本波斯人，王衍昭儀李舜絃兄也。為蜀秀才。錄〔定風波〕一首：

簾外煙和月滿庭，此時閑坐若為情。小閣擁爐殘酒醒，愁聽，寒風落葉一聲聲。　惟恨玉人芳信阻，雲雨，屏帷寂寞夢難成。斗轉更闌心杳杳，將曉，銀缸斜照綺琴橫。

『珣』，《花間集》明覆宋本作『洵』。《鑑戒錄》《茅亭客話》均稱珣本蜀名士，生波斯。《碧雞漫志》稱珣有《瓊瑤集》。其所舉〔倒排甘州〕〔河滿子〕〔長命女〕〔喝馱子〕諸詞，均不見《花間》《尊前》二集，則其散佚多矣。

右前蜀人詞凡八家。

（十五）**歐陽炯**炯，益州人。事孟知祥及昶，累官翰林學士，進侍郎、門下同平章事。後歸宋。錄〈鳳樓春〉一首：

鳳髻綠雲叢，深掩房櫳。錦書通，夢中相見覺來慵。匀面淚，臉珠融。因想玉郎何處去，對淑景誰同。小樓中，春思無窮。倚闌凝望，暗牽愁緒，柳花飛趁東風。斜日照簾櫳，羅幌香冷粉屏空。海棠零落，鶯語殘紅。

炯即首敘《花間集》者。每言愁苦之音易好，歡愉之語難工。然其所為詞，大抵婉約輕和，不欲強作愁思，讀上舉〈鳳樓春〉詞可知。炯詞悉載《尊前》《花間》二集。《全唐詩》收『柳枝軟碧搖煙』一首，則系和凝作，非炯詞也。炯弟彬亦善詞，有〈生查子〉一首，載《尊前集》。

（十六）**顧敻**敻字里不傳。前蜀時官刺史，後事孟知祥，累遷至太尉。錄〈訴衷情〉一首：

永夜拋人何處去，絕來音。香閣掩，眉斂月將沈。爭忍不相尋，怨孤衾。換我心，為你心，始知相憶深。

顧詞載《花間集》凡五十五首，其詞境在牛給事、毛司徒間。〈浣溪沙〉『春色迷人』一闋，亦見《陽春集》。與〈河傳〉及上舉〈訴衷情〉詞，當為敻之佳什。其〈醉公子〉二闋，其一道本事，其一似秋閨，有『衰柳數聲蟬，魂銷似去年』句，頗清麗可誦。

（十七）**鹿虔扆**虔扆事孟昶為永泰軍節度使，進檢校太尉，加太保。錄〈臨江仙〉一闋：

金鎖重門荒苑靜，倚窗愁對秋空。翠華一去寂無蹤。玉樓歌吹，聲斷已隨風。煙月不知人事改，夜闌還照深宮。藕花相向野塘中。暗傷亡國，清露泣香紅。

鹿詞收入《花間集》者，僅六首，在五代諸家中為最少。《十國春秋》稱其工小詞，與歐陽炯、韓琮、閻選、毛文錫同為後主供奉。其〈思越人〉詞有『雙帶繡窠盤錦薦，淚侵花暗香消』句，詞家推為絕唱。《樂府紀聞》謂其國亡不仕，詞多感慨之音，則指〈臨江仙〉一調言之。然《花間集》輯於蜀廣政間，首載此詞。此時後蜀未亡，若云傷前蜀，則虔扆固仕於昶矣。《紀聞》之言，實無所據。倪雲林稱鹿公高節，偶爾寄情倚聲，而曲折盡變，有無限感慨淋漓處，則又衍《紀聞》之說為之矣。

（十八）閻選 選字里無考，《花間集》但稱閻處士。錄〈臨江仙〉一首：

十二高峰天外寒，竹梢輕拂仙壇。寶衣行雨在雲端。畫簾深殿，香霧冷風殘。欲問楚王何處去，翠屏猶掩金鸞。猿啼明月照空灘。孤舟行客，驚夢亦艱難。

選詞收入《花間》《尊前》二集僅十首。惟〈臨江仙〉二詞，有軒翥之意，餘無足稱。

（十九）毛熙震 熙震官秘書監。錄〈菩薩蠻〉一首：

梨花滿院飄香雪。高樓夜靜風箏咽。斜月照簾帷。憶君和夢稀。　小窗燈影背。燕語驚愁態。屏掩斷香飛。行雲山外歸。

熙震詞收入《花間集》凡二十九首。周密《齊東野語》稱其詞新警而不為儇薄。今觀其〈後庭花〉云：『傷心一片如珪月，閑鎖宮闕。』〈清平樂〉云：『正是銷魂時候，東風滿院花飛。』〈南歌子〉云：『嬌羞愛問曲中名，楊柳杏花時候幾多情。』均清麗可喜，則草窗之論良是。

右後蜀凡五家。

（二十）**孫光憲**光憲字孟文。陜州人。游荊南，高從誨署為從事，仕南平，累官檢校秘書。後入宋。宋太祖授以黃州刺史，即卒。有《荊台》《筆傭》《橘齋》《鞏湖》諸集。錄〈浣溪沙〉一首：

蓼岸風多橘柚香，江邊一望楚天長，片帆煙際閃孤光。　目送征鴻飛杳杳，思隨流水去茫茫，蘭江波碧憶瀟湘。

《花庵》稱孟文『一庭花雨濕春愁』為佳句，然其佳句不止此。如〈清平樂〉云：『掩鏡無語眉低，思隨芳草淒淒。』〈菩薩蠻〉云：『碧煙輕嫋嫋，紅戰燈花笑。』〈思越人〉云：『渚蓮枯，宮樹老，長洲廢苑蕭條。想像玉人空處所，月明獨上溪橋。』均極婉麗俊逸之致，非毛文錫輩所可及也。其詞悉見《花間》《尊前》二集，共八十四首。江山劉君稱費文恪公家有宋本《荊台傭稿》□冊，然冊中無有出《花間》《尊前》外者，疑所記非實也。

右南平一家。

第三章　宋人詞概上

言詞者必曰詞至北宋而大，至南宋而精。然南北之分，亦至難言。如周紫芝、王安中、向子諲、葉夢得輩，皆生於北宋而沒於南宋者。自來以周、王屬北，向、葉屬南，只以得名之遲早而已。茲之所論，一遵斯例。蓋混而不分，無以明流變。如約略言之，為立一界限，固無害乎史例也。宋人論北宋人詞最詳贍者，莫如王灼《碧雞漫志》。其言曰：

王荊公長短句不多，合繩墨處自雍容奇特。晏元獻公、歐陽文忠公風流蘊藉，一時莫及，而溫潤秀潔，亦無其比。東坡先生以文章餘事作詩，溢而作詞曲，高處出神入天，平處尚臨鏡笑春，不顧儕輩。或曰長短句中詩也。為此論者，乃是遭柳永野狐涎之毒。詩與樂府同出，豈當分異？若從柳氏家法，正自不分異耳。晁無咎、黃魯直皆學東坡，韻制得七八。黃晚年閑放於狹邪，故有少疏蕩處。後來學東坡者，葉少蘊、蒲大受亦得六七，其才力比晁、黃差劣。蘇在庭、石耆翁入東坡之門矣，短氣跼步，不能進也。趙德麟、李方叔皆東坡客，其氣味殊不近，趙婉而李俊，各有所長。晚年皆荒醉汝潁京洛間，時時出滑稽語。賀方回、周美成、晏叔原、僧仲殊各盡其才力，自成一家。賀、周語意精新，用心甚苦。毛澤民、黃載萬次之。叔原如金陵王謝子弟，秀氣勝韻，得之天然，將不可學。仲殊次之，殊之贍，晏反不逮也。張子野、秦少游俊逸精妙。少游屢困京洛，故疏蕩之風不除。陳無己所作數十首，號曰語業，妙處如其詩，但用意太深，有時僻澀。陳去非、徐師川、蘇養直、呂居仁、韓子蒼、朱希真、陳子高、洪覺範，佳處亦各如其詩。王輔道、履道善作一種俊語，其失在輕浮。輔道誇捷敏，故或有不縝密。李漢老富麗而韻平平。舒通道、李元膺思致妍密，要是波瀾小。謝無逸字字求工，不敢輒下一語，如刻削通草人，都無筋骨，要是力不足。然則獨無逸乎？曰：類多有之，此最著者爾。宗室中，明發、伯山久從汝洛名士游，下筆有逸韻，雖未能一一盡奇，比國賢、聖褒則過之。王逐客才豪，其新麗處與輕狂處皆足驚人。沈公述、李景元、孔方平、處度叔侄、晁次膺、万俟雅言皆有佳句，就中雅言又絕出。然六人者，源流從柳氏來，病於無韻。……次膺亦間作側豔。田不伐才思與雅言抗行，不聞有側豔。田中行極能寫人意中事，雜以鄙俚，曲盡要妙，當在万俟雅言之右，然莊語輒不佳。……

其後李清照亦為論，評議當代人詞。

逮至本朝，禮樂文武大備。又涵養百餘年，始有柳屯田永者，變舊聲作新聲，出《樂章集》，大得聲稱於世。雖協音律，而詞語塵下。又有張子野、宋子京兄弟，熙豐而降，晁次膺輩繼出，雖時時有妙語，而破碎何足名家。至晏元獻、歐陽永叔、蘇子瞻及魏夫人作為小歌詞，直如酌蠡水于大海，然皆句讀不葺之詩爾。少後，晏叔原、賀方回、秦少游、黃魯直出。晏苦無鋪敘。賀苦少典重。秦即專主情致而少故實，譬如貧家美女，非不妍麗而終乏富貴。黃即尚故實而多疵病，如良玉有瑕，價自減半矣。（以上引見《苕溪漁隱叢話》）

雖多中肯語，然微傷尖刻。平心論之，北宋詞人繼往開來，影響於當時者，以晏、歐、柳、張、賀、蘇、兩晁、秦、周為最。一嘗試論之：承正中之緒為晏、歐，肇慢詞之祖為柳永，具溫、韋之遺為張先，洗綺羅之習為蘇軾，得騷雅之意為賀鑄，以質直見長為兩晁，開婉約之風為秦觀，集古今之大成、歷百世而不祧者，則惟清真能當之無愧色。

此外則『城上風光』，希聖之俊語堪傳。

錢惟演，字希聖，吳越王俶子。歸宋仕至崇聖軍節度使。有〔玉樓春〕一首：

城上風光鶯語亂，城下煙波春拍岸。綠楊芳草幾時休，淚眼愁腸先已斷。　情懷漸覺成衰晚，鸞鏡朱顔驚暗換。昔年多病厭芳樽，今日芳樽惟恐淺。

『天際征鴻』，元之之牢愁獨絕。

王禹偁，字元之，鉅野人。入翰林為學士，出守黃州，徙蘄州。有〈點絳唇〉一首：

雨恨雲愁，江南依舊稱佳麗。水村漁市，一縷孤煙細。　天際征鴻，遥認行如綴。平生事，此時凝睇，誰會憑欄意。

尚書紅杏。

宋祁，字子京，安陸人。官至知制誥、工部尚書、翰林學士。有〈玉樓春〉一首：

東城漸覺風光好，縠皺波紋迎客棹。綠楊煙外曉寒輕，紅杏枝頭春意鬧。　浮生長恨歡娱少，肯愛千金輕一笑。為君持酒勸斜陽，且向花間留晚照。

學士華桐。

聶冠卿，字長孺，新安人。慶曆中入翰林為學士。有〈多麗〉一首：

想人生，美景良辰堪惜。向其間、賞心樂事，古來難是並得。況東城、鳳臺沁苑，泛清波、淺照金碧。露洗華桐，煙霏絲柳，綠陰摇曳，蕩春一色。畫堂迥，玉簪瓊佩，高會盡詞客。清歌久，重然絳蠟，別就瑤席。有飄若驚鴻體態，暮為行雨標格。逞朱唇、緩歌妖麗，似聽流鶯亂花隔。慢舞縈回，嬌鬟低嚲，腰肢纖細困無力。忍分散、彩雲歸後，何處更尋覓。休辭醉，明月好花，莫漫輕擲。

蓋力非專詣，或僅工片言，要非諸家之敵也，茲略而不論。

（一）宋徽宗錄〈聲聲慢〉一首：

欺寒沖暖，占早爭春，江梅已破南枝。向晚陰凝，偏宜映月臨池。天然瑩肌秀骨，笑等閒、桃李芳菲。勞夢想，似玉人羞懶，弄粉妝遲。長記行歌聲斷，猶堪恨無情，塞管頻吹。寄遠丁寧，折贈隴首相思。前村夜雪裡，殢東君、須索饒伊。爛漫也，算百花、猶自未知。

此思陵詠梅詞也。見《樂府雅詞・拾遺》上。思陵以天縱之才，處斷續之交，其境遇視李後主猶不及焉。此詞雍容華貴，蓋作于宣和全盛之日。御筵觀燈，千門張火，大晟府廣制新聲，衆詞臣共慶令節，何其盛也。曾幾何時，亳州寫和淚之吟，燕山興瓊樓之感。千載之下，讀之猶有餘痛。《燼餘錄》云『徽宗北狩後，賦〈燕山亭〉《杏花》一闋，哀情哽咽，令人不忍多聽』云云，蓋記實也。

（二）晏殊殊字同叔，臨川人。官至樞密使。謚元獻。有《珠玉集》一卷、《晏元獻遺文》一卷。錄〈踏莎行〉二首：

碧海無波，瑤台有路。思量便合雙飛去。當時輕別意中人，山長水遠知何處。綺席凝塵，香閨掩霧。紅箋小字憑誰附。高樓目盡欲黃昏，梧桐葉上瀟瀟雨。

小徑紅稀，芳郊綠遍。高臺樹色陰陰見。春風不解禁楊花，濛濛亂撲行人面。翠葉藏鶯，朱簾隔燕。爐香靜逐遊絲轉。一場愁夢酒醒時，斜陽卻照深深院。

北宋人詞類皆祖述二主，瓣香正中。同叔去古未遠，馨烈所扇，得之最先。劉攽《中山詩話》謂元獻尤喜馮延巳詞，其所自作，亦不減延巳。此言甚是。然細閱全詞，其幽咽處實非延巳所能及。如〔清平樂〕云『雙燕歸來時節，銀屏昨夜微寒』，〔蝶戀花〕云『昨夜西風凋碧樹，獨上高樓，望盡天涯路』，〔浣溪沙〕云『滿目山河空念遠，落花風雨更傷春』，無限感慨，於有意無意間出之，此元獻特有之境界也。至晁無咎評元獻詞，謂其不蹈襲人語而風調閒雅，如『舞低楊柳樓心月，歌盡桃花扇底風』，則誤以小晏〔鷓鴣天〕詞為元獻作矣。

（三）范仲淹 仲淹字希文，吳縣人。大中祥符八年進士。仕至樞密副使、參知政事，卒贈兵部尚書、楚國公，謚文正。有《文正公集》。錄〔蘇幕遮〕一首：

碧雲天，黃葉地。秋色連波，波上寒煙翠。山映斜陽天接水。芳草無情，更在斜陽外。

黯鄉魂，追旅思。夜夜除非，好夢留人睡。明月樓高休獨倚。酒入愁腸，化作相思淚。

此文正經略西陲時有感而作也。文正尚有〔漁家傲〕《秋思》一闋，有『千嶂裡，長煙落日孤城閉』句，精警無匹，與此闋可稱異曲同工。今所傳元本《范文正集》皆無詩餘，歲寒堂本補編附錄〔憶王孫〕〔蘇幕遮〕〔漁家傲〕〔御街行〕各一闋，而《中吳紀聞》引〔剔銀燈〕，《敬齋古今黈》引〔定風波〕，俱不在內。蓋補編所載者均從《花庵詞選》《草堂詩餘》輯出，非全帙也。文正詞旨蒼涼，多道邊鎮之苦。惟〔御街行〕云：『紛紛墜葉飄香砌，夜寂靜，寒聲碎。真珠簾卷玉樓空，天淡銀河垂地。年年今夜，月華如練，長是人千里。　愁腸已斷無由醉，酒未到，先成淚。殘燈明滅枕頭攲，諳盡孤眠滋味。都來此事，眉間心上，無計相回避。』此詞頗有風致。與韓琦〔點絳唇〕、司馬光〔西江月〕，昔人歎為『人非太上，未免有情』，誠非偶然也。

（四）**歐陽修**修字永叔，廬陵人。歷官禮部侍郎，兼翰林侍讀學士，拜樞密副使、參知政事，以太子少師致仕。卒謚文忠。有《文忠公集》，附長短句三卷。錄〔少年游〕一首：

闌干十二獨憑春，晴碧遠連雲。千里萬里，二月三月，行色苦愁人。　謝家池上，江淹浦畔，吟魄與離魂。那堪疏雨滴黄昏。更特地、憶王孫。

永叔詞今傳世者有二本。一曰宋吉州本《歐陽文忠公近體樂府》，凡三卷，附吉州本《文忠公集》。汲古閣本《六一詞》即從之出，已併為一卷矣。二曰《醉翁琴趣外篇》，凡六卷。以《山谷琴趣外篇》刊工體勢觀之，乃宋南渡後閩中書肆所編。徐釚《詞苑叢談》卷十云『近有《醉翁琴趣外篇》六卷，鄙褻之語往往而是，前題東坡序八九語，詞氣卑陋，不類坡作』云云，是清初人已及見之〔雙照樓影刻本卷首並無蘇序〕。今以《琴趣》本與《近體樂府》校，《樂府》本二百一闋，《琴趣》本二百三闋，為數雖略相稱，然內容乃絕異。諸詞兩本俱有者僅百十一闋，《樂府》本有而《琴趣》失載者八十八闋，反之《琴趣》本有而《樂府》本無者百十六闋。合兩本去其重複，共得三百十五闋。此南渡後所傳歐詞之總數也。然吉州本《文忠公集》羅泌跋及蔡絛《西清詩話》均言歐詞有劉輝偽作羼入。《名臣言行錄》且云：『修知貢舉，為下第舉子劉輝等所忌，以〔醉蓬萊〕〔望江南〕誣之。』今集中各詞除《琴趣》本所載〔醉蓬萊〕〔望江南〕外，何者為劉作，固不可確知。然如〔歸自謠〕〔阮郎歸〕〔蝶戀花〕與馮延巳《陽春集》互見，〔應天長〕與《花間集》互見，其他各闋亦有與張先、柳永所作互見者。凡諸家互見之作，在當時必最為盛行，如後人欲據以一一考定，勢必流於武斷，吾人於此惟有過而存之而已。歐詞馨香幽逸，在北宋中葉詞人中最為出色。寫眼前景物，抒眼前情緒，不假雕繢，不事堆垛。清麗處沁人心脾，幽咽處動人魂魄。其中〈蝶戀花〉諸作尤為傑構，如云『梨葉初紅蟬韻歇。銀漢風高，玉管聲淒切。枕簟乍涼銅漏徹，誰教社燕輕離別』；又云『獨倚危樓風細細，望極離愁，黯黯生天際。草色煙光殘照裡，無人會得憑欄意』；又云『畫閣歸來春又晚，燕子雙飛，柳軟桃花淺。細雨滿天風滿院，愁眉斂盡無人見』；又云『遙夜亭皋閑信步，乍過清明，漸覺傷春暮。數點雨聲風約住，朦朧淡月雲來去』。此種境界，豈宣和以後人所能到？其中消息，非細細咀嚼後不能知也。《京本時賢曲子集》云：『公小詞尤膾炙人口。有十二月詞，調寄〈漁家傲〉。』鼓子詞未知果公作否。昔人謂鼓子詞肇于趙德麟〈商調蝶戀花〉，據楊元素所記，則歐公時已有之，且已盛行矣。

（五）**晏幾道**幾道字叔原，殊幼子。監潁川許田鎮。有《小山詞》一卷。錄〈臨江仙〉一首：

夢後樓臺高鎖，酒醒簾幕低垂。去年春恨卻來時。落花人獨立，微雨燕雙飛。記得小蘋初見，兩重心字羅衣。琵琶弦上說相思。當時明月在，曾照彩雲歸。

案，小山此詞，乃追憶歡遇而作。今本小山詞跋云『始時沈十二廉叔、陳十君寵家有蓮、鴻、蘋、雲，品清謳娛客。每得一解，即以草授之，吾三人持酒聽之，為一笑樂。已而君寵疾廢臥家，廉叔下世。昔之狂篇醉句，遂與兩家歌兒俱流轉人間』云云。此序語氣乃小山自撰，則此詞當是追憶蘋、雲矣。故一則曰『記得小蘋初見』，再則曰『曾照彩雲歸』。別有〈玉樓春〉詞，亦有『小蘋若解愁春暮』『小蓮未解論心素』之句，均可證也。小山詞黃山谷評之云：『叔原樂府寓以詩人句法，精壯頓挫，能動搖人心，合者《高唐》《洛神》之流，下者亦不減《桃葉》《團扇》。』

最為確論。如〔蝶戀花〕云『日日露荷凋綠扇，粉塘煙水澄如練』，〔菩薩蠻〕云『香在去年衣，魚箋音信稀』，〔玉樓春〕云『碧樓簾影不遮愁，還似去年今日意』，〔清平樂〕云『醉弄影娥池水，短簫吹落殘梅』，曲折幽婉，淺處皆深，其高處直逼《花間》，睨視正中。他如〔六幺令〕三首，乃令中較長者，幽咽婉麗，開慢詞之先聲。詞曰：『雪殘風信，悠颺春消息。天涯倚樓新恨，楊柳幾絲碧。還是南雲雁少，錦字無端的。寶釵瑤席。彩弦聲裡，拚作尊前未歸客。遙想疏梅此際，月底香英坼。別後誰繞前溪，手揀繁枝摘。莫道傷高念遠，付與臨風笛。盡堪愁寂。花時往事，更有多情個人憶。』風流灑脫，餘子不能及也。小山詞本名《樂府補亡》。自序云：『《補亡》一編，補樂府之亡也。浮沉酒中，作五七言語，期以自娛。已巳七月，為高平公綴輯成篇。』據此似此集乃叔原手編。宋人書中所引小山詞，罕有出集外者，職是故也。

（六）**張先**先字子野，吳興人。為都官郎中。有《張子野詞》二卷。錄〔漁家傲〕一首：

巴子城頭青草暮，巴山重疊相逢處。燕子占巢花脫樹。杯且舉，瞿塘水闊舟難渡。天外吳門清霅路，君家正在吳門住。贈我柳枝情幾許。春滿縷，為君將入江南去。

王明清《玉照新志》卷一云：『本朝有兩張先，皆字子野。一則樞密副使遜之孫，與歐陽文忠同在洛陽幕府。一乃與東坡先生游，東坡推為前輩，詩中所謂「詩人老去鶯鶯在，公子歸來燕燕忙」，能為樂府，號「張三影」者。』此即號張三影之張子野也。子野詞傳世有三本。一曰乾隆間安邑葛鳴陽輯刻之《安陸集》，附詞凡六十八首。一曰侯亦國刻《十名家詞》本。三曰鮑廷博校刻本，此本刊入《知不足齋叢書》，《彊村叢書》本從之出，凡二卷。原出菉斐齋鈔本，詞共一百六首。鮑氏謂其區分宮調，猶屬宋時編次，其說至確。以與侯本詳校，去其重複，又得六十三首。又從《花庵詞選》得二首，《梅苑》得一首，《草堂詩餘》得五首（中〔滿庭芳〕一首實乃淮海詞），《花草粹編》得五首，《西湖志》得一首，次為補遺二卷。共得詞百八十四首。此傳世張詞之確數也。然余檢《永樂大典》，見寄字韻引子野詞三首，均他本所未見。其中〔塞垣春〕一首尤勝，詞曰：『野樹秋聲滿，對雨壁、風燈亂。雲低翠帳，煙銷素被，簽動重幔。甚客懷先自無消遣，更籬落秋蟲歎。歎樊川風流減。舊歡難得重見。停酒說揚州，平山月、應照棋觀。綠綺為誰彈，空傳廣陵散。但光紗短帽，窄袖輕衫，猶記竹西庭院。老鶴何時去，認瓊花一面。』詞境與子野酷似，確為子野作無疑。《大典》所引乃宋時又一刻本，其本與鮑本異源，故有出鮑本外者，非誤引也。子野詞李端叔謂其才不足而情有餘。晁無咎謂子野韻高，是柳耆卿所乏處。實則子野詞已經宛似美成，如〔山亭宴〕云『落花蕩漾愁空樹，曉山靜、數聲杜宇。天意送芳菲，正黯淡疏煙淡雨』，〔木蘭花〕云『行雲去後遙山暝，已放笙歌池院靜。中庭月色正清明，無數楊花過無影』，〔醉垂鞭〕云『朱粉不深勻，閑花淡淡春』，又云『昨日亂山昏，來時衣上雲』。蓋子野上結晏歐之局，下開秦周之風，以婉約含蓄為勝，別具一種風格，非初學者所易到也。

（七）**柳永** 永字耆卿，初名三變，崇安人。官屯田員外郎。有《樂章集》三卷。錄〔卜算子慢〕一首：

江楓漸老，汀蕙半凋，滿目敗紅衰翠。楚客登臨，正是暮秋天氣。引疏砧、斷續殘陽裡。對晚景，傷懷念遠，新愁舊恨相繼。　脈脈人千里。念兩處風情，萬重煙水。雨歇天高，望斷翠峰十二。盡無言、誰會憑高意。縱寫得離腸萬種，奈歸鴻誰寄。

北宋時詞名之盛，無有過於耆卿者。葉夢得《避暑錄話》云：『嘗見一西夏歸朝官云，凡有井水處，即能歌柳詞。』《錢塘遺事》云：『孫何帥錢塘，柳耆卿作〈望海潮〉詞贈之，有「三秋桂子，十里荷香」之句。此詞流播，金主亮聞之，欣然起投鞭渡江之志。』《高麗史·樂志》錄樂曲數十闋而柳詞占其三，其歌曲流播之廣可知。柳詞長處，全在寫景之工，言情之厚。胸中侘傺無聊之氣，無不細細寫出。曲處能直，密處能疏，夐處能平，狀難狀之景，達難達之情，而出之于自然，無叫囂粗魯之病，自是北宋巨擘。如〈雨霖鈴〉云：『寒蟬淒切，對長亭晚，驟雨初歇。都門帳飲無緒。方留戀處，蘭舟催發。執手相看淚眼，竟無語凝噎。念去去、千里煙波，暮靄沉沉楚天闊。　多情自古傷離別，更那堪、冷落清秋節。今宵酒醒何處，楊柳岸、曉風殘月。此去經年，應是良辰好景虛設。便縱有千種風情，更與何人說。』〈夜半樂〉下疊云：『到此因念，繡閣輕拋，浪萍難駐。歎後約丁寧竟何據。慘離懷、空恨歲晚歸期阻。凝淚眼、杳杳神京路。斷鴻聲遠長天暮。』〈玉蝴蝶〉云：『水風輕、蘋花漸老，月露冷、梧葉飄黃。遣情傷。故人何在，煙水茫茫。』羈旅行役之苦，無不躍然紙上，不假色澤，不事雕繢。此千古獨有之境界，惟柳氏乃能當之。至〈八聲甘州〉云：『對瀟瀟暮雨灑江天，一番洗清秋。漸霜風淒緊，關河冷落，殘照當樓。是處紅衰翠減，苒苒物華休。唯有長江水，無語東流。　不忍登高臨遠，望故鄉渺邈，歸思難收。歎年來蹤跡，何事苦淹留。想佳人，妝樓長望，誤幾回、天際識歸舟。爭知我，倚欄杆處，正恁凝愁。』其中『漸霜風淒緊』句，蘇東坡謂於詩句不減唐人高處，蓋其淒警幽咽讀之令人黯然神傷，其感人之深，非尋常淺語可及。《後山詩話》云：『柳三變遊東都南北二卷，作新樂府，天下詠之，遂傳禁中。仁宗頗好其詞，每對宴必使侍從歌之。』《藝苑雌黃》云：『柳喜作小詞，薄於操行。當時有薦其才者，上曰：「得非填詞柳三變乎？」曰：「然。」上曰：「且去填詞。」由是不得志，日與儇子縱遊倡館酒樓間，無復檢率，自稱云「奉聖旨填詞柳三變」。』《獨醒雜誌》云：『柳耆卿風流俊邁，聞于一時。既死，葬于棗陽縣花山。遠近之人，每遇清明日，多載酒肴飲於耆卿墓側，謂之吊柳會。』說與《歲時廣記》引《古今詞話》略同。明人撰《風流塚》雜劇，亦即本此。故集中流聲伎之作為多。除上節外，如〈引駕行〉云：『幾許。秦樓永晝，謝閣連宵奇遇。算贈笑千金，酬歌百琲，盡成輕負。』〈彩雲歸〉云：『別來最苦，襟袖依約，尚有餘香。算得伊、鴛衾鳳枕，夜永爭不思量。牽情處，惟有臨歧一句難忘。』〈御街行〉云：『朦朧暗想如花面，欲夢還驚斷。和衣擁被不成眠，一枕萬回千轉。惟有畫樑新來雙燕，徹曙聞長歎。』雖系遊冶之什，亦皆溫柔沉著，絕不似郭頻伽輩專以挑撻輕率見長也。蓋柳氏生當汴宋全盛時，得悠閒肆力歌曲。首創慢詞，下開二晁、清真先聲。黃裳《演山集》卷三十五《書樂章集後》評之曰『予觀柳氏樂章，喜其能道嘉祐中太平氣象，如觀杜甫詩，典雅文華，無所不有。是時予方為兒，猶想見其風俗，歡聲和氣，洋溢道路之間，動植咸若。今人歌柳詞，聞其聲，聽其詞，如丁斯時，使人慨然有感』云云，斯言蓋得之矣。

（八）**賀鑄**　鑄字方回，衛州人。元祐中通判泗州，又倅太平。退居吳下，自號慶湖遺老。有《東山寓聲樂府》二卷。錄〈柳色黃〉一首：

薄雨收寒，斜照弄晴，春意空闊。長亭柳色才黃，倚馬何人先折。煙橫水漫，映帶幾點歸鴻，平沙消盡龍沙雪。猶記出關來，恰而今時節。　將發，畫樓芳酒，紅淚清歌，頓成輕別。回首經年，杳杳音塵都絕。欲知方寸，共有幾許閒愁，芭蕉不展丁香結。憔悴一天涯，兩厭厭風月。

又錄〔橫塘路〕一首：

淩波不過橫塘路，但目送、芳塵去。錦瑟華年誰與度。月橋花院，瑣窗朱戶。只有春知處。　碧雲冉冉蘅皋暮，彩筆新題斷腸句。若問閒情都幾許。一川煙草，滿城風絮，梅子黃時雨。

鑄嘗為武弁，元祐中通判泗州，又倅太平州。退居吳下，築室橫塘，自號慶湖遺老。葉夢得為作傳，見《建康集》。略云：『長七尺，眉目聳拔，面鐵色。喜劇談當世事，可否不略少假借。雖貴要權傾一時，小不中意，極口詆之無遺詞，故人以為近俠。自裒其所為詞名《東山樂府》。』《直齋書錄》著錄《東山寓聲樂府》三卷，解題云：『以舊譜填新詞而別為名以易之，故曰寓聲。』案：寓聲者云，摘詞中二字或三字別創調名，今武進陶氏影刻宋本《東山詞》上卷尚存其跡。例如最有名之『梅子黃時雨』一闋，本〔青玉案〕舊調，今本標題〔橫塘路〕，以首句『淩波不過橫塘路』命名也。其他如〔滿庭芳〕作〔瀟湘夜雨〕，〔定風波〕作〔卷春空〕，〔木蘭花〕作〔呈纖手〕，〔一落索〕作〔窗下繡〕皆是。後此張輯之《東澤綺語債》，即仿此例為之。原書中下二卷並缺，上卷亦有漫滅處。汲古毛氏得之較遲，故未刻入《六十名家詞》中。其本後歸常熟瞿氏，今

《彊村叢書》本是也。同時侯氏亦園亦得一本，篇數與編次皆與瞿本同，刻入《十名家詞》中。惟調名多改用原名，非復原本之舊矣。道光間錢塘王迪惠庵得知不足齋手鈔校本二種。其一與侯本同；其一已失其原次矣，分為二卷。同侯本者僅八首，惠庵合三本編之，共得二百四十五首。四印齋王氏刻《東山詞續補》據之。此外鮑鈔二卷本唐棲勞氏錄有副冊，近人吳伯宛復于勞鈔外別輯補遺一卷，彊村並據以附刻瞿本後。兩本中複見之詞甚多，不復校芟，蓋存真也。賀詞《寓聲樂府》中下卷，世恐無傳本。則彊村所刻三本，終當為首選矣。賀詞宋時張文潛評之曰：『方回樂府，妙絕一世。盛麗如游金張之堂，妖冶如攬嬙施之袪，幽索如屈宋，悲壯如蘇李。』此數語蓋盡之矣。今觀集中如〈望湘人〉云：『厭鶯聲到枕，花氣動簾，醉魂愁夢相半。被惜餘薰，帶驚剩眼。幾許傷春春晚。淚竹痕鮮，佩蘭香老，湘天濃暖。記小江、風月佳時，屢約非煙遊伴。　須信鸞弦易斷。奈雲和再鼓，曲終人遠。認羅襪無蹤，舊處弄波清淺。青翰棹艤，白蘋洲畔。盡目臨皋飛觀。不解寄、一字相思，幸有歸來雙燕。』此所謂幽索如屈宋也。〈行路難〉（即〈小梅花〉）云：『縛虎手，懸河口，車如雞棲馬如狗。白綸巾，撲黃塵，不知我輩可是蓬蒿人。衰蘭送客咸陽道，天若有情天亦老。作雷顛，不論錢，誰問旗亭美酒斗十千。　酌大斗，更為壽，青鬢長青古無有。笑嫣然，舞翩然，當壚秦女、十五語如弦。遺音能記秋風曲，事去千年猶恨促。攬流光，系扶桑，爭奈愁來一日卻為長。』此所謂悲壯如蘇李也。〈東吳樂〉云：『勝遊地。信東吳絕景饒佳麗。平湖底，見層嵐，涼月下，聞清吹。人如穠李。泛金袂、香潤蘋風起。喜淩波、素襪逢迎，領略當歌深意。　鄂君被，雙鴛綺。垂楊陰，夷猶畫舸相艤。寶瑟弦調，明珠佩委。

回首碧雲千里。歸鴻後、芳音誰寄。念懷縣、青鬢今無幾。枉分將、鏡裡華年，付與樓前流水。』此所謂盛麗也。〈踏莎行〉云：『急雨收春，斜風約水，浮紅漲綠魚文起。年年遊子惜餘春，春歸不解招遊子。　留恨城隅，關情紙尾。闌干長對西曛倚。鴛鴦俱是白頭時，江南渭北三千里。』此所謂妖冶也。餘如〈訴衷情〉云『秦山險，楚山蒼，更斜陽。畫橋流水，曾見扁舟，幾度劉郎』，〈御街行〉云『更逢何物可忘憂，為謝江南芳草。斷橋孤驛，冷雲黃葉，想見長安道』，〈下水船〉云『燈火虹橋，誰尋弄波微步』，俱沉鬱可法。張炎《詞源》云：『賀方回、吳夢窗皆善於煉字面者，多於李長吉、溫庭筠詩中來。』誠確論也。

（九）秦觀　觀字少游，一字太虛，高郵人。舉進士，蘇軾薦於朝，除秘書省正字，兼國史院編修。坐黨籍遣戍，後放還，至滕州卒。有《淮海詞》三卷。錄〈滿庭芳〉一首：

山抹微雲，天粘衰草，畫角聲斷譙門。暫停征棹，聊共引離尊。多少蓬萊舊事，空回首、煙靄紛紛。斜陽外，寒鴉萬點，流水繞孤村。　消魂。當此際，香囊暗解，羅帶輕分。漫贏得青樓，薄幸名存。此去何時見也，襟袖上、空染啼痕。傷情處，高城望斷，燈火已黃昏。

《苕溪漁隱叢話》引《藝苑雌黃》云：『程公辟守會稽，少游客焉，館之蓬萊閣。一日席上有所悅，自爾眷眷不能忘情，因賦長短句。所謂「多少蓬萊舊事，空回首、煙靄紛紛」，極為東坡所稱道，取其首句呼之為山抹微雲君。』《能改齋漫錄》云：『杭之西湖有一倅，閑唱少游〈滿庭芳〉，偶然誤舉一韻「畫角聲斷斜陽」。一妓為改陽字韻云：「山抹微雲，天連衰草，畫角聲斷斜陽。暫停征轡，聊共飲離觴。多少蓬萊舊侶，空回首、煙靄茫茫。孤村裡，寒鴉萬點，流水繞空牆。　魂傷。當此際，輕分羅帶，暗解香囊。漫贏得青樓、薄幸名狂。此去何時見也。襟袖上、空有餘香。傷心處，高城望斷，燈火已昏黃。」東坡聞而賞之。』則此詞流播之廣可知。故晁無咎亦評之曰：『近來作者，皆不及少游。如「斜陽外，寒鴉數點，流水繞孤村」，雖不識字人，亦知是天生好言語。』此言最為確切。秦詞宋以後人每以之與蘇柳並舉。如蔡伯世云：『子瞻辭勝乎情，耆卿情勝乎辭，辭情相稱者，唯少游而已。』張綖云：『少游多婉約，子瞻多豪放，當以婉約為主。』蓋子瞻胸襟寬大，故隨筆所之，如怒瀾飛空，不可一世。少游格律精細，故運思所及，如幽花媚春，自成馨逸。觀集中諸闋，大抵被逐後所作，雖棲遲歌館之中，流轉江湖之上，然故國之思時溢於言表。如〔鵲橋仙〕云『兩情若是久長時，又豈在朝朝暮暮』，〔千秋歲〕云『春去也，落紅萬點愁如海』，〔水龍吟〕云『花下重門，柳邊深巷，不堪回首』，〔畫堂春〕云『柳外畫樓獨上，憑欄手撚花枝。放花無語對斜暉，此恨誰知』，諸作寄情之遠，措語之工，殆非耆卿、子瞻輩可及也。少游諸詞，類有本事。如〔水龍吟〕乃寄營妓婁婉作，〔南柯子〕乃贈陶心兒作，〔虞美人〕乃贈達官寵姬碧桃作，〔御街行〕乃思劉太尉家姬人作。有時且有俚俗語，如〔望海潮〕云『奴如飛絮，郎如流水，相沾便肯相隨』，〔迎春樂〕云『怎得香香深處，作個蜂兒抱』，〔品令〕云『簾兒下時把鞋兒踢，語低低，笑咭咭』，又云『人前強不欲沾識，把不定、臉兒赤』，此等詞雖率爾為之，然當時極通行，蓋倉卒間所作以授歌者。北宋人詞人如曹組、晁端禮輩集中多有之，無足怪也。秦詞附見宋乾道本《淮海集》後，近番禺葉氏有校本最精。集外詞如《陽春白雪》引〔木蘭花慢〕，《古今詞話》引〔御街行〕，《青泥蓮花記》引不知名詞，均氣弱不似他引。至《冷齋夜話》所引〔醉鄉春〕，謂少游在黃州，飲于海棠橋，橋南北多海棠，有書生塚于海棠叢間，少游宿醉於此，題詞壁間，或確似秦氏集外詞。錢泰吉《曝書雜記》謂嘗見《淮海琴趣》，與山谷、醉翁《琴趣》並稱。毛斧季校《淮海詞》亦引及《琴趣》，知宋時尚有單刻本。至毛氏汲古閣本，不特改易舊本面目，且據《類編草堂詩餘》《草堂詩餘續集》《別集》《古今詞統》等書雜羼他作，調名下亦妄增題目，于諸本中為最劣。今宋本行則毛本可立廢矣。

（十）**蘇軾**　軾字子瞻，眉山人。嘉祐二年進士，除中書舍人、翰林學士，歷端明殿學士、禮部尚書。紹聖初坐訕謗安置惠州，徙昌化。徽宗立，赦還，提舉玉局觀。建中靖國元年卒於常州。高宗朝贈太師，謚文忠。有《東坡樂府》二卷。錄〔永遇樂〕一首：

明月如霜，好風如水，清景無限。曲港跳魚，圓荷瀉露，寂寞無人見。紞如三鼓，鏗然一葉，黯黯夢雲驚斷。夜茫茫，重尋無處，覺來小園行遍。　天涯倦客，山中歸路，望斷故園心眼。燕子樓空，佳人何在，空鎖樓中燕。古今如夢，何曾夢覺，但有舊歡新怨。異時對，黃樓夜景，為余浩歎。

東坡詞宋時毀譽頗不一。晁無咎云：『居士詞，人多謂不諧音律，然橫放傑出，自是曲子內縛不住者。』陳無己云：『東坡以詩為詞，如教坊雷大使之舞，雖極天下之工，皆非本色。』陸放翁云：『世言東坡不能歌，故所作樂府辭多不協律。晁以道謂紹聖初與東坡別於汴上，東坡酒酣自歌古陽關。則公非不能歌，但豪放不喜剪裁以就聲律耳。試取東坡諸詞歌之，曲終，終覺天風海雨逼人。』周煇云：『居士詞豈無去國懷鄉之感，殊絕哀而不傷。』胡元任云：『東坡詞皆絕去筆墨畦徑，直造古人不到處，真可使人一唱而三歎。』胡致堂云：『眉山蘇氏一洗綺羅香澤之態，擺脫綢繆宛轉之度，使人登高望遠舉首高歌，而逸懷浩氣，超然乎塵垢之外。於是花間為皂隸，而柳氏為輿台矣。』張叔夏云：『東坡詞清麗舒徐處，高出人表，周秦諸人所不能到。』大抵譽多而毀少。實則東坡詞豪放與婉麗各極其長。世人第就豪放處論之，遂有鐵板銅琶之誚，不知其縝密處亦何讓歐晏。如〈祝英臺近〉云：『掛輕帆，飛急槳，還過釣臺路。酒病無聊，欹枕聽鳴艫。』〈浣溪沙〉云：『彩索身輕長趁燕，紅窗睡重不聞鶯，困人天氣近清明。』《詞荃》云：『如此風調，令十七八女郎歌之，豈在「曉風殘月」之下。』實則坡詞妙處，全在以尋常口吻，運自然之筆，寫景言情，不假雕飾。此境非他人所易到。如〈浣溪沙〉云：『山下蘭芽短浸溪，松間沙路淨無泥，蕭蕭暮雨子規啼。誰道人生難再少，君看流水尚能西，休將白髮唱黃雞。』〈阮郎歸〉云：『綠槐高柳咽新蟬，薰風初入弦。碧紗窗下水沈煙，棋聲驚晝眠。微雨過，小荷翻，榴花開欲然。玉盆纖手弄清泉，瓊珠碎又圓。』〈臨江仙〉云：『夜飲東坡醒復醉，歸來彷彿三更。家童鼻息已雷鳴。敲門都不應。倚杖聽江聲。長恨此身非我有，何時忘卻營營。夜闌風靜縠紋平。小舟從此逝，江海寄餘生。』即思君懷舊之作，亦哀而不傷。如〈水調歌頭〉云：『我欲乘風歸去，又恐瓊樓玉宇，高處不勝寒。』〈西江月〉云：『中秋誰與共孤光，把盞淒然北望。』〈蝶戀花〉云：『小院黃昏人憶別，落紅處處聞啼鴃。』均其例也。他如『乳燕華屋』『缺月疏桐』，絕無危苦之辭，大抵風情之作。以視辛稼軒、劉龍洲輩，集中多變徵聲，與公詞不可同日語矣。坡詞行世者，惟汲古、四印、彊村三本，此三本各有所長。汲古本自紹興間曾慥輯本出，然妄加刪補，各詞題序亦大加芟除。四印齋本自元延祐本出，與曾輯本互有出入。彊村本據詩集編年本為主，亦以編年為次，惜徵引不富，未為精到。此外南陵徐氏藏寫本宋傅幹注東坡詞十二卷，從天一閣明寫本出。注雖庸俗，亦不無可取處，與陳元龍之注清真詞可媲美也。

（十一）**晁端禮** 端禮字次膺，其先壇州清豐人，徙家彭門。熙甯六年進士。兩為縣令，忤上官坐廢。晚以承事郎為大晟府協律。有《閑齋琴趣外篇》六卷。錄〔綠頭鴨〕一首：

晚雲收，淡天一片琉璃。爛銀盤、來從海底，皓色千里澄輝。瑩無塵、素娥淡佇，靜可數、丹桂參差。玉露初零，金風未凜，一年無似此佳時。露坐久、疏螢時度，烏鵲正南飛。瑤臺冷，欄干憑暖，欲下遲遲。　念佳人、音塵別後，對此應解相思。最關情、漏聲正永，暗斷腸、花影偷移。料得來宵，清光未減，陰晴天氣又爭知。共凝戀、如今別後，還是隔年期。人強健，清尊素影，長願相隨。

端禮與補之為諸父行，據晁補之集中增答諸作知之。然則端禮亦當為鉅野人矣。今所傳《閑齋琴趣外篇》影宋本，撰人題『濟北晁元禮次膺』。案：元禮為漢李膺字，則次膺當為元禮。諸書作端禮者，殆元禮一名端禮耶。影宋本缺卷六〔醉蓬萊〕至〔滴滴金〕凡二十一首，余據趙氏星鳳閣鈔本補全。趙本雖多訛脫，然大致不離。至於卷後新填徵調七闋，則趙本亦缺。新填徵調下注『逐唱中腔踏諸目』，又注『與前腔不同』字樣，當是歌場新制。次膺以曉暢音律入大晟府，與清真齊名。此新填徵調為詞學過程上一重要史料，傳本適缺，甚可惜也。次膺以應制詞名，端麗沉厚，一時無兩。如〈並蒂芙蓉〉云：『太液波澄，向鑒中照影，芙蓉同蒂。千柄綠荷深，並丹臉爭媚。天心眷臨聖日，殿宇分明獻嘉瑞。弄香嗅蕊，願君王、壽與南山齊比。池邊屢回翠輦，擁群仙醉賞，憑欄凝思。萼綠攬飛瓊，共波上遊戲。西風又看露下，更結雙雙新蓮子。鬥妝競美。問鴛鴦、向誰留意。』此等詞最難工，惟北宋詞人如次膺、万俟詠官大晟府制撰者能之。南渡後如康與之、曹勳、張掄輩，則瞠乎後矣。次膺短令亦妍麗馨逸，如〈踏莎行〉云『洞房消息有誰知，幾回欲問樑間燕』；〈浣溪沙〉云『十里閑情憑蝶夢，一春幽怨付鯤弦，小樓今夜月重圓』。有時且以俚語入詞，如〈一落索〉云：『道著明朝分袂，早眉頭攢翠。不言不語只偎人，滿眼裡、汪汪地。向道不須如此，轉吞聲飲氣。一團兒肌骨不禁春，甚有得、許多淚。』〈醉蓬萊〉云：『無緒無聊，向誰分訴，獨語獨言，自家摧挫。夢也多磨，更那堪真個。暗數殘更，半欹孤枕，對夜深燈火。怨淚頻彈，愁腸屢斷，伊還知麼。』讀此等詞，如讀馬致遠、關漢卿輩散曲，宋詞中所罕見也。

（十二）**周邦彥**　邦彥字美成，錢塘人。元豐中獻《汴都賦》，召為太學正。徽宗朝仕至徽猷閣待制，提舉大晟府，出知順昌府。晚居明州卒。自號清真居士。有《片玉詞》。錄〈瑞龍吟〉一首：

章臺路，還見褪粉梅梢，試華桃樹。愔愔坊陌人家，定巢燕子，歸來舊處。　黯凝佇，因念個人癡小，乍窺門戶。侵晨淺約宮黃，障風映袖，盈盈笑語。　前度劉郎重到，訪鄰尋里。同時歌舞。唯有舊家秋娘，聲價如故。吟箋賦筆，猶記燕臺句。知誰伴、名園露飲，東城閒步。事與孤鴻去。探春盡是，傷離意緒。官柳低金縷。歸騎晚，纖纖池塘飛雨。斷腸院落，一簾風絮。

清真詞自來版刻獨多。近人鄭叔問撰《清真集校後錄要》及王靜安先生《清真先生遺事》，考證綦詳。今櫽栝折衷其說如下。周詞古本，今可考見者，宋刻凡九。其一《清真詩餘》，見《景定嚴州續志》及《花庵唐宋諸賢絕妙詞選》。其二曰《清真集》二卷《後集》一卷，見《直齋書錄解題》。其三曰《圈法美成詞》，見張炎《詞源》。其四與方千里、楊澤民《和清真詞》合刻者，號曰《三英集》，見毛晉《方千里和清真詞跋》。其五曰曹杓《注清真詞》，亦見《直齋解題》。其六曰《周詞集解》，見《樂府指迷》。其七毛晉所藏《清真集》，詞不滿百闋。其中《氐州第一》作《熙州摘遍》，此宋人語，非元以後人所能知，其為宋刻無疑。其八溧水本，即晉陽強煥所輯刻，毛晉稱為《片玉集》者。其九則漳江陳元龍少章注本十卷，今有陶氏影宋刻本及彊村重校本。又《宋史·藝文志》著錄《清真集》十一卷，不知附有詞集否。今檢《永樂大典》引《清真集》有詩餘，則必附詞集矣。合上舉九種，當得十刻矣。元刻有一巾箱本，即臨桂王氏舊藏刊入《四印齋所刻詞》者。此外毛子晉尚藏一本，題曰《美成長短句》，不知何時所編刻。今諸本僅存宋元各本一，餘皆無傳本。其詞數與強煥序所言百八十二闋者相近，或即從溧水本出。靜安先生疑其實為《直齋書錄解題》之三卷本，自卷首至〈滿路花〉一調為前集二卷，而〈綺寮怨〉以下三十一調為後集，其言亦近是。至本集名稱，鄭叔問謂宋時只名清真，片玉之名實其後劉必欽所命，戈順卿言片玉為強煥命名，實屬謬誤。其說確切不可易。叔問所校清真詞，參合諸本與宋人選集與方、楊、陳三家和詞，細校其文句及腔律定之，可謂善矣。茲將清真行事列表如左：

紀年		時事	出處
宋仁宗嘉祐二年丁酉	一歲		
神宗元豐二年己未	二十四歲	贈太學生千人為二千四百人。	入都為太學生當在是歲。
六年癸亥	二十八歲		七月進《汴都賦》，自諸生一命為太學正。
哲宗元祐二年丁卯	三十二歲		教授盧州。
七年壬申	三十七歲		此數年當在荊州。
八年癸酉	三十八歲		春，知溧水縣。
紹聖三年丙子	四十一歲		尚在溧水任，作《插竹亭記》。
四年丁丑	四十二歲		還為國子主簿當在此數年。
元符元年戊寅	四十三歲		六月十八日召對崇政殿，重進《汴都賦》。

紀年		時事	出處
徽宗建中靖國元年辛巳	四十六歲		除秘書省正字，遷校書郎。
崇寧四年乙酉	五十歲	八月，置大晟府。	
大觀元年丁亥	五十二歲	置議禮局於尚書省。	歷考功員外郎、衛尉、宗正少卿兼議禮局檢討當在此數年。
政和元年辛卯	五十六歲		遷衛尉卿，又以直龍圖閣知河中府，帝留之，當在此年。
四年甲午	五十九歲	以大晟樂頒天下。	
五年乙未	六十歲		徙知明州。
六年丙申	六十一歲		入為秘書監，進徽猷閣待制，提舉大晟府。
重和元年戊戌	六十三歲		出知真定府，改順昌府。

紀年		時事	出處
宣和元年己亥	六十四歲	方臘反。罷大晟府。	居睦州，適方臘反，還杭州，又絕江居揚州。
三年辛丑	六十六歲		正月至南京，卒于鴻慶宮齋廳。

此清真一生之經歷也。以集中諸詞證之，則〈少年游〉『南都石黛掃晴山』一闋，下注『荊州作』。〈渡江雲〉云『晴嵐低楚甸』，〈風流子〉云『楚客慘將歸』，皆先生知溧水縣前所作也。至〈齊天樂〉『綠蕪凋盡臺城路』一首，作于金陵，亦當在知溧水前後數年間。換頭云『荊江留滯最久，故人相望處，離思何限』，與〈瑣窗寒〉『似楚江暝宿，風燈淩亂，少年羈旅』，皆清真嘗西游荊楚之證。至上舉〈瑞龍吟〉一闋，當系紹聖四年後還至京師，重憶前歡，感懷而作，其沉鬱頓挫處直無人能及。究其本意，不過在『傷離意緒』一語。至入手先指明地點曰章臺路，卻不從目前景物直寫，而云『還見』，此即沉鬱處也。首疊末句云『定巢燕子，歸來舊處』，言燕子可歸舊處，而前度劉郎則欲歸舊處而不得，徒蹀躞於愔愔坊陌之間，是又沉鬱處也。第二疊『黯凝佇』一語為正文，而下文又曲折不言其人已不在，反追想當時相見時情景，用『因念』二字領起，則通體空靈圓活，此頓挫處也。第三疊『前度劉郎』至『聲價如故』，言個人不見，但見同里秋娘未改聲價，用側筆襯正文，此又頓挫處也。『燕臺』句用李義山柳枝故事，情景恰合。

『知誰伴』三字，無限幽情，一齊湧出，可謂沉鬱之至矣。『事與孤鴻去』方說到本題，末以『飛雨』『風絮』作結，寓情于景，倍覺黯然。頓挫纏綿，空靈沉鬱，此清真獨具之境界。清光緒間陳廷焯草《白雨齋詞話》時始發其奥，持此說以細參清真詞，斯得之矣。清真別有〈蘭陵王〉詞，文曰：

柳陰直，煙裡絲絲弄碧。隋堤上、曾見幾番，拂水飄綿送行色。登臨望故國，誰識京華倦客。長亭路，年去歲來，應折柔條過千尺。　閑尋舊蹤跡，又酒趁哀弦，燈照離席。梨花榆火催寒食。愁一箭風快，半篙波暖，回頭迢遞便數驛，望人在天北。　淒惻，恨堆積。漸別浦縈回，津堠岑寂，斜陽冉冉春無極。念月榭攜手，露橋聞笛。沉思前事，似夢裡、淚暗滴。

張端義《貴耳集》謂清真此詞為李師師作，徽宗微行得聞之。考《宋史・徽宗紀》，帝微行在宣和間，其時清真年逾五十，應無冶遊之事。《貴耳集》所記當非事實。以〈瑞龍吟〉例之，殆亦重到京國後追憶前事之作。時清真年正三十餘，尚不失年少風態，故其詞沉鬱處，亦如〈瑞龍吟〉。他如〈風流子〉『新綠小池塘』、〈意難忘〉『衣染鶯黃』，均直抒所見，視前所舉稍遜矣。

清真詞宋人評之者推崇備至。如陳郁云：『美成自號清真，二百年來以樂府獨步，貴人學士、市儈妓女皆知美成詞為可愛。』樓攻愧云：『清真樂府播傳，風流自命，顧曲名堂，不能自已。』強煥云：『美成詞模寫物態，曲盡其妙。』陳質齋云：『美成詞多用唐人詞，檃栝入律，渾然天成。長調尤善鋪敘，富豔精工，詞人之甲乙也。』沈伯時云：『作詞當以清真為主，蓋清真最為知音，且下字用意，皆有法度。』」實則詞至清真，殆如詩之有少陵，元詞之有關、馬，前收蘇、秦之終，下開姜、史之始。南渡後方千里、楊澤民有《和清真詞》，陳允平有《西麓繼周集》各一卷，無不一步一趨。自有詞人以來，清真殆為萬世不祧之祖。學詞者能熟參清真詞，庶得詞中三昧矣。

（十三）万俟詠詠字雅言。官至大晟府制撰。有《大聲集》五卷。錄〔卓牌兒〕一首：

東風綠楊天，如畫出、清明院宇。玉豔淡泊，梨花帶月，胭脂零落，海棠經雨。單衣怯黃昏，人正在、珠簾笑語。相並戲蹴秋千，共攜手、同倚欄干，暗香時度。　翠窗繡戶，路繚繞、潛通幽處。斷魂凝佇，嗟不似飛絮。閑悶閒愁，難消遣、此日年年意緒。無據，奈酒醒春去。

雅言于宣和間與美成同官大晟府，美成提舉，雅言則官制撰。《碧雞漫志》稱雅言請以盛況大業及祥瑞事蹟制詞實譜，有旨依月用律，月進一曲，自此新譜稍傳。今考《花庵詞選》《歲時廣記》所引〔雪明鳷鵲夜慢〕〔明月照高樓慢〕〔戀芳春慢〕〔安平樂慢〕〔三臺〕諸闋，皆應制詞之最佳者，蓋即依月用律時所進矣。《漫志》又云：雅言初自分集兩體，曰雅詞，曰側豔，目之曰《勝萱麗藻》。後召試入官，以側豔體無賴太甚，削去之。再編集分五體，曰應制，曰風月脂粉，曰雪月風花，曰脂粉才情，曰雜類，周美成目之曰《大聲》。說與《直齋書錄解題》所云五卷合，一體為一卷。今惟應制詞略傳一二。《脂粉才情》諸作，除〔鳳皇枝令〕外無一傳者，至可憾也。

第四章　宋人詞概下

南宋詞人輩出。黃叔暘《中興以來絕妙詞選》十卷，始康與之，終洪瑹。周密《絕妙好詞》七卷，始張孝祥，終仇遠。合計不下二百餘家。此外趙聞禮《陽春白雪》多錄江湖詩人之作，陳景沂《全芳備祖》專收閩嶠詠物之詞，可謂盛矣。茲選述稼軒、龍洲、漱玉、白石、梅溪、夢窗、玉田、草窗、水雲、碧山十家之作，聊以見南宋詞人之一斑焉。

（一）**辛棄疾**　棄疾字幼安，歷城人。耿京聚兵山東，節制忠義軍馬，留掌書記。紹興中奉表南歸，高宗召見，授承務郎。累官浙東安撫使，進樞密都承旨。有《稼軒詞》四卷。錄〔賀新郎〕《別茂嘉十二弟》一首：

綠樹聽鵜鴂，更那堪、鷓鴣聲住，杜鵑聲切。啼到春歸無啼處，苦恨芳菲都歇。算未抵、人間離別。馬上琵琶關塞黑，更長門翠輦辭金闕，看燕燕，送歸妾。　將軍百戰身名裂。向河梁、回頭萬里，故人長絕。易水蕭蕭西風冷，滿座衣冠似雪。正壯士、悲歌未徹。啼鳥還知如許恨，料不啼清淚長啼血。誰共我，醉明月。

案：稼軒詞集傳世有二。一曰甲乙丙丁四卷本，今刊入陶氏《景刊宋元明本詞》及趙氏《校輯宋金元人詞》中。其本新會梁氏謂有編年意味，說頗中肯。茲檃栝其說如次。甲集首有淳熙戊申正月元日門人范開序，稱開久從公遊，暇日裒集冥搜，纔逾百首，皆親得於公。以近時滿布海內多贗本，吾為此懼，故不敢獨閟，將以袪傳者之惑焉。范開貫歷無考。考元信州本《稼軒詞》

有酬送范先之詞數十首，而此本凡先之皆作廓之，蓋一人而有兩字者。戊申為淳熙十五年，稼軒年四十九歲，知甲集所載皆四十八歲前所作。稼軒年壽雖難確考，但六十八歲尚存，則集中有明證。乙丙丁三集所收，則戊申後十餘年間作也。其是否出於范開裒錄，則不可知矣。考稼軒以二十九歲通判建康府，三十一歲知滁州，三十五歲提點江西刑獄，三十七歲知江陵府，三十八歲移帥建興，旋出為湖北轉運副使。四十歲移湖南，旋知潭州，兼湖南安撫。四十二三歲時，轉知隆興府兼江西安撫。五十間落職，主管沖佑觀。五十二歲起福建提點刑獄，旋知福州，兼福建安撫。五十四歲被召還行在，五十六歲落職家居，五十九歲復職奉祠。六十一二歲間起知紹興府兼浙東安撫，六十五歲知鎮江府，明年乞祠歸。六十七歲差知紹興府，又轉江陵府，皆辭免。未幾卒。其生卒仕歷如此。此本甲集編成于戊申元旦，所收諸作皆四十八歲前官建康、滁州、湖北、湖南、江西時作。乙集于宦閩時詞未見收，可推定編輯年當在紹興二年辛亥以前，所收詞以戊申、己酉、庚戌等年為大宗，間亦補收乙未以前之作。丙集自宦閩詞收起，末一首為辛酉生日，蓋壬子至辛酉十年間五十三歲至六十二歲之作，中間強半為落職家居時也。丁集所收時代最廣，似是補前三集之遺。稼軒晚年帥越、帥鎮江諸名作，如《登會稽蓬萊閣》《京口北固亭懷古》諸篇皆未收，此決非棄而不收，實緣編集時尚未有此諸詞耳，然則丁集之編當與丙集略同時。要之四集皆在稼軒生存時編成，則可斷言也。案：梁說極是。余嘗據《花庵詞選》《陽春白雪》《全芳備祖》《草堂詩餘》諸書所引辛詞以校四卷本多合，而與元信州本合者絕少，足證四卷本乃當時通行本，而信州本為晚出，無可疑也。二曰元延祐信州刊本。《直齋書錄解題》《宋史・藝文志》並著錄。此本明以後流傳最廣，明嘉靖大梁李濂重刻之，毛氏汲古閣再刻之。毛本已併為四卷。其章次合於信州本，而沿誤與李本同，蓋即重刊李本。其原本之延祐本，至光緒間四印齋王氏校刊宋元人詞時始得據以重刊。共得詞五百七十二首，以較四卷本，增出甚多。然其中亦有二十首為信州本所無者。丙集有〔六州歌頭〕一首，丁集有〔西江月〕一首，皆諛頌韓平原作，實皆偽詞。删重去偽，則定本之作不可緩矣。

辛詞佳處全在有真性情，筆墨飛舞跳蕩，與晏、歐、柳、秦之冶逸作態者色澤全異。從此宋詞中別創一新境界，後之劉龍洲、劉後村，金之元遺山，元之白仁甫及清初之陳其年皆稱稼軒衣缽。王觀堂先生謂南宋詞人堪與北宋人頡頏，唯幼安一人而已。其推挹也如此。陳亦峰云：『稼軒詞自以〔賀新郎〕一篇為冠，沉鬱蒼涼，跳躍動盪，古今無此筆力。』實則稼軒詞大筆力者不僅〔賀新郎〕一首而已，如〔水龍吟〕《登建康賞心亭》云：『楚天千里清秋，水隨天去秋無際。遙岑遠目，獻愁供恨，玉簪螺髻。落日樓頭，斷鴻聲裡，江南遊子。把吳鉤看了，欄杆拍遍，無人會，登臨意。』〔摸魚兒〕云：『長門事，准擬佳期又誤。娥眉曾有人妒。千金縱買相如賦，脈脈此情誰訴。君莫舞，君不見、玉環飛燕皆塵土。閒愁最苦。休去倚危欄，斜陽正在、煙柳斷腸處。』均沉鬱蒼涼，如讀杜陵《兵車行》諸作，學稼軒詞者宜熟玩此等處。如不多讀書，徒事叫囂，如鄭板橋、蔣心餘，去沉鬱二字遠矣，此不可不慎也。辛詞如〔破陣子〕《為陳同甫賦壯詞以寄之》、〔瑞鶴仙〕《南澗雙溪樓》等作，不免劍拔弩張，非初學者所宜取資。至如〔祝英臺近〕《晚春》云：『寶釵分，桃葉渡，煙柳暗南浦。怕上層樓，十日九風雨。斷腸片片飛紅，都無人管，更誰勸啼鶯聲住。鬢邊覷。試把花卜心期，才簪又重數。羅帳燈昏，嗚咽夢中語。是他春帶愁來，春歸何處。卻不解帶將愁去。」（臨江仙）云：『別浦鯉魚何日到，錦書封恨重重。海棠花下去年逢。也應隨分瘦，忍淚覺殘紅。』孰謂稼軒不工綺語？劉後村撰稼軒集序，評其樂府曰：『公所作大聲鏜鞳，小聲鏗鍧，橫絕六合，掃空萬古。其穠麗綿密者不在小晏、秦郎下。』斯言最為公允。至毛子晉跋辛詞云，『稼軒多撫時感事之作，絕不作妮子態。宋人以東坡為詞詩，稼軒為詞論，善評也』云云，就詞論詞，隱湖此論尚不失為稼軒知己也。

（二）**劉過**過字改之，吉州廬陵人。有《龍洲詞》一卷。錄（賀新郎）一首：

老去相如倦，向文君、說似而今，怎生消遣。衣袂京塵曾染處，空有香紅尚軟。料彼此魂消腸斷。一枕新涼眠客舍，聽梧桐疏雨秋風顫。燈暈冷，記初見。樓低不放珠簾卷。晚妝殘、翠鈿狼藉，淚痕凝面。人道愁來須殢酒，無奈愁深酒淺。但寄意焦琴紈扇。莫鼓琵琶江上曲，怕荻花楓葉俱淒怨。雲萬疊，寸心遠。

此詞龍洲自跋云：『壬子春，余試牒四明，賦贈老倡，至今天下與禁中皆歌之。江西人來，以為鄧南秀詞，非也。』案：龍洲一生落落寡合，嘗客辛稼軒幕，至稼軒帥閩時，始以母病辭歸，故詞境亦酷似稼軒。集中（賀新郎）八首，無一不佳。如《贈張彥功》云：『青樓回首家何處。早山遙水闊天低，斷腸煙樹。誰念天涯牢落況，輕負暖煙濃雨。記酒醒香銷時語。客裡歸薦須早發，怕天寒、風急相思苦。應為我，翠眉聚。』《春思》云：『佳人無意拈針線。繞朱闌六曲徘徊，為他留戀。試把花心輕輕數，暗卜歸期近遠。奈數了依然重怨。把酒問春春不管，枉教人只恁空腸斷。腸斷處，怎消遣。』又一首云：『彈鋏西來路。記匆匆、經行十日，幾番風雨。夢裡尋秋秋不見，秋在平蕪遠樹。雁信落家山何處。萬里西風吹客鬢，把菱花、自笑人如許。留不住，少年去。』筆意靈活跳蕩，較辛詞尤爽利。其〔沁園春〕《寄稼軒承旨》一首，設想至奇，當時人極稱之，則是貌似稼軒，不及龍洲他作甚遠。龍洲廬陵人，歐陽永叔為其鄉先輩，故詞境亦間與六一相似。如〔浣溪沙〕云『楊柳小橋人遠別，梨花深巷月斜暉，此情惟我與君知』，〔玉樓春〕云『春風只在園西畔，薺菜花開蝴蝶亂。冰池晴綠照還空，香徑落紅吹已斷』，驟視之幾與六一無別。南渡人詞托體清越，堪與北宋人頡頏者，除稼軒外惟龍洲一人而已。至龍洲〔沁園春〕詠指甲、詠足二闋，陶南村、毛隱湖雖極稱之，開後世刻畫纖巧之漸，托體最卑，在龍州為一時遊戲之作，吾人存而不論可也。

（三）**李清照**清照自號易安居士，濟南人。李格非女，趙明誠妻。有《漱玉詞》一卷。錄〔鳳凰臺上憶吹簫〕一首：

香冷金猊，被翻紅浪，起來慵自梳頭。任寶奩塵滿，日上簾鈎。生怕離懷別苦，多少事、欲說還休。新來瘦，非干病酒，不是悲秋。　休休。這回去也，千萬遍陽關，也則難留。念武陵人遠，煙鎖秦樓。惟有樓前流水，應念我、終日凝眸。凝眸處，從今又添，一段新愁。

易安詞疏俊可喜。如〔如夢令〕云：『昨夜雨疏風驟，濃睡不消殘酒。試問捲簾人，卻道海棠依舊。知否，知否，應是綠肥紅瘦。』〔一剪梅〕云：『紅藕香殘玉簟秋。輕解羅裳，獨上蘭舟。雲中誰寄錦書來，雁字回時，月滿西樓。』皆絕妙好詞也。他如〔壺中天〕之『被冷香消』，

〔醉花陰〕之『簾卷西風』，清麗疏宕，開南北宋未有之境界。蓋易安天才獨擅，其所撰《金石錄序》亦層次井然，有條不紊。然則謂易安僅工倚聲，固不足以盡之長也。易安詞舊本分卷不一，《直齋書錄》作一卷，《花庵詞選》作三卷，《宋史・藝文志》作六卷。至元以後均佚，今所見據虞山毛氏《詩詞雜俎》本、臨桂王氏四印齋本俱非宋世之舊。毛本自云據洪武三年鈔本入錄。然如〔浣溪沙〕『繡面芙蓉一笑開』一闋詞意儇薄，不似女子作，與易安他詞境界全別，疑所據非實。道光中錢塘閨秀汪玢始據《樂府雅詞》《陽春白雪》《詞林萬選》諸選本輯得四十四首，事屬草創，徵引未備。光緒間王鵬運重輯時，當時未見汪本，雖視汪毛諸本加詳，然亦真贋雜出，未為佳本。余別有輯本，刊入《校輯宋金元人詞》中，凡前人誤收誤引諸詞，悉加疏證，擯入附錄。自此本出，汪王諸本皆可廢矣。

（四）姜夔夔字堯章，鄱陽人。寓居吳興之武康，與白石洞天為鄰，因自號白石道人。慶元中曾上書乞正太常雅樂。有《白石詩》一卷，詞五卷。錄〔慶宮春〕一首：

紹熙辛亥除夕，余別石湖歸吳興，雪後夜過垂虹，嘗賦詩云：『笠澤茫茫雁影微，玉峰重疊護雲衣。長橋寂寞春寒夜，只有詩人一舸歸。』後五年冬，復與俞商卿、張平甫、銛朴翁自封禺同載詣梁溪，道經吳松，山寒天迥，雲浪四合。中夕相呼步垂虹，星斗下垂，錯雜漁火，朔吹凜凜，卮酒不能支。朴翁以衾自纏，猶相與行吟，因賦此闋，蓋過旬塗稿乃定。朴翁咎余無益，然意所耽，不能自已也。平甫、商卿、朴翁皆工於詩，所出奇詭，余亦強追逐之。此行既歸，各得五十余解。

雙槳蓴波，一蓑松雨，暮愁漸滿空闊。呼我盟鷗，翩翩欲下，背人還過木末。那回歸去，蕩雲雪、孤舟夜發。傷心重見，依約眉山，黛痕低壓。采香徑裡春寒，老子婆娑，自歌誰答。垂虹西望，飄然引去，此興平生難遏。酒醒波遠，政凝想、明璫素襪。如今安在。唯有闌干，伴人一霎。

白石於學無所不通，常欲正頌台樂律。又擅書法，趙子固目為書家申韓。詩亦清俊疏秀如其詞，嘗學詩于蕭德藻，琢句精工。有絕句云：『夜暗歸雲繞柁牙，江涵秋影雁團沙。行人悵望蘇台柳，曾與吳王掃落花。』楊萬里喜誦之，謂其子長孺曰：『吾與汝弗如也。』其推重如此。其詞集名《白石道人歌曲》，凡六卷。明人如陳耀文輯《花草粹編》，卓人月輯《古今詞統》時，均未見其全書。崇禎中，毛子晉始據宋末陳元龍選本刊入《六十名家詞》中，然抹去陳氏名，故迄莫詳所由來。清初江都陸鍾輝始據陶宗儀鈔本傳錄付刊，是為姜詞重見於世之始，華亭張氏繼之，刊本益多。有清一代詞人，莫不家清真而戶白石，且以之與玉田並稱，一洗明季盛尚花草陋習，實浙派詞人提倡之功也。姜之長處全在以清虛為體，而以疏雋語副之，故格調亦最高。沈伯時譏其生硬，真不知白石者也。趙子固謂為詞家之申韓，可謂一語中的。其〈揚州慢〉云：『自胡馬窺江去後，廢池喬木，猶厭言兵。漸黃昏、清角吹寒，都在空城。』寫兵燹後情景逼真。『猶厭言兵』四字，包括無數傷亂語。所謂詞家之申韓，即指此等處也。至〈暗香〉〈疏影〉二章，或者謂為發二帝之幽憤，傷在位之無人，蓋寄慨全在虛處，特無跡可尋耳。厥後汪水雲亦以〈暗香〉〈疏影〉二詞寄亡國之感，可為白石寫照。如以美成比白石，美成於渾灝流轉中，下字用意皆有法度，白石則如白雲在空，隨風變滅，實各有獨到處。蓋美成頓挫之妙、理法之精，千古詞人當推獨步。而氣體之超妙，則白石獨有千古。如〔點絳唇〕《丁未過吳淞作》一闋，通首只寫眼前景物，結處云：『今何許，憑欄懷古，殘柳參差舞。』感時傷事，只用『今何許』三字提唱，『憑欄懷古』下僅以『殘柳』五字詠歎了之，無窮哀感，都在虛處，此所謂超妙也。又如〔翠樓吟〕《武昌安遠樓成》後半闋云：『此地，宜有詞仙，擁素雲黃鶴，與君遊戲。玉梯凝望久，歎芳草萋萋千里。天涯情味，仗酒祓清愁，花消英氣。西山外，晚來還卷，一簾秋霽。』一縱一操，筆如游龍，而意味深長，自是白石最高之作。白石詞集內有自度腔十七闋，每闋均注明宮調，並樂譜亦附列，與王驥德《曲律》所載《樂府混成集》旁譜相似。宋代詞譜今不可見，惟此十七闋尚留歌詞之法於一線。蓋宋人歌詞皆用舊譜，有一定版式，如今之南曲然，故白石於舊詞宮調概不申說，而于自度諸曲，則不殫詳錄也。何以證之？白石〔滿江紅〕序云：『〔滿江紅〕舊詞用仄韻，多不協律，如末句云「無心撲」三字，歌者將「心」字融入去聲，方諧音律……末句云「聞珮環」，則協律矣。』蓋白石知舊譜『心』字不協，乃改『珮』字已就歌譜，故此詞不注旁譜，以見韻雖用平而歌則依舊，不似南北曲隨字音清濁而挪移音節。曲律異於詞律者，惟此而已。吳夢窗有自製腔九闋，以不附旁譜，故元明以來賡和者絕少。其〔西子妝〕一闋，張玉田雖喜其聲調嫻雅，然已有舊譜零落不能倚聲而歌之歎。距夢窗成此詞尚未久，其譜已不傳，則無怪乎宋詞之漸次銷沉矣。姜詞十七譜悉附集中，故當時繼姜而作者至多。譜之存佚有關於詞之隆替者如此，此不可不察也。至姜氏旁譜，張文虎《舒藝室隨筆》、鄭文焯《詞源斠律》中已詳考之，茲不復贅述。

（五）**史達祖**達祖字邦卿，汴人。有《梅溪詞》一卷。錄〈綺羅香〉一首：

做冷欺花，將煙困柳，千里偷催春暮。盡日冥迷，愁裡欲飛還住。驚粉重、蝶宿西園，喜泥潤、燕歸南浦。最妨他、佳約風流，鈿車不到杜陵路。　沉沉江上望極，還被春潮晚急，難尋官渡。隱約遙峰，和淚謝娘眉嫵。臨斷岸、新綠生時，是落紅、帶愁流處。記當日、門掩梨花，剪燈深夜語。

梅溪詞宋人輒稱道不置。張功甫云：『史生詞織綃泉底，去塵眼中，妥帖輕圓，辭情俱到。有瓌奇警邁、清新閑婉之長，而無沲蕩汙淫之失，端可分鑣清真，平睨方回。』姜白石云：『邦卿詞奇秀清逸，蓋能融情景於一家，會句意於兩得。』其推挹也如此。然其人品實不足取。《四朝聞見錄》云：『韓侂胄為平章，專倚省吏。史達祖奉行文字，擬帖擬旨，俱出其手，侍從柬劄，至用申呈。』樓敬思深惜之，為論曰：『史達祖南宋名士，不得進士出身。以彼文采，豈無論薦。乃甘作權相堂吏，至被彈章，不亦降志辱身之至耶？』讀其『書懷』〈滿江紅〉詞，『好領青衫，全不向詩書中得』，『三徑就荒秋自好，一錢不值貧相迫』，亦自怨自艾者矣。乃以詞客終其身，史臣亦不屑道其姓氏。科目之困人如此，不禁三歎。由此觀之，梅溪之于韓平原，亦如夢窗之于賈秋壑。文人出處不慎，千載之下，猶有遺憾。然則詞人立格為尤要矣。戈順卿選宋人詞謂：『清真善運化唐人詩句，最為詞中神妙之境，而梅溪亦擅其長，筆意更為相近。』又云：『若仿張為作詞家主客圖，周為主，史為客，未始非定論也。』實則白石、梅溪皆祖清真，白石沖淡高超，梅溪則稍遜耳。然其至者亦未嘗不化入神妙。如〈湘江靜〉云：『碧袖一聲歌，石城怨、西風隨去。滄波蕩晚，菰蒲弄秋，還重到、斷魂處。』換頭後云：『三年夢冷，孤吟意短，屢煙鐘津鼓。屐齒厭登臨，移燈後、幾番涼雨。』居然美成格調。又〈臨江仙〉結句云：『枉教裝得舊時多。向來歌舞地，曾見柳婆娑。』慷慨生哀，極盡悲鬱。又如〈玉蝴蝶〉云：『一笛當樓，謝娘懸淚立風前。』幽怨似少游，清切如美成，皆梅溪獨到處也。

（六）**吳文英**文英字君特，四明人。有《夢窗甲乙丙丁稿》四卷。錄〈高陽臺〉一首：

修竹凝妝，垂楊駐馬，憑闌淺畫成圖。山色誰題，樓前有雁斜書。東風緊送斜陽下，弄舊寒、晚酒醒餘。自消凝，能幾花前，頓老相如。　傷春不在高樓上，在燈前敧枕，雨外熏爐。怕艤遊船，臨流可奈清臞。飛紅若到西湖底，攪翠瀾、總是愁魚。莫重來，吹盡香綿，淚滿平蕪。

夢窗詞堆垛雕繢，失之晦澀，與北宋人詞大聲鏜鞳，小聲鏗鍧者迥不相同。蓋昔人填詞重在意境，而詞藻之修飾初不斤斤計較，秦、柳、蘇、黃之詞皆如此。至南渡後人始斤斤于尋章摘句，陸輔之《詞旨》即此時代之產物。有時一闋中雖有二三名雋之筆，然通全篇觀之，罕見一氣呵成圓活靈妙者，觀於夢窗詞即可知矣。故張玉田評之云：『夢窗如七寶樓臺，炫人眼目。拆碎下來，不成片段。』斯言得之矣。然有時亦棉麗幽邃，極盡煉字煉句之妙。超逸處仙骨珊珊，洗脫凡豔，幽索處孤懷耿耿，別締古觀，如李長吉詩，如湯顯祖曲。〈高陽臺〉《落梅》云：『宮粉雕痕，仙雲墮影，無人野水荒灣。古石埋香，金沙鎖骨連環。南樓不恨吹橫笛，恨曉風、千里關山。半飄零，庭上黃昏，月冷闌干。』〔瑞鶴仙〕云：『怨柳淒花，似曾相識。西風破屐，林下路，水邊石。』〔祝英臺近〕《除夜立春》云：『剪紅情，裁綠意，花信上釵股。殘日東風，不放歲華去。』〔水龍吟〕《惠山酌泉》云：『豔陽不到青山，淡煙冷翠城秋苑。』〔滿江紅〕《澱山湖》云：『對兩蛾猶鎖，怨綠煙中。秋色未教飛盡雁，夕陽長是墜疏鐘。』〔點絳唇〕《試燈夜初晴》云：『情如水，小樓熏被，春夢笙歌裡。』又云：『征衫貯，舊寒一縷，淚濕風簾絮。』〔金縷曲〕《陪屐齋先生滄浪看梅》云：『華表月明歸夜鶴，問當時花竹今如此，枝上露，濺清淚。』〔蝶戀花〕《題華山女道士扇》云：『睡重不知殘酒醒，層城幾度啼鴉暝。』俱妙越入神。夢窗詞刊入毛氏六十家詞，以甲乙丙丁分卷，當亦南渡後江湖詩人風氣。惟卷中脫誤甚多，未為佳本。同光後吳縣杜文瀾、臨桂王鵬運俱有校本付刊，杜本多臆改處，不及王本甚遠。歸安朱氏繼之，又有刊正，所校夢窗詞付刊者凡三次。最後得明鈔不分卷本，始據以寫定。並撰《夢窗詞小箋》一卷附焉。朱氏詞境，全學夢窗，故校刊夢窗詞亦最勤，不愧為覺翁功臣矣。夢窗于賈秋壑交善，集中有壽秋壑詞。劉毓崧《通義堂集》為之辨正云：秋壑歸朝後，夢窗即與之斷絕，且舉數證以明之，以文冗不復贅。

（七）**張炎**炎字叔夏，號玉田，居臨安，自號樂笑翁。有《山中白雲》三卷，鄭思肖為之序。錄〔八聲甘州〕一首：

庚寅歲，沈堯道同余北歸，各處杭越。逾歲，堯道來問寂寞，語笑數日，又復別去。賦此曲，並寄趙學舟。

記玉關踏雪事清遊，寒氣脆貂裘。傍枯林古道，長河飲馬，此意悠悠。短夢依然江表，老淚灑西州。一字無題處，落葉都愁。　載取白雲歸去，問誰留楚佩，弄影中洲。折蘆花贈遠，零落一身秋。向尋常野橋流水，待招來、不是舊沙鷗。空懷感，有斜陽處，最怕登樓。

玉田詞宋元間人推譽備至。戴剡源云：『玉田酒酣氣張，取平生所為樂府詞自歌之，噫嗚宛抑，流麗清暢，不唯高情曠度，不可褻企，而一時聽之，亦能令人忘去窮達得喪所在。』仇仁近云：『《山中白雲》詞意度超元，律呂協洽，當與白石老仙相鼓吹。』又云：『鉛汞交煉而丹成，情景交煉而詞成，至迷妙訣，吾將從叔夏北面而事之。』舒閬風云：『叔夏詞有周清真雅麗之思，未脫承平公子故態。』樓敬思云：『南宋詞人姜白石外，唯張玉田能以翻筆側筆取勝。集中諸闋，一氣卷舒，不可方物。信乎其為山中白雲也。』實則玉田長處，全在工於造句。如〈憶舊游〉《大都長春宮》云『古臺半壓琪樹，引袖拂寒星』，〈壺中天〉《夜渡古黃河》云『扣舷歌斷，海蟾飛上孤白』，〈渡江雲〉《山陰久客寄王菊存》云『山空天入海，傍樓望極，風急暮潮初』，〈湘月〉《山陰道中》云『疏風迎面，濕衣原是空翠』，〈甘州〉《餞草窗西歸》云『料瘦筇歸後，閑鎖北山雲』，〈臺城路〉《為湖天賦》云『夜氣浮山，晴暉蕩目，無尋秋處』，又《寄陳又新》云『虛河動月，歎千里悲歌，唾壺敲缺』，〈長亭怨〉云『記橫笛玉關高處，萬疊沙寒，雪深無路』，〈西子妝〉《江上》云『楊花點點是春心，替風前萬花垂淚』，〈憶舊游〉《登蓬萊閣》云『海日生殘夜，看臥龍和夢，飛入秋冥。還聽水聲東去，山冷不生雲』，此類皆精警無匹。又如〈三姝媚〉《送舒亦山》云『賀監猶存，還散跡、千岩風露』，又云『莫趁江湖鷗鷺，怕太乙爐煙，暗銷鉛虎』。〈長亭怨〕《餞菊泉》云：『同去，釣珊瑚海樹，底事便成行旅。煙迷斷浦，更幾點、戀人飛絮。如今又、京國尋春，定應被、薇花留住。且莫把孤愁，說與當時歌舞。』君國之恨，離索之感，言外自見。時菊泉將至薊北，寥寥數語，微而多諷，玉田之品格可知矣。竊嘗論之，玉田詞皆雅正，故集中無俚鄙語，且別具忠愛之忱。玉田詞皆空靈，故集中無拙滯語，且又極婉麗之致。清初人厭于明季花草陋習，一見玉田詞，驚為詞林星鳳。然學之者多效其空靈，立意不深，即流於空滑之弊，此不可不慎也。玉田詞近有江賓谷疏證本，最精審。玉田又別撰《詞源》二卷，述詞學源流及作法譜法甚詳，可與《山中白雲》互參也。

（八）**周密**密字公謹，號草窗，濟南人。流寓吳興，居弁山。自號弁陽嘯翁，又號蕭齋，又號四水潛夫。淳祐中為義烏令。有《草窗詞》二卷，一名《蘋洲漁笛譜》。錄〔一萼紅〕一首：

步深幽。正雲黃天淡，雪意未全休。鑒曲寒沙，茂林煙草，俛仰千古悠悠。歲華晚、漂零漸遠，誰念我、同載五湖舟。磴古松斜，崖陰苔老，一片清愁。回首天涯歸夢，幾魂飛西浦，淚灑東州。故國山川，故園心眼，還似王粲登樓。最負他、秦鬟妝鏡，好江山、何事此時遊。為喚狂吟老監，共賦銷憂。

此草窗《登蓬萊閣有感》詞也。草窗詞盡洗靡蔓，獨擅清麗，有蕙蒨之色，有綿渺之思，有時色澤過重，與夢窗旨趣相侔，二窗並稱，蓋有由矣。草窗詞律極精嚴，實得之楊守齋。守齋名纘，字繼翁，又號紫霞翁。善彈琴，明宮調，詞法周美成。嘗撰《作詞五要》，於填詞按譜、隨律押韻二條詳言之，守律甚細。草窗與之善，宜其詞律之細矣。草窗生當斷續之交，宋社既屋，不無禾黍西風之感。其所作〔法曲獻仙音〕《吊雪香亭梅》云：『一片古今愁，但廢綠平煙空遠。無語銷魂，對斜陽衰草淚滿。又西泠殘笛，低送數聲春怨。』即杜詩『回首可憐歌舞地』之意，以詞發之，倍覺淒惋。又〔水龍吟〕《白蓮》云：『擎露盤深，憶君涼夜，暗傾鉛水。想鴛鴦正結，梨雲好夢，西風冷，還驚起。』詞意兼勝，極似中仙。草窗詞刻本甚多。乾隆間江都江昱字賓谷有疏證本，最精審。《彊村叢書》中重刻之。彊村于未刻江本前，亦有箋注本。及後見江本，即以己所見者附于江箋後，較江氏原本尤為詳核。草窗別有《韻語》六卷，乃詩集，清雋高妙，一如其詞。學者應互參也。

（九）汪元量元量字大有，號水雲，錢塘人。以善琴事謝太后、王昭儀，隨三宮留燕，後南歸。有《水雲詞》一卷。錄〔鶯啼序〕一首：

金陵故都最好，有朱樓迢遞。嗟倦客、又此憑高，檻外已少佳致。更落盡梨花，飛盡楊花，春也成憔悴。問青山、三國英雄，六朝奇偉。　麥甸葵丘，荒臺敗壘，鹿豕銜枯薺。正潮打孤城，寂寞斜陽影裡。聽樓頭、哀笳怨角，未把酒、愁心先醉。漸夜深，月滿秦淮，煙籠寒水。　淒淒慘慘，冷冷清清，燈火渡頭市。慨商女不知興廢，隔江猶唱庭花，餘音亹亹。傷心千古，淚痕如洗。烏衣巷口青蕪路，認依稀、王謝舊鄰里。臨春結綺，可憐紅粉成灰，蕭索白楊風起。　因思疇昔，鐵索千尋，漫沉江底。揮羽扇，障西塵，便好角巾私第。清談到底成何事。回首新亭，風景今如此。楚囚對泣何時已，歎人間、今古真兒戲。東風歲歲還來，吹入鍾山，幾重蒼翠。

此水雲南歸後重過金陵詞也。可抵一篇《桃花扇》《哀江南》套數。蓋水雲目擊心傷，發而為詞，故淒惋沉鬱，直追中仙，迥非二窗、玉田輩可及。集中又有〈憶王孫〉集唐詩數闋，亦淒麗動人。如云：『漢家宮闕動高秋，人自傷心水自流。今日晴明獨上樓。恨悠悠，白盡梨園子弟頭。』又云：『吳王此地有樓臺，風雨誰知長綠苔。半醉閑吟獨自來。小徘徊，惟見江流去不回。』又云：『離宮別苑草萋萋，對此如何不淚垂。滿檻山水漾落暉。昔人非，惟有年年秋雁飛。』又云：『五陵無樹起秋風，千里黃雲與斷蓬。人物蕭條市井空。思無窮，惟有青山似洛中。』俛仰低回，如鶴唳猿啼，真絕妙好詞也。《永樂大典》梅字韻引水雲〈暗香〉〈疏影〉二詞，題云：『西湖社友有千葉紅梅，照水可愛。問之自來，乃舊內有此種，枝如柳梢，開花繁豔，兵後流落人間。對花泫然承臉而賦。』殆亦水雲南歸後與中仙、草窗輩同時所作。中有句云：『風韻自迥別，漫記省故家，玉手曾折。翠條嫋娜，猶學宮妝舞殘月。腸斷江南倦客，歌未了，瓊壺敲缺。更忍見，吹萬點滿庭絳雪。』又〈疏影〉云：『寂寞孤山月夜，玉人萬里外，空想前約。雁足書沉，馬上弦哀，不盡寒陰砂漠。』沉鬱似中仙，淒麗近草窗，故國之思，溢於言表。前人謂有宋藎臣惟水雲一人而已，斯言信不誣陷也。

（十）**王沂孫** 沂孫字聖與，號碧山，又號中仙，會稽人。有《花外集》二卷。錄〈齊天樂〉一首：

一襟餘恨宮魂斷，年年翠陰庭樹。乍咽涼柯，還移暗葉，重把離愁深訴。西窗過雨，怪瑤佩流空，玉箏調柱。鏡暗妝殘，為誰嬌鬢尚如許。　銅仙鉛淚似洗，歎移盤去遠，難貯零露。病翼驚秋，枯形閱世，消得斜陽幾度。餘音更苦。甚獨抱清商，頓成悽楚。漫想熏風，柳絲千萬縷。

此碧山詠蟬詞。言外之旨，灼然可見。大抵碧山之詞，皆發於忠愛之忱，無刻意爭奇之筆，而自然雅正，人莫能及。兩宋詞品之高，當以碧山為巨擘矣。集中〈眉嫵〉〈高陽臺〉〈慶清朝〉三闋，古今絕構。張皋文《詞選》錄之，確有特識。〈眉嫵〉《新月》云：『漸新痕懸柳，淡彩穿花，依約破初暝。便有團圓意，深深拜，相逢誰在香徑。畫眉未穩，料素娥、猶帶離恨。最堪愛、一曲銀鉤小，寶簾掛秋冷。　千古盈虧休問。歎慢磨玉斧，難補金鏡。太液池猶在，淒涼處、何人重賦清景。故山夜永。試待他、窺戶端正。看雲外山河，還老桂花舊影。』〈高陽臺〉後半云：『江南自是離愁苦，況游驄古道，歸雁平沙。怎得銀箋，殷勤與說年華。如今處處生芳草，縱憑高不見天涯。更消他，幾度東風，幾度飛花。』〈慶清朝〉《榴花》云：『惟在舊家殿閣，自太真仙去，掃地春空。朱旛護取，如今應誤花工。顛倒絳英滿徑，想無車馬到山中。西風後，尚餘數點，還勝春濃。』《詞選》於每詞下加注，云『各有所寄』，未免過於穿鑿。然碧山一片熱腸，無窮哀怨，讀其詞者，類能知之。《小雅》怨誹不亂之旨，碧山有焉。碧山『贈秋崖道人西歸』〈齊天樂〉云：『冷煙殘水山陰道，家家擁門黃葉。』一起便卓絕。又云『換盡秋芳，想渠西子更愁絕』，後疊云『短褐臨流，幽懷倚石，山色重逢都別』，黍離麥秀之悲，徐徐寫出。又如〈慶宮春〉《水仙》云『歲華相誤，記前度湘皋怨別。哀弦重聽，都是淒涼，未須彈徹』，後疊云『國香到此誰憐，煙冷沙昏，頓成愁絕』，結云『試報仙魄，怕今夜瑤簪凍折。攜盤獨出，空想咸陽故宮落月』，意近言遠，必有所指。或謂為王清惠輩作，未可知也。碧山詞僅有知不足齋、四印齋兩刻本，王本較勝。嘗見明末文淑容女史鈔本，較各本為長。安得好事者為之重校印行，以結兩宋三百年詞人之局焉。

第五章　金人詞概

金人詞有專集者，僅吳激《東山樂府》、蔡松年《明秀集》二書耳。顧吳書久亡而蔡詞亦非完帙，遂使金源正聲除遺山《中州樂府》二卷外，未由考見，是可憾事也。綜其傳作言之：海陵南征之作，豪邁無二；章宗聚骨之詞，一時絕唱；段氏二妙，發亂世之雅音；遺山一老，寄感慨於滄桑。要皆汴宋之遺緒，搊彈之別調也。茲論述如下：

（一）吳激　激字彥高，建州人。宋宰相栻子，米芾婿。使金，留不遣，官翰林待制。皇統初，出知深州卒。有《東山樂府》一卷。錄〈滿庭芳〉一首：

千里傷春，江南三月，古人何處汀州。滿簪華髮，花鳥莫深愁。烽火年年未了，清宵夢，定繞林丘。君知否，人間得喪，一笑付文楸。　幽州。山偃蹇，孤雲何事，飛去還留。問來今往古，誰不悠悠。怪底眉間好色，燈花報、消息刀頭。看看是，珠簾暮卷，天際識歸舟。

此彥高寄友人詞也。引見《永樂大典》寄字韻。故國之思，溢於言表。同時尚有一首云：『柳引青煙，花傾紅雨，老來怕見清明。欲行還住，天氣弄陰晴。是處吹簫巷陌，衫襟漬、春酒如餳。溪橋畔，涓涓流水，雞犬靜柴荊。　高城。天共遠，山遮望斷，草喚愁生。等五湖煙景，今有誰爭。淒斷湘靈鼓瑟，寫不盡、楚客多情。空惆悵，春閨夢短，斜月曉聞鶯。」較上闋尤工麗靈活，真大手筆也。《中州樂府》引〈風流子〉詞，首云『書劍憶游梁』，即指使金事，故有『寄書鴻雁潮信潯陽』之語。彥高以〈人月圓〉一詞得盛名，詞見《中州樂府》，宋人所作《貴耳集》《容齋題跋》《中興以來絕妙詞選》亦載之，其傳播之廣可知。劉祁《歸潛志》云：『先是，宇文叔通主文盟，視彥高為後進，止呼為「小吳」。會飲酒間，有一婦人，宋宗室子流落，諸公感歎，皆作樂章一闋。宇文作〈念奴嬌〉有云：「宗室家姬，陳王幼女，曾嫁欽慈族。干戈浩蕩，事隨天地翻覆。」次及彥高，彥高作〈人月圓〉詞云：「南朝千古傷心事，猶唱後庭花。舊時王謝，堂前燕子，飛向誰家。　恍然一夢，仙肌勝雪，宮鬢堆鴉。江州司馬，青衫淚濕，同是天涯。」虛中覽之大驚。自後人求樂府者，叔通即云：「吳郎近以樂府名天下，可徑求之。」』實則彥高此詞僅引用幾許前人語耳，而遍體空靈，姿勢佳構矣。《東山樂府》余有輯本，最詳核。

（二）**蔡松年** 松年字伯堅，真定人。累官至吏部尚書、參知政事，卒封吳國公。有《明秀集》六卷。錄〈石州慢〉一首：

東海蓬萊，風鬟霧鬢，不假梳掠。仙衣卷盡雲霓，方見宮腰纖弱。心期何處，世間言語非真，海犀一點通寥廓。無物比情濃，覓無情相博。　離索。曉來一枕餘香。酒病賴花醫卻。灩灩金尊，收拾故愁重酌。片帆雲影，載將無際關山，夢魂應被楊花覺。梅子雨疏疏，滿江干樓閣。

此詞為伯堅使高麗還日作。故事，上國使至，設有伎樂，此即為伎作也。先是，趙獻之亦嘗奉使海東，作〔望海潮〕贈使為別。詞云：『離殤草草同傾。記靈犀舊曲，曉枕餘酲。海外九州，郵亭一別，此生未卜他生。江上數峰青。悵斷雲殘雨，不見高城。二月遼陽芳草，千里路傍情。』與伯堅此作可稱無獨有偶。此闋結處數句，尤有言外之妙，賀梅子不能專美於前矣。元人以雜劇北散套見長，然楊朝英撰《陽春白雪》集，別有大樂一門，以東坡〔念奴嬌〕、佚名〔蝶戀花〕、晏叔原〔鷓鴣天〕、鄧千江〔望海潮〕、吴彥高〔春草碧〕、辛稼軒〔摸魚兒〕、柳耆卿〔雨霖鈴〕、朱淑真〔生查子〕、張子野〔天仙子〕及伯堅此詞實之，蓋其時此詞稱盛於歌者之口。宋金人詞至元代其譜尚存在，惟此而已。元人李文蔚有《蔡倏閑醉寫石州慢》雜劇，即演此事，今歲不傳，而其詞之聲價可知矣。伯堅別有〔尉遲杯〕云：『華年共有好願。何時定，妝鬟暮雨淩亂。夢似花飛，人歸月冷，一夜小山幽怨。劉郎興、尋常不淺。況不似、桃花春溪遠。覺情隨、曉馬東風，病酒餘香相伴。』又有〔江城子〕云：『半年無夢春溫，可憐人。到黃昏，想見玉徽，風度更清新。翠射娉婷雲八尺，誰為寫，五湖春。』俱幽蒨圓潤，不減史梅溪，可想見此老風情。《明秀集》六卷，今僅存前三卷，原藏常熟瞿氏，四印齋有刻本。余嘗於《中州樂府》《陽春白雪》等書中輯出十三首，乃後三卷佚詞，刊入《宋金元名家詞補遺》中，學者應互參也。

（三）**元好問**好問字裕之，太原秀容人。興定五年進士，歷官左司都事，轉行尚書省左司員外郎。金亡不仕。有《遺山樂府》三卷。錄〔鷓鴣天〕四首：

十步宮香出繡簾，惱人簾底月纖纖。五花驕馬垂楊渡，孤負仙郎側帽檐。　秋澹澹，酒厭厭。新詩和恨入香奩。相思恰似鴛鴦錦，一夜新涼一夜添。

侯館燈昏雨送涼，小樓人靜月侵床。多情卻被無情惱，今夜還如昨夜長。　金屋暖，玉爐香。春風都屬富家郎。西園何限相思樹，辛苦梅花候海棠。

玉立芙蓉鏡裡看，鉛紅無地著邊鸞。半衾幽夢香初散，滿紙春心墨未乾。　深院落，曲闌干。舊歡新恨苧衣寬。幾時忘得分攜處，黃葉疏雲渭水寒。

著意尋春苦未遲，無情風雨妒芳期。青樓天遠無書到，繡被寒多祇夢知。　雲澹濘，月低迷。洛陽山色見愁眉。何時重解香羅帶，細看春風玉一圍。

遺山〔鷓鴣天〕宮詞《妾薄命辭》等三十八闋，哀感頑豔，怨悱莫測，極往復低回、掩抑零亂之致。有云『鹿裘孤坐千峰雪，耐與青松老歲寒』，又云『長安西望腸堪斷，霧閣雲窗又幾重』，無非故國之思。所謂托興房帷，寄懷家國，蕃豔於外，醇至於內，遺山殆近之矣。遺山晚年以著作自任，以金源氏有天下，典章法度，幾庶漢唐，國亡史作，己所當任。時《金實錄》在順天張萬戶家，乃言于張，願為撰述，既而為樂夔所沮。遺山曰：『不可令一代之跡，泯而不傳。』乃構亭於家，著述其上，因名曰野史。凡金源君臣遺言往行，采摭所聞，至百余萬言。今所傳者，皆遺山之力焉。遺山樂府當時名震南北。張叔夏評之曰：『遺山詞深於用事，精於煉句，風流蘊藉處不減周秦。』實則遺山詞亦渾雅，亦博大，有骨幹，有氣象，確從北宋人境界中得來，其高處酷似東坡，其淺處亦不減劉龍洲。《樂府》自序云，『歲甲午，予所錄遺山新樂府成。客有謂予曰：「子故言宋人詩大概不及唐，而樂府歌詞過之，此論殊然；樂府以來東坡為第一，以後便到辛稼軒，即不論。且問遺山得意時，自視秦、晁、賀、晏諸人為何如？」予大笑，拊客背云：「那知許事？且啖蛤蜊。」客亦笑而去』云云，是遺山平昔之旨趣可見也。玉田所云，蓋指〈浪淘沙〉〈鷓鴣天〉諸詞言之，實非探本之論。遺山又別有〈鷓鴣天〉一闋述志云：『華表歸來老令威，頭皮留得姓名非。舊時逆旅黃粱飯，今日田家白板扉。　沽酒市，釣魚磯。愛閑真與世相違。墓頭不要征西字，元是中原一布衣。』其襟懷灑落，氣節凜然，視稼軒為何如也。

第六章　元人詞概

元人以北詞擅場，詞譜大半無傳。《董解元西廂》及無名氏《劉知遠傳》皆諸宮調體，成書遠在元滅宋以前。中如〈醉落魄〉〈點絳唇〉〈哨遍〉〈沁園春〉〈滿庭芳〉之類，皆以詞名入曲，而格調已略有出入。元人雜劇套數，仍而不變，每有名稱如舊而歌法句法全非者。作家雖多，亦如唐人之于漢魏樂府，宋人之於近體詩，未必悉能付之管弦，登之歌場。蓋已形成紙上之文藝，而非樂工之腔律矣。解語花歌〈驟雨打新荷〉，陳鳳儀歌〈一絡索〉，真如空谷足音，殊不多見。

綜而論之，開國之初，許魯齋之〔滿江紅〕，張弘範之〔臨江仙〕，不餘技及之，非復專門之業。他如劉太保之〔乾荷葉〕，馮子振之〔鸚鵡曲〕，皆北曲小令，非宋詞舊調。程鉅夫、盧疏齋輩出，咸有述作，然名過於實，無多足稱。及乎仇仁近振聲于錢塘，張仲舉飆舉于河北，一則從清俊婉孌之筆，寄故國之遐思，一則以軼塵拔俗之才，紹兩宋之絕業，斯道不替，實深賴之。其後張埜、倪瓚、顧阿瑛、陶宗儀，雖行歌贈答，庚續雅音，然興會未舉，文采不隆。邵復孺出，如雞中之鶴，冠絕當時，論者謂殿步一朝，非溢美也。茲分論如左：

（一）**趙文**　文字儀可，號青山，廬陵人。嘗任東湖書院山長。有《青山詞》一卷。錄〔鶯啼序〕一首：

　　東風何許紅紫，又匆匆吹去。最堪惜、九十春光，一半情緒聽雨。到昨日、看花去處，如今盡是相思樹。倚斜陽、脈脈多情，燕子能語。　自怪情懷，近日頓懶，憶劉郎前度。斷橋外、小院重簾，那人正柳邊住。問章臺、青青在否。芳信隔、夢魂無據。想行人，折盡柔條，滾愁成絮。　閑將杯酒，苦勸羲和，攬轡更少駐。怎忍把、芳菲容易委路。春還倒轉歸來，為君起舞。寸腸萬恨，何人共說。十年暗灑銅仙淚，是當時、滴滴金盤露。思量萬事成空，只有初心，英英未化為土。　浮生似客，春不憐人，人更憐春暮。君不見、青樓朱閣，舞女歌童，零落山丘，便房幽戶。長門詞賦，沉香樂府，悠悠誰是知音者，且綠陰多處修花譜。殷勤更倩啼鶯，傳語風光，後期莫誤。

青山詞皆故國之思，今散見於《大典》本《青山集》、鳳林書院本《草堂詩餘》及《翰墨大全》者，僅得三十一首。〈鶯啼序〉二闋自是壓卷之作，沉厚老蒼，古今來所未有也。其第二闋首疊云：『秋風又吹華髮，怪流光暗度。最可恨、木落山空，故國芳草何處。看前古、興亡墮淚，誰知歷歷今如古。聽吳兒唱徹庭花，又翻新譜。』一起便有無限感慨。次章云：『腸斷江南，庾信最苦，有何人共賦。天又遠，雲海茫茫，鱗鴻似夢無據。怨東風、不如人意，珠履散、寶釵何許。想故人、月下沉吟，此時誰訴。』傷往念遠，情見乎詞。三章云：『吾生已矣，如此江山，又何懷故宇。不恨賦歸遲，歸計大誤。當時只合雲龍，飄飄平楚。男兒死耳，嚶嚶呢呢，丁寧賣履分香事。又何如、化作胥潮去。東陵豈是無能，成敗紛紛，歸來手種瓜圃。』與前闋『只有初心，英英未化為土』同一用意。末章云：『膏殘夜久，月落山寒，相對耿無語。恨前此、燕丹計早，荊慶才疏。易水衣冠，總成塵土。鬥雞走狗，呼盧蹴鞠。平生把臂江湖舊，約何時、共話連床雨。王孫招不歸來，自采黃花，醉扶山路。』一結尤令人神往，作者蓋有禾黍秋風之感矣。元初廬陵多隱君子，鄧中齋、劉將孫皆以詞名，與青山鼎足而三。前人謂鳳林書院《草堂詩餘》所收皆勝國遺民詞，恂確論也。青山別有〈大酺〉《感春》詞，亦淒麗，亦沉厚，可與〈鶯啼序〉同讀之。

（二）白樸樸字太素，又字仁甫，真定人。有《天籟詞》二卷。錄〈奪錦標〉一首：

霜水明秋，霞天送晚，畫出江南江北。滿目山圍故國，三閣餘香，六朝陳跡。有庭花遺譜，慘哀音，令人嗟惜。想當時天子無愁，自古佳人難得。　惆悵龍沉宮井，石上啼痕，猶點胭脂紅濕。去去天荒地老，流水無情，落花狼籍。恨青溪留在，渺重城，煙波空碧。對西風、誰與招魂，夢裡行雲消息。

此太素青溪吊張麗華、孔貴嬪詞也。太素少時鞠養於元遺山，故詞境亦沖淡壯潤，有蘇辛遺風。元白原為中州世契，兩家子弟每舉長慶故事，以詩文相往還。太素為寓齋仲子，於遺山為通家侄。甫七歲遭壬辰之難，寓齋以事遠謫。明年春，京城變，遺山遂挈以北渡。自是不茹葷血，人問其故，曰：『俟見吾親即如故。』嘗罹疫，遺山晝夜抱持，凡六日，竟於臂上得汗而愈，蓋視親子弟不啻過之。讀書穎悟異常見，日親炙遺山，謦欬談笑，悉能默記。數年寓齋北歸，以詩謝遺山云：『顧我真成喪家狗，賴君曾護落巢兒。』居無何，父子卜居於滹陽。律賦為專門之學，而太素有能聲。遺山每過之，必問為學次第。嘗贈之詩曰：『元白通家舊，諸郎獨汝賢。』未幾，生長見聞，學問博覽。然自幼經喪亂，倉皇失母。便有山川滿目之歎。逮亡國，恒鬱鬱不樂，以故放浪形骸，期於適意。中統初，開府史公將以所業力薦於朝，再三遜謝，棲遲衡門，視榮利蔑如也。其詞音節協和，輕重穩愜，凡當歌對酒，感事興懷，皆自肺腑中流出，真如天籟，故以《天籟》名集。江陰孫大雅序之曰：『先生少有志于天下，已而實事乃大謬。顧其先為金世臣，既不欲高蹈遠引以抗其節，又不欲使爵祿以干其身，於是屈己降志，玩世滑稽，徙家金陵，從諸遺老放情山水間。』是太素身世與遺山相若，可謂不負遺山矣。集中《咸陽懷古》《感南唐故宮》諸作，頗多故國之思。賦詠金陵名勝，亦寓狡童禾黍之意。〔沁園春〕《辭謝辟召》一詞，竟擬嵇康、山濤絕交故事，仁甫之志向固非同時諸子所可及也。後之人徒知仁甫以《梧桐雨》北劇名，目之曰詞人，豈足以盡仁甫之長哉！

（三）仇遠遠字仁近，號山村，錢塘人。官溧陽州儒學教諭。有《無弦琴譜》一卷。錄〈八聲甘州〉一首：

斂雙蛾、冷雨立氈車，離思上青楓。想天階辭輦，長門分鏡，征騎西東。應被嬋娟早誤，誰遣出深宮。鸞袖不堪縮，前事成空。　獨掩琵琶無語，恨主恩太薄，淚臉彈紅。又爭如漢月，深夜照簾櫳。草青青、年年歸夢，算北來、應自有征鴻。還堪笑，玉關何事，不鎖春風。

此詞疑為王昭儀輩而作，故國之思，溢於言表。仁近又有〈齊天樂〉《詠蟬》云：『夕陽門巷荒城曲，清音早鳴高樹。薄剪綃衣，涼生鬢影，獨飲天邊風露。朝朝暮暮，奈一度淒吟，一番悽楚。尚有殘聲，驀然飛過別枝去。』下疊云：『雨歇空山，月籠古柳，仿佛舊曾聽處。離情正苦，甚懶拂冰箋，倦拈琴譜。滿地霜紅，淺莎尋蛻羽。』淒麗動人，與中仙『一襟餘恨宮魂斷』一闋殆為同時所作。詞見《樂府補遺》。所收皆宋遺民唱和之作，共十三人，中如王沂孫、張炎、唐珏，為尤著稱。遠有《金源集》，皆官溧陽日所作詩，故取投金瀨事為名。其詞集名《無弦琴譜》，久佚，嘉慶間孫爾准自《永樂大典》錄出，馮登府為之校刊行世。彊村朱氏據鈔本重雕，然亦轉自馮本出，非別見足本也。遠在元初與白珽齊名，號曰仇白。其後張翥、張羽以詩詞著稱於元代者，皆出其門。與之唱和者，如周密、趙孟頫、吾丘衍、鮮于樞、方回、黃溍輩，皆當時知名之士。故仁近作所詩格調高雅，往往頡頏古人，詞亦清俊疏宕，與中仙、草窗相近。論元詞者，當自遠始也。

（四）**張翥**　翥字仲舉，晉寧人。至正初，以薦為國子助教，累官至河南行省平章政事，兼翰林學士承旨。有《蛻岩詞》三卷。錄（多麗）一首：

晚山青，一川雲樹冥冥。正參差、煙凝紫翠，斜陽畫出南屏。館娃歸、吳臺游鹿，銅仙去、漢苑飛螢。懷古情多，憑高望極，且將尊酒慰飄零。自湖上、愛梅仙遠，鶴夢幾時醒。空留得，六橋疏柳，孤嶼危亭。

待蘇堤歌聲散盡，更須攜妓西泠。藕花深、雨涼翡翠，菰蒲軟、風弄蜻蜓。澄碧生秋，鬧紅駐景，采菱新唱最堪聽。□一片、水天無際，漁火兩三星。多情月，為人留照，未過前汀。

此（多麗）之正格也，用韻最嚴，可為吾人效法。仲舉少時負才不羈，好蹴鞠，喜音樂。一旦翻然悔悟，受業于李存之門，又學于仇仁近，由是以詩文名於南北。嘗薄游揚州，眾聞其名，爭延致之。仲舉肢體昂藏，行則偏竦一肩。韓介玉以詩嘲之曰：『垂柳陰陰翠拂簷，倚欄紅袖玉纖纖。先生掉臂長街上，十里朱簾盡上簾。』坐中皆大笑。晚年嘗集兵興以來死節之人為一編，曰《忠義錄》，識者韙之。仲舉詞為元代之冠，托體既高，寓意亦遠，其高處在玉田、西麓之間，非同時諸家可及。（綺羅香）《雨中舟次洹上》云：『水閣雲窗，總是慣曾經處。曾信有、客裡關河，又怎禁夜深風雨。』刻意為白石，沖味雖減，姿態卻饒。（水龍吟）《詠蓼花》云：『船窗雨後，數枝低入，香零粉碎。不見當年，秦淮花月，竹西歌吹。』以感慨語出之，意境便厚。此等處皆仲舉特色。卓人月評仲舉（六州歌頭）《孤山詠梅》為集中絕作，然終不及『船窗』數語為得蓼之神味也。

（五）**倪瓚**瓚字元鎮，無錫人。有《雲林詞》一卷。錄〔人月圓〕一首：

傷心莫問前朝事，重上越王臺。鷓鴣啼處，東風草綠，殘照花開。悵然孤嘯，青山故國，喬木蒼苔。當時明月，依依素影，何處飛來。

此詞沉鬱悲壯，可與吳彥高抗衡。他如〔江城子〕〔柳梢青〕諸作，亦疏俊可誦。元鎮以畫名，所作詩無塵垢氣。句曲張雨、錢唐俞和嘗繕錄其稿。論者謂如白雲流天，殘雪在地，其高潔可知矣。元鎮與陸友仁善，集中有懷友仁詩云：『歸掃松陰臺，遲君踐幽約。』可見二人交誼。友仁嘗撰《詞旨》，深得詞中三昧。元鎮之能詞，殆受友仁之薰陶歟？

（六）**張可久**可久號小山，慶元人。以路吏轉首領。有《小山樂府》二卷。錄〔殿前歡〕二首：

夜啼烏，柳枝和月翠扶疏。繡鞋香染莓苔露，搔首踟躕。燈殘瘦影孤，花落流年度，春去佳期誤。離鸞有恨，過雁無書。

月籠沙，十年小事付琵琶。相思懶看幃屏畫，人在天涯。春殘豆蔻花，情寄鴛鴦帕，香冷荼蘼架。舊游臺榭，曉夢窗紗。

小山以北散套小令見稱于時。《太和正音譜》評小山詞如瑤天笙鶴，既清且新，華而不豔，有不食煙火氣味，又如披太華之仙風，招蓬萊之海月。譽之可謂備至。散曲作法與詞似近而略異，詞以渾厚為主，曲以尖新見長；詞以沉鬱為佳，曲以淺顯為上。此其大較也。元人輒于劇曲外兼擅散曲，小山則專以散曲名，其劇曲世無傳者，所作散曲亦以小令為多。疏淡清麗，與詞之格調相近。故並著之以見元人散曲之一斑焉。

（七）邵亨貞亨貞字復孺，號清溪，華亭人。有《蛾術詞選》四卷。錄〔蘭陵王〕一首：

暮天碧，長是登臨望極。松江上、雲冷雁稀，立盡斜陽耿相憶。憑闌起太息，人隔吳王故國。年華晚，煙水正深，難折梅花寄寒驛。　東風舊遊歷。記草暗書簾，苔滿吟屐。無情征旆催離席。嗟月墮寒影，夜移清漏，依稀曾向夢裡識。恍疑見顏色。　空惜。鬢毛白。恨莫趁金鞍，猶誤塵跡。何時弭棹蘇臺側。共漉酒紗帽，放歌瑤瑟。春來雙燕，定到否，舊巷陌。

此詞尚有清真風味。其所作《擬古》十首，凡清真、無住、順庵、白石、梅溪、稼軒、遺山、龍洲之作，學之靡不神似，可見其詞學之深。復孺有詠眉目〔沁園春〕二首，皆側豔語。一則曰：『填來不滿橫秋。料著得、人間多少愁。記魚箋緘啟，背人偷斂，雁鈿膠並，運指輕揉。有喜先占，長顰難效，柳葉輕黃今在否。雙尖鎖，試臨鸞一展，依舊風流。』再則曰：『困酣時倚銀屏。強臨鏡、挼抄猶未醒。憶帳中親睹，似嫌羅密，尊前斜注，翻怕鐙明。醉後看承，歌時鬥弄，幾度孜孜頻送情。難忘處，是香羅搵透，別淚雙零。』蓋仿劉龍洲詠指甲及足而作。然龍洲此二詞亦非其集中最佳之作，而世獨盛譽之。世人竟以此二詞概復孺，真不知詞為何物者也。清人朱竹垞《茶煙閣體物集》又詠及腰肩諸題，乾隆間新安朱昂有《百緣語業》一卷，分性、相、地、水、火、風、空、有、迷、悟十部以詠美人，悉以〔沁園春〕調出之。此皆改之、復孺之罪人，不足以語大雅也。

第七章　明人詞概

詞至明代，可稱中落之期。考其原委，有二端焉。開國之初，沿胡元餘緒，青田、青邱尚能接步騷雅。永宣以後，才士寫情，不離乎閨闥。藝苑定論，無取乎忠愛。托體不高，難言大雅。此一蔽也。中葉以後，李于麟跋扈于前，汪伯玉顛播於後，詩道既卑，詞更無稱。『衣香百合』，只《花間》之餘音；『落英千片』，亦《草堂》之墜響。升庵《詞品》，無非囈語；弇州《卮言》，竟號當行。此二蔽也。況乎嘉隆以還，南詞遍於海內，新謳傳于吳下。湯義仍只工回文，阮元海惟長綺語。謎辭尊於中麓，掛枝倡於子猶。樂府既絕，繁響茲多，詞道不振，有由來焉。自劉青田迄萬年少，略論如下：

（一）**劉基**基字伯溫，青田人。洪武初官至御史中丞，封誠意伯。為胡惟庸所害。有《寫情集》四卷。錄〔千秋歲〕一首：

淡煙平楚，又送王孫去。花有淚，鶯無語。芭蕉心一寸，楊柳絲千縷。今夜雨，定應化作相思樹。　憶昔歡遊處，觸目成前古。良會知何許，百杯桑落酒，三疊陽關句。情未了，月明潮上迷津渚。

青田詞翰為明初冠冕，詩餘亦清麗工整，得宋人神味。如〔轉應曲〕云『秋雨秋雨，窗外白楊自語』，〔青門引〕云『相憐自有明月，照人肺腑清如水』，〔漁家傲〕云『亂鴉啼破樓頭鼓』，〔花犯〕云『餘香怨繡被』，〔踏莎行〕云『愁如溪水暫時平，雨聲一夜依然滿』，〔謁金門〕云『風嫋嫋，吹綠一庭春草』，〔渡江雲〕云『定巢新燕子，睡起雕樑，對立整烏衣』，〔山鬼謠〕云『離亂尚在郊樹，月深星暗蒼梧遠，化作杜鵑歸去』，皆妙超入化。王元美評之云：『伯溫穠纖有致，去宋尚隔一塵。』此不獨青田為然，元以來人非無名作，然終覺氣息太薄，欲求一史梅溪、陳西麓尚不可得，遑論周秦晏柳耶？青田出語清奇，非後來馬浩瀾輩所可及。自是以後，每況愈下，《花間》《草堂》為獨得之秘，蓋當時文人心思才力，競尚南曲，詞非當行，無怪其流為淫辭穢語也。《寫情集》四卷，有洪武小字刊本，嘉靖後編入全集者已多訛字矣。

(二)**高啟**啟字季迪，長洲人。隱于吳淞江之青邱，自號青邱子。洪武初召入纂修《元史》，授編修，擢戶部侍郎。坐魏觀罪腰斬。有《扣舷詞》一卷。錄〔天仙子〕一首：

憶共當年遊冶伴，愛聽秦娥青玉案。瑣窗春曉酒初醒。鶯也喚，人也喚，不問誰家花好看。　舊事那知回首換，畫舫空閒楊柳岸。相思日暮隔梁園。山一半，水一半，望眼別腸齊欲斷。

青邱與楊基、張羽、徐賁友善，四人皆吳產，皆妙於詩，世以之擬初唐四傑。實則青邱詩錚錚獨造，遠勝於詞。《扣舷》一詞，纔數十首，不過餘藝為之耳。詞以疏曠見長，與青田相近。〔石州慢〕《春思》一首，為集中壓卷之作。詞云：『妖冶。憶曾攜手，鬥草闌邊，買花簾下。看到鹿盧低轉，秋千高打。如今何處，縱有團扇輕衫，與誰更走章臺馬。回首暮山青，又離愁來也。』疏朗圓潤，脫口而出，洵才人筆調也。他如〔沁園春〕《詠雁》、〔多麗〕《吊七姬》、〔行香子〕《詠芙蓉》諸作，亦清麗可誦。青邱以撰蘇州府《上樑文》為御史張度所劾，與知府魏觀同棄市。明祖猜疑群下，雖青田尚不免，青邱之死，固又因題宮女圖。假令觀建府治不在張氏故基，雖有讒者，亦未必罪至死，惜乎其竟以《上樑文》罹禍也。

（三）**楊基**基字孟載，嘉州人，家吳中。洪武初知滎陽縣，歷山西按察副使。有《眉庵詞》一卷。錄〔燭影搖紅〕一首：

花影重重，亂紋匝地無人卷。有誰惆悵立黃昏，疏映宮妝淺。只有楊花得見，解匆匆、尋芳覓便。多情長在，暮雨回廊，夜香庭院。　曾記揚州，紅樓十里東風軟。腰肢半露玉娉婷，猶恨蓬山遠。閑悶如今怎遣，看草色、青青似剪。且教高揭，放數點春，一雙新燕。

此孟載詠簾詞也，頗有史梅溪格調。孟載以詩名。少時見楊廉夫，命賦鐵笛。詩成，廉夫喜曰：『吾意詩境荒矣，今當讓子一頭地。』當時有老楊小楊之目，其詩之名重可知。詞特其餘技耳。詞饒有新致，以工麗見長，開明人競尚花草之先聲。如〔清平樂〕云：『當時織手琵琶，東風小雨窗紗。今夜相思何處，月明滿樹梨花。』〔浣溪沙〕云：『軟玉鏤成鸚鵡架，泥金鐫就牡丹牌，明朝相約看花來。』殊傷纖巧。明人詞大抵如此，此風殆自孟載《眉庵詞》始也。

（四）夏言 言字公謹，貴溪人。歷官吏部尚書，謚文湣。有《桂翁詞》六卷。錄〔鶴沖天〕一首：

臨水閣，倚風軒。細雨熟梅天。一池春水碧荷圓。榴花紅欲燃。　薄羅裳，輕紈扇。睡起綠陰滿院。曲闌斜轉正閑憑，何處玉簫聲。

貴溪相國喜為長短句，其所作《玉堂餘興》，初刻于吳郡，再刻於鉛山，三刻於閩中，四刻于畿南，五刻于金陵。前後三十年，凡數付剞劂，古今詞家所未有也。有明一代，樂府道衰。《寫情》《扣舷》，尚有宋元遺響。仁宣以後，茲事幾絕。獨文湣以魁碩之才，起而振之，豪壯典麗，與于湖、劍南為近。王元美評其詞最號雄爽，且以擬諸稼軒，自是不刊之論。方其入正郊廟，出扈禁蹕，一詞朝傳，萬口暮誦。同時諸公，皆摹擬其體格。門生故吏，爭相傳刊。雖居勢使然，抑其風流文采自有以發之也。及乎白首對獄，朝赴東市，未及百年，黯然無聞。或謂求如前代所謂曲子相公亦不可得，是可慨也。文湣尚有《鷗園新曲》一卷，乃小令散套集，附詞集後，亦壯麗如其詞。

（五）**陳鐸**鐸字大聲，下邳人，徙家南京。官指揮使。有《坐隱先生草堂餘意》一卷。錄〈浣溪沙〉一首：

波映横塘柳映橋，冷煙疏雨暗亭皋，春城風景勝江郊。　花蕊暗隨蜂作蜜，溪雲還伴鶴歸巢，草堂新竹兩三梢。

大聲詞全明不能有二。樂章之敷腴，清真之沉著，漱玉之綿麗，大聲兼而有之。所撰《草堂餘意》，傳世至罕見。臨桂況周頤嘗得一本，為王幼遐假去，擬付手民，即遭遺失，至可惜也。大聲小令、套數名《秋碧樂府》《梨雲寄傲》，今尚有傳本，典麗高妙如其詞，為有明中葉曲家冠冕。能詞者不能工曲，能曲者不能工詞，古今來詞曲兼工者，白仁甫外僅大聲一人而已。

（六）**楊慎**慎字用修，號升庵，新都人。正德六年進士，授修撰。嘉靖甲申兩上議大禮疏，廷杖謫成雲南永昌衛，卒於戍所。天啟初追謚文憲。有《升庵詞》二卷。錄〈滿江紅〉一首：

露重風香，韶華淺，玉林無葉。誰剪碎、遍地瓊瑤，滿園蝴蝶。嬌淚一枝春帶雨，粉英千片光凝雪。伴秋千、影裡月明中，傷離別。　花在手，腸如結。人對酒，情難說。憶故園遊賞，清明時節。今日相逢滇海上，驚看爛熳開正月。更收燈、庭院峭寒天，啼鵑歇。

此用修謫戍滇南日所作梨花詞也。用修著述數百卷，號為博洽。嘗輯《百琲明珠》《詞林萬選》，真贋不分，古今雜糅，不及後此陳耀文《花草粹編》遠甚。《詞品》一編，剳錄諸家傳記選集為之，間下考語，亦多偏駁。率爾操觚，騰笑後世，無足道也。在永昌日，曾紅粉傅面作丫髻插花，令諸妓扶觴遊行，了不愧怍。吳江沈自晉為譜《簪花髻》雜劇，詞場豔稱之，實則無聊之至，徒貽後人口實而已。又嘗草《太和記》傳奇，雜采古今逸事，各為起迄，譜之管弦，開詞家未有之格式。沈寧庵《博笑記》即仿用修而作，其散曲集號《陶情樂府》，古頑蒼勁，有元人風格。如『費長房縮不盡相思地，女媧石補不完離恨天』，又『傲霜雪鏡中紫髯，任光陰眼前赤電，仗平安頭上青天』，皆未經人道語。其夫人亦善曲，有《楊夫人詩餘》傳世。

（七）**張綖**綖字世文，高郵人。正德癸酉舉人。官武昌通判，遷知光州。有《南湖集》，附詞一卷。錄〔風流子〕一首：

新陽上簾幙，東風轉、又是一年華。正駝褐寒侵，燕釵春嫋，句翻詞客，簪鬥宮娃。堪娛處，林鶯啼暖樹，渚鴨睡晴沙。繡閣輕煙，剪燈時候。青旗殘雪，賣酒人家。此時因重省，瑤台畔、曾過翠蓋香車。惆悵塵緣猶在，密約還賒。念鱗鴻不見，誰傳芳信，瀟湘人遠，空采蘋花。無奈疏梅風景，碧草天涯。

南湖詞不及廿闋，此為其壓卷之作。風流蘊藉，不類明人手筆。嘗著《詩餘圖譜》，取宋人歌詞擇聲調和諧者一百十首，匯而譜之，各圖其平仄於前，而綴詞於後。有當平當仄、可平可仄二例，往往不據古詞，意為填注，與清季舒夢蘭《白香詞譜》體例正同。于古人故為拗句以取抗墜之節者，多改諧詩句之律，其妄謬可知矣。南湖嘗學詞于王西樓。西樓名磐，亦高郵人，為南湖外舅。今集中《西樓樂府弁言》所謂『不肖甥張守中』者，即綖自稱也。綖嘗校刊《秦淮海全集》，為世推重。

（八）陳子龍子龍字臥子，青浦人。崇禎十年進士，官至兵部侍郎。明亡殉節。有《湘真閣詞》一卷。錄〔山花子〕一首：

楊柳淒迷曉霧中，杏花零落五更鐘。寂寂景陽宮外月，照殘紅。　蝶化彩衣金縷盡，蟲銜畫粉玉樓空。惟有無情雙燕子，舞東風。

《湘真閣詞》風流婉麗，意內言外，非用修、弇州輩所能到。如〔江城子〕云：『楚宮吳苑茸茸草，戀芳叢，繞遊蜂。料得來年相見畫屏中。人自傷心花自笑，憑燕子，罵東風。』〔蝶戀花〕云：『今夜霜花樓外滑，一曲屏山，遮過燈明滅。幾陣紗窗聲不歇，夢中又到愁時節。』〔天仙子〕云：『北望音書迷故國，一江春水無消息。強將此恨問花枝。嫣紅積，鶯如織，我淚未彈花淚滴。』〔千秋歲〕云：『章臺西弄，纖手曾攜送。花影下，相珍重。玉鞭紅錦袖，寶馬青絲鞚。人去後，簫聲永斷秦樓鳳。　菡萏雙燈捧，翡翠香雲擁。金縷枕，今誰共。醉中過白日，望裡悲青塚。休恨也，黃鸝啼破前春夢。』柴虎臣所謂華亭腸斷，宋玉魂消，惟臥子有之，洵不誣也。

（九）**夏完淳**完淳一名復，字存古，江南華亭人。允彝子。官中書舍人。年十七，以明亡殉節。有《玉樊堂詞》一卷。錄〈燭影搖紅〉一首：

辜負天工，九重自有春如海。佳期一夢斷人腸，靜倚銀釭待。隔浦紅蘭堪采，上扁舟，傷心欸乃。梨花帶雨，柳絮迎風，一番愁債。 回首當年，綺樓畫閣生光彩。朝彈瑤瑟夜銀箏，歌舞人瀟灑。一自市朝更改，暗銷魂、繁華難再。金釵十二，珠履三千，淒涼千載。

夏節湣年十七殉國難，詞人中所未有也。謝枚如詞話稱其所作如猿唳，如鵑啼，略得其似，唯所舉〈鵲踏枝〉〈千秋歲〉二闋及〈一斛珠〉〈憶王孫〉斷句則尤非其至者。〈魚游春水〉《春暮》云：『離愁心上住，卷盡重簾推不去。簾前青草，又送一番愁句。鳳樓人遠簫如夢，鴛枕詩成機不語。兩地相思，半林煙樹。 猶憶那回去路，暗浴雙鷗催晚渡。天涯幾度書回，又逢春暮。流鶯已為啼鵑妒，蝴蝶更禁絲雨誤。十二時中，情懷無數。』〈柳梢青〉云：『瞑宿吳江，風燈零亂，一晌相思。』〈鵲橋仙〉云：『猛然聽得杜鵑啼，又早是、一輪明月。』慷慨淋漓，聲哀以思，殿步一朝，非梅村、秋嶽輩所可同日語也。

（十）**萬壽祺**壽祺字年少，銅山人。有《遯渚唱和集》一卷。錄〈蝶戀花〉一首：

港口鱗鱗風乍起。三尺籬門，擺住孤村尾。落盡午潮漁岸圮，推窗一片黃梅水。 香入回廊花幾里。僧殿無聲，燈影紗龕紫。展罷藥闌人獨倚，疏鐘暗度空江裡。

《遯渚唱和集》所收萬年少詞不及二十首，無一非故國之思，一種清剛之氣，直不可及。如〔望江南〕云：『江上王孫悲暮雨，天涯客子憶秋風，離思寄芙蓉。』〔漁家傲〕云：『雨漬藕塘紅欲釀，雙籬垂葉青相向。亭外夕陽黃竹杖，閑來往，一聲啼鳥千谿響。』〔浪淘沙〕《荷花》云：『秋瘦晚妝殘，欲語無言。明朝一夜到人間。錯認相思題不得，紅淚偷傳。』皆脫盡煙火氣。